從田園騎往港邊的自行車

田園発　港行き自転車

(下)

宮本輝
Miyamoto Teru

劉姿君——譯

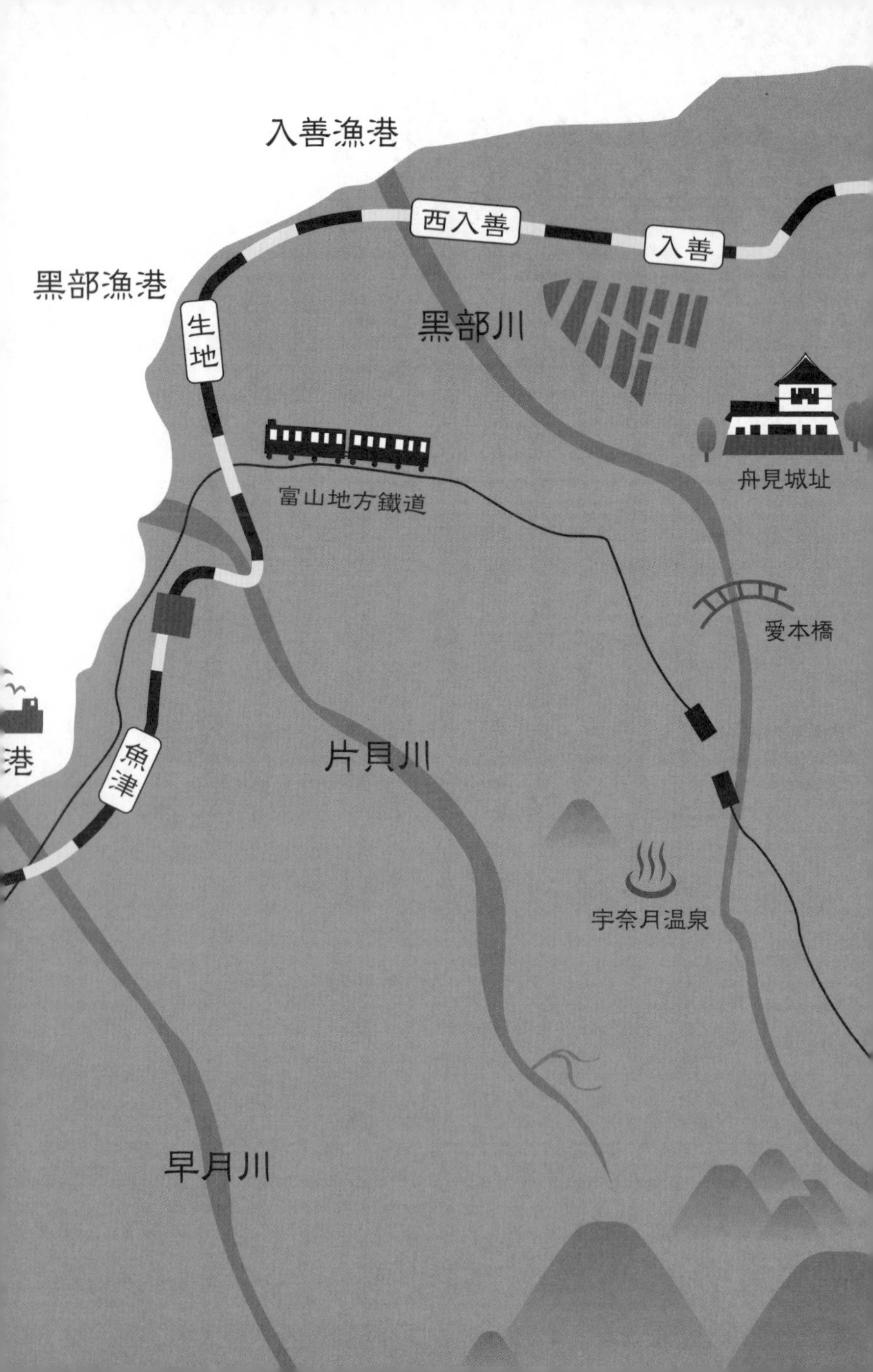
入善漁港
黑部漁港
西入善
入善
生地
黑部川
舟見城址
富山地方鐵道
愛本橋
港
魚津
片貝川
宇奈月温泉
早月川

富山縣略圖
N
富山灣
魚津
滑川
神通川
常願寺川
北陸本線
富山
富山城

人物介紹——

賀川真帆　繪本作家
寺尾多美子　編輯，真帆之友
北田茂生　金澤保全公司的經營者
平岩壯吉　賀川單車前社長
脇田千春　前上班族，佑樹的表姐
夏目海步子　美髮師
夏目佑樹　海步子之子

第五章

「真沒想到九州這麼冷。」

平松純市這麼說。在福岡機場搭上往羽田的飛機後，他便一語不發，一直埋頭在自己的筆記型電腦上修改報價單，直到機內廣播飛機準備降落才關掉筆電電源。

「北九州很冷啊，有時候比東京還冷。」

川邊康平露出笑容說，輕拍平松的肩。意思是提醒他不要把心情不好表現在臉上。

應該是體會到他的意思，平松連珠炮般說：

「我是不知道那位先生從什麼了不起的大學畢業，『川邊先生，俗話說盡人事聽天命，但我們只希望貴公司幫忙盡人事就好了。就不請川邊先生聽天命了。』跩個二五八萬的。他大學畢業後出社會才第四年吔！那種大型建設公司，就算才到職沒幾年的新人，對廠商也是那種高高在上的態度。」

他繫緊安全帶，將筆電收進包包裡。

「我們還算好的。外包的外包、再下面的外包小建設公司或土木工程公司，就算對方開出沒血沒淚的價碼也得接，否則立刻就會週轉不靈。和這些外包公司來往的建築材料業者就更慘了。」

聽了川邊康平的回應，平松把累積在心裡的憤慨一股腦兒發洩出來。

「可是，說什麼只要盡人事就好，不就是『只要乖乖照我們的要求降價，就賞你們生意做』的意思嗎？所以日本這個國家才會從地基就爛掉了。」

「你光是沒當場發飆，就算有成長了。還一語不發，忍耐著直到羽田機場，整路埋頭改報價單。」

康平笑著說，又輕輕拍了一下平松的肩。

從羽田機場搭單軌電車來到濱松町，康平與說要拜訪兩家客戶的平松分開後，回到西新宿的公司。

業務部同仁對他說部長辛苦了。

「嗯，福岡冷得讓人發抖啊。」

康平這樣回，看了放在自己桌上的信件。

兩封座談會的邀請函。一封訃文。兩封餐廳的請款單。其中還有脇田千春寄來的信。

康平將西裝外套放進置物櫃，拉鬆領帶，坐在自己的椅子上，讀起千春的信。二月中旬，千春寄了好幾種富山灣的魚乾來，康平立刻就寫了謝函投入家附近的郵筒，他猜想這封信應該是針對他的謝函而寄來的謝函。脇田千春很可能會做這種事，所以他看信的時候，想著是不是要寄張明信片告訴她謝函是不用回的。

——我將於三月十五日從田山土石離職，因為我下定決心成為一名美髮師，四月開始就讀富山市內的美容專門學校。我在最後一刻趕上報名日，順利入學。屆時白天上學，下課後到阿姨開的髮廊工作。

直到今天，我才知道田山土石的社長曾打電話給川邊部長，告訴您，當初拜託小野建設機械租賃聘用的脇田千春，離開貴公司回到富山後希望到田山土石上班。也才知道當時川邊部長說，這件事沒有什麼道義上說不過去的，請不要在意，那孩子非常認真、勤快，請多多照顧。

這些我完全不知情，短短半年就要離開田山土石，實在由衷感到抱歉。

雖然不知道要多少年，但我會朝著成為一名技藝高超的美髮師而努力。

雖然已經三月了，天氣仍然寒冷，請保重身體，祝您健康快樂。——

寫法生硬，摘要起來是這樣的內容。

「哦，她要當美髮師啊……。下這個決心不容易啊。」

川邊康平這樣喃喃地說，看著脇田千春將她從容緩慢卻又一板一眼的個性表現得淋漓盡致的字。

然後，又拜託坐在前座的課長大谷雅俊，有時間的話幫忙印一張大一點、去年五月社內壘球大賽時的紀念照。

「需要當時的哪一張照片？」

大谷邊問邊從抽屜裡拿出SD卡，插進筆電。

「比賽開始前，我們部門不是在本壘那裡拍過合照嗎？」

「哦，那就是這張了。部長要這張照片做什麼用？」

康平解釋，前幾天脇田千春寄了很多魚乾來，他想不出要送什麼回禮，找妻子商量，妻子建議與其送些吃的，不如送可以穿戴在身上的東西。但妻子沒看過脇田千春，剛剛才想到可以讓她看照片來挑選適合的回禮。

「魚乾的回禮是毛衣之類的嗎？好貴的回禮啊。」

「你要是看到那些魚乾，就不會這麼說了。」

康平笑著，扳著手指一一數著魚乾的種類給大谷聽。

「大竹筴魚五條，然後又是好大的赤鯥三條，足足有二十公分長的黑喉三條，魷魚的一夜干五條。然後，一種名字我沒聽過也沒見過的，像黑色金目鯛那樣的有三條。像赤鯥啊，那麼大一條一個人根本吃不完。我老婆說，那種大小的黑喉一夜干，東京的百貨公司一條少說也要三千圓。就算富山灣的魚市場賣得很便宜，加起來總共要兩萬圓。」

「我頭一次聽到赤鯥。很紅嗎？」

「嗯，魚皮帶著淡淡的紅色。可好吃了。」

「部長願不願意賞我們家一點黑喉的一夜干？給我和我老婆、開始拒絕上學的女兒，還有我的岳母嚐嚐。」

「我明天寄冷凍的給你。」

康平這樣答應之後，打開自己的電腦寫福岡的出差報告。報告是要交給業務本部長的，但由於這次的案子與全公司有關，所以做好報告之後，還是必須先詳細向本部長口頭簡報。

大谷拿來印好的照片。業務一部獲選的九名壘球隊員排在一起對著鏡頭笑，脇田千春是右邊數來第三個。

小野建設機械租賃傳統的壘球大賽，必須依照社長自創的獨特規則進行。出場的球員、打擊順序和守備位置，全都由抽籤決定，抽到什麼就是什麼，不能調整。

難得的假日還要參加公司的壘球大賽，當然沒有人願意。年輕社員當中也有人抗議，認為想參加的人出席就好了，但只要參加過一次，就會期待明年的大賽。

因為全是抽籤決定，會發生意想不到的棒次安排，連電視劇也演不出來、讓人笑到流淚的奇球、妙球不斷。

從來沒打過任何球類的中年女社員抽到「四棒／投手」的籤，這一隊固然絕望，但若真遇到這個狀況，投手可以在打者五公尺前投球，打者也可以打一度觸地之後送到本壘的球。

去年的業務一部，籤運之差前所未有。脇田千春是「四棒／三壘手」，活像女僕咖啡服務生的渡瀨友美則是「三棒／一壘手」。

比賽採三局結束的淘汰制，也有敗部復活戰。第一輪落敗的隊伍再比一次，贏的一方再與第二輪獲勝的隊伍再戰。

因為是這樣的規則，所以第一輪大敗的隊伍也有機會贏得最後優勝。

「去年輸得好慘。」

站在康平身後看著照片的大谷雅俊說。

「因為第一輪的敵隊是由社長當投手啊，我在脇田耳邊悄悄跟她說『用觸擊調動投手』，她卻可憐兮兮地問我什麼是觸擊。『球棒只要擦到球就好了』，我就在打擊區教她怎麼觸球。結果當投手的社長跑去抗議，說哪有人在打擊區練習觸球，指責我們違規。他可是認真抗議，激動得眼睛都紅了。」

聽了康平的話，大谷大概是想起社長當時的表情，笑個不停說：

「可是，為什麼每次遇到可以一球反敗為勝的絕佳機會，都輪到脇田打擊啊？而且都是兩人出局的時候。」

康平也笑著說：

「最驚人的是渡瀨友美吧。誰想得到她竟然是那樣一名强打。打擊出去的球比中堅手的守備位置還遠。女生能打到中堅手那裡就已經很厲害了。她可是我們隊上最值得期待的新星。」

或許是聽到他的聲音，渡瀨友美從筆電後面露出半張臉看著康平。

因為視線對上了，康平便朝著渡瀨友美一笑，說：

「我們正在說去年壘球大賽上，渡瀨的表現多精采。」

在友美座位附近的人都笑了。

「今年也拜託你了。你可要調整好狀況喔。一定要把社長領軍的總務部隊打得潰不成軍。」

對康平這番話，渡瀨友美說：

「可是，沒被抽到就不能參賽呀。」

下班時間快到了，康平心想寫完出差報告一定會超過七點，看了昨天上午兒子傳來的簡訊。簡訊內容是告訴康平，他大學考試錄取了，由於第一志願已經落榜，問他可不可以就決定上這所第二志願的大學。

兒子的第一志願和第二志願都是東京的私立大學，康平認為沒有什麼差別，很快便回傳簡訊說：

——我認為選那所學校比重考好。恭喜，爸很高興。今晚爸會吃博多雞肉鍋為你乾一杯。——

然後，康平去了他認為博多一帶最好吃的專賣店，和平松兩人舉杯慶祝。

小野建設機械租賃是九點上班，傍晚五點下班，但客戶幾乎都從八點開始工作，所以業務部的男社員以輪班制每天安排一個人在八點前到公司。

康平問大谷今天是誰值早班。

「照班表的話是平松。可是他出差，所以是我代班。」

下班鈴聲響起的同時，平松從濱松站附近的客戶那回來了，說拿到一筆新的訂單。

為了開會討論新客戶的需求，平松和課長大谷進了五、六人用的會議室。

康平想著，我家算是過了一道難關，往椅背一靠，伸左手揉揉右肩。

康平是去年十月十日告訴「Lucie」的日吉京介，麻裕和一名有婦之夫交往。前一晚，麻裕主動提出想解決和男子的關係。

明明那麼堅持要等他，心境為何出現轉折？發生了什麼事嗎？

康平並非不好奇，但他和妻子幾代都刻意不提這一點，而是對麻裕說，應該要男子負起相對的責任。

兩人在一起三年，他答應要和妻子離婚、和你結婚，現在卻說還是分手吧，拍拍屁股就要走人？世上沒有這麼輕鬆如意的事。

接下來，就交給處世經驗豐富的人吧。爸媽不是想要什麼賠償而跟他作對。但是，除了錢以外，又有什麼補償方法？

明天，爸爸就去他那裡談判。既然到了這個地步，一切都聽爸爸的。在事情談好之前，他打電話、發簡訊都不要理。你也不可以跟他聯絡。

麻裕臉色變了，眼中出現怒意，說要是你去跟人家要錢，我就離家出走，再也不見爸爸的面。

康平沒有用不容分說的語氣，而是勸解般平靜地說，我不是想要錢。

你和他是你情我願的男女關係。在這一點上，沒有誰對誰錯。

若是對方的妻子知情，那麼在精神上受到重創的，是男方的妻子。只要他的妻子願意，是可以告你的。

但是，我認為男方也應該負責。他不是領低薪的一般上班族，而是擁有二十名員工的老闆，好歹也是一國一城之主。他隱瞞已婚事實，與年輕女子持續了三年的親密關係，這一點我要他負責。

堂堂一名社會人士的負責，不僅是口頭上謝罪即可，要有具體的表現。所謂的負責，就是這麼一回事。

麻裕聽完康平的話，狠狠瞪了康平，跑上樓，把自己關在房間裡，但第二天早上，便以若有似無的聲音無力地說，一切都由爸爸作主。

那天，康平刻意不事先通知，便直接到男子經營的公司登門拜訪。

「社長不見沒有預約的客人。」

青山一幢嶄新的十層樓大樓，整層五樓都是男子的公司，一出電梯就是接待櫃檯，那裡的女職員這樣回絕了。

康平便大聲說：

「請轉告你們社長，要是事先約了他肯定會逃之夭夭，所以我才這樣不請自來。」

然後，以更大的音量加上一句：

「也請轉告他，要是叫警察來把我趕出去，丟臉的會是他。」

剛開始那幾句大聲的話，就讓五、六名年輕員工開門從辦公室裡走出來。

櫃檯女子拿著康平的名片，表情僵硬地進辦公室。過了兩、三分鐘，男子出現了，說地下室有一家咖啡店，去那裡談，還一邊調整好領帶。

瞧他一身花錢去沙龍曬黑的肌膚，還有在健身房鍛練但緊急時派不上任何用場的肌肉，好一個裝模作樣的傢伙，而我的女兒竟然把人生賭在這種人身上——康平心想。

男子一坐在咖啡店的椅子上，便說昨天中午就接到令千金的電話，轉達了意思。他因意料之外的苦衷，最終無法實現諾言，深感抱歉。

「深感抱歉就算了嗎？我女兒以結婚為前提，從她二十歲起與你開始交往，直到最近才知道你有妻兒。一直相信你說會跟她結婚，相信到現在二十三歲，五月就要二十四了。你所做的事絕對不見容於社會。」

男子打斷康平說，我的妻子可以告川邊先生的女兒。又說，妻子可以透過法律途徑對付丈夫的外遇對象。

「求之不得。想告就告吧。我們也會告你。真的告了，我女兒也無法置身事外。你和你太太，還有我們一家人，就準備在泥濘裡纏鬥吧。我今天是為了向你宣戰才來的，沒別的事了。我們的律師很快就會跟你聯絡。我們一步也不會退讓，你好自為之吧。」

點的咖啡還沒送來，康平就離席，從大樓來到馬路上。

康平不是很清楚這種男女問題的法律，也不能去請教公司的顧問律師，思索著該找誰商量才好，邊走邊滑手機的通訊錄。

出現了日吉京介的店和家裡的電話號碼。日吉是法律系畢業，考了三次律師。最後一次通過初試，但複試落榜了。

日吉原有意畢業後連續挑戰五年，但父親在他大學畢業前夕過世，之後他又因急性肝炎不得不住院半年，只好改變人生規畫。家有祖母、母親和兩個弟弟，他只能放棄不知何時才會通過的律師考試。

康平不願把痲裕的事告訴日吉京介。日吉從痲裕出生就認識她了。以前日吉夫婦曾帶痲裕一起去迪士尼樂園，痲裕也會去他們家過夜。

痲裕應該也不想讓日吉叔叔、阿姨知道自己這三年的事吧。

想歸想，康平還是按下手機螢幕顯示的號碼。

聽了原由，日吉說：

「對方的老婆不會提告的。那是在威脅你。他老婆應該也不願意做出這種丟臉的事。除非打定主意和老公分手，不然告不下去。如果真的想分手，早就離婚了。我認識一位很優秀的律師，是大我兩屆的前輩。五百萬圓吧。」

康平因為四周的噪音聽不清楚，大聲說道：

「五百萬？別開玩笑了。我哪裡付得起這麼多律師費！」

「是向那個男的要求賠償啦。不過也要看對方的經濟能力。他的事業雖然和ＩＴ相關，又有將近二十個員工，可是從表面看不出財務狀況。其實很多那一類的公司都火燒屁股。這些律師全都會查清楚。我現在就打電話過去問他有沒有時間，再回電給你。」

「我不會跟麻裕和我老婆說律師是日吉介紹的。拜託了。」

「好。我這輩子都會裝作不知道。」

日京說要回電，但不見得能立刻聯絡到律師，所以康平決定先回公司。走下樓梯想去地鐵站，但腦海中又浮現那男子說話時虛張聲勢、高高在上的表情，想喝杯咖啡平靜一下心情，便又來到大馬路上。

轉進小路就有一家咖啡店，在那裡喝咖啡時，律師直接打電話來了。

對方說現在正好有個空檔，想見面談談，指定了千代田區一家飯店的大廳酒吧。

律師表示，他的事務所就在從那裡往南兩個路口，但所在地點容易迷路，所以還是約在飯店比較好。

律師先抵達大廳酒吧等他。康平將他才剛收到、沒正眼看過就塞進口袋的男子名片交給律師。

律師外表是一副區公所的老實發福課長的模樣，第一印象不像是厲害的大律師，但見他將麻裕與男子的交往經過寫在筆記上，若無其事地說：

「那麼，我現在就去找他。」

帶著那人的名片便走出酒吧，在大廳拿出手機。

「雖然會佔用您的時間和心力，但這也是沒辦法的事。即便您要請律師也一樣，時間拖得越久，事情就越難收拾，只會越來越僵。我們是不怕拖下去。但相對的，您的負擔只怕會更大。」

康平聽得見律師這麼說。

在見男子之前，不用先聽聽麻裕怎麼說嗎……。

想到這裡，康平便追上準備離開飯店的律師。

「視我這次見面談的結果，也許會需要和令千金談談也不一定，但應該今天就可以解決了。」

律師笑著說，上了計程車。

果真如律師所說，才見面談過一次就有結果。男子向律師解釋了自己公司的內部狀況，說五百萬實在拿不出來，巧婦難為無米之炊，懇求讓他分三次支付三百萬圓。

為了金額僵持不下，只會讓令千金心頭的傷久久不癒。而且，依我的直覺，他沒有說謊。我看他沒有一次拿出五百萬賠償的本事。我雖然沒有仔細調查過公司的業績和他的資產，但從辦公室低迷的氣氛就能看出個大概。這是所謂律師的直覺。

康平認同律師這番話，回答一切就交給律師決定。

二月最後一個星期五，第三次付的一百萬匯進了麻裕的帳戶。

康平想起與律師初次見面那天，再次對專家的專業能力懷抱敬畏之情。

寫好出差報告時，業務一部的同仁大多下班了。課長大谷和一名年輕員工正看著電腦螢幕裡的施工現場平面圖，計算必要的機器材料和台數。

「還要很久嗎？」

康平邊整理自己的桌面邊問。

「明天再繼續。我們要走了。」

大谷回答之後，做出舉起酒杯喝酒的樣子。

那是約康平下班去喝一杯的意思。但康平想去買慶祝兒子考上大學的賀禮，結束三天兩夜的出差日，他也想直接回家。

邊整理桌面，邊對大谷說今晚想早點回家，然後沒搭電梯而是走樓梯到一樓。因為電梯一直停在社長室所在的五樓。

「小野大樓」是一幢八層樓的建築，土地和建築物都在小野建設機械租賃名下，但六樓到八樓出租給半導體公司。

土地是泡沫經濟時期之前買的，建築物則在泡沫經濟崩壞的三年後蓋的。雖然地價年年下跌，但地處西新宿中心，對公司而言還是一筆很大的資產。

康平想著這都多虧社長理性的判斷，當初沒有被炒地皮的甜言蜜語打動，沒有賣掉在泡沫全盛時期被炒到天價的土地，來到大樓門口，看到社長的車，而司機忙著開車門。

一回頭，從電梯出來的社長正朝這裡走過來。

康平朝他行禮，今年七十歲的社長說：

「你還在啊。正好，上我的車。我有話跟你說。」

峰山社長打個手勢叫正打算坐前座的康平來坐後座，對司機說：

「在這附近繞繞。」

來到東京都廳附近時，社長從西裝的內口袋拿出便條本，以原子筆寫下：

──丸田的肝臟發現癌變。──

業務本部長？康平無言地看著社長。然後心想，所以我和平松出差那天，丸田本部長請假，今天也沒見到人啊。

──今天早上接到他太太來電。已經是中後期，情況很嚴重。要開刀才知道能不能摘除病灶。──

康平知道社長不願意讓司機聽到，便也在自己的記事本上寫：

──什麼時候開刀？──

──據說這兩、三天會決定。──

在便條本上這樣寫之後，社長說：

「只怕一、兩個月之內回不來。」

又在便條本上草草寫下：

──從明天起你就任業務本部次長，代理丸田的職務。明天的董事會會正式公布。麻煩你了。——

我嗎？不太好吧。五個業務部部長當中，有三個是我的前輩。大家各有優缺點，都很能幹。

康平的腦海裡出現新人時期手把手教導自己的三位前輩的面孔，這麼想。

「好，回車站那邊。」

社長對司機說，將便條本收進胸前口袋。

呃，這裡是哪裡？康平環顧四周，發現車子正在新宿中央公園北側的路向東行駛，便說：

「社長，我在這裡下車。我從這裡走回家比從車站回去近。」

聽到康平的話，司機減了速。

「咦？你家住這附近？」

「是，從京王新線的初台站走路七、八分鐘。從這裡的話，大概十二、三分鐘就到了。」

「你住的地方真方便啊。」

「方便是方便，但如果要搭電車上班，這個距離滿尷尬的，所以早上我都搭公車。電車雖然只有一站，卻是在澀谷區。從新宿站到公司要走一大段。」

司機停了車，跑到後座幫忙開車門。康平向這位沉默寡言、當了社長司機二十五年的中年男子道謝，向社長行禮。然後穿過公園抄近路，朝家裡走去。

幾條彎彎曲曲的路上，嶄新的公寓與老舊的民宅交錯，有澡堂，也有舊式的蔬果行、魚鋪和肉鋪。有便利商店，有焊接、板金的小工廠，孩子們在窄巷裡玩耍直到天黑。

從新宿站搭電車往西一站，竟然還有如此典型的老街區，來康平家作客的朋友們個個都為此感到驚奇。

康平租的房子是鋼筋混凝土的三層樓建築，但土地只有二十五坪。

當年租下時，屋主是一對六十五歲左右的夫婦，因這瘦長型的房子樓梯很陡，不便上屋頂晾衣服，便決定搬到附近的平房，但又認為賣掉祖父辛辛苦苦才買的土地對不起老人家，才在十五年前租給康平一家。

當時，老夫婦的獨生子任職於商社，外派至美國伊利諾州的關係企業。

他們說，等兒子回日本，再來考慮土地和房子如何處置，在那之前康平一家就儘管住。

但他們的兒子和當地認識的美國女子結婚，繼承了女方父親經營的水果進口公司，選擇在美國定居。

每年兒子會帶著妻子和三個孩子回日本一次，但老夫婦所租的房子太小，他們會投宿在新宿的飯店，待上兩週左右，期間也會到箱根、伊豆、京都等地觀光。

看來是認為讓父母看到自己充滿元氣，也見到三個孫子，就算達成返鄉省親的目的。老夫婦對這樣的兒子媳婦似乎也沒有不滿，笑說：

「那孩子也漸漸變成美國人了。」

每次見面，老夫婦都不提租給康平一家那棟房子的事。但是，考慮到他們的年紀，康平和妻子都知道多半必須由他們主動做出結論。

因為他們很清楚，老夫婦很希望康平將土地和房子買下來。

來到位於澀谷區本町的家附近，康平在微微拉出弧形的細細單行道的三叉路前停下腳步，決定買下老夫婦的土地。

屋齡三十五年的房子已經沒有價值。不僅沒有價值，陳舊的地方也不少，住起來有種種不便，不如乾脆拆了重建。

妻子也很喜歡這裡。走路三十分鐘就到新宿站，騎腳踏車才十分鐘。多年來住慣了，也喜歡上承襲了過往江戶人脾性的居民那種平時保持適當距離，必要時仍互相幫助的親切。

麻裕的事解決了，兒子善幸也考上大學。妻子幾代的身心不適症也日漸好轉。現在抗憂鬱劑和安眠藥的用量已減為最嚴重時的三分之一。由於正處於更年期，醫師為了安全起見還是開了藥，但其實幾乎已經不需要。

我們一家已跨越一大難關。好，買下這塊地，蓋新房子吧。

這樣告訴自己之後，康平按了門口的電鈴。

門開了，幾代笑著說：

「出差辛苦了。」

康平將外套和包包交給她，一邊說本來要去買禮物給善幸，慶祝他考上大學，但必須陪社長在東京都廳一帶兜風，結果在新宿中央公園下車，所以空手回來。

一樓是鋪木地板的客廳兼餐廳，東邊是廚房、洗手台和浴室。康平坐在餐桌自己的老位子，脫掉西裝外套，鬆開領帶。

幾代從二樓拿著替換的長褲和毛衣下來，問起：

「陪社長兜風？在這個時間？」

然後問他要喝啤酒還是威士忌兌水。

「社長難得在公司待到八點。我想是因為臨時有人事變動，和幾個董事在討論吧。」

康平從廚房旁的架上拿出十七年的百齡罈，開了封。

「哦，你要喝那個？三年前人家送了之後，不是一直放在架上供著嗎。還說這麼奢侈的威士忌，沒有大事怎麼捨得喝。是為善幸慶祝吧。」

「也是啦，不過丸田先生得了癌症，聽說是很嚴重的肝癌。社長就是為了告訴我這件事，才找我去兜風的。這是個人隱私，又關係到公司的人事，所以我們在車上筆談，總不好被司機聽到啊。然後，社長要我明天起接手丸田先生的工作。職位是業務本部次長，實質上是本部長。」

幾代拿托盤端了冰和搖杯過來，在康平對面坐下，說：

「真是苦了丸田先生。」

為他調了威士忌兌水，又說：

「要不是丸田先生病了，這就是慶祝酒。」

「嗯，丸田先生夫婦還是我們婚禮上的媒人啊。前年，他女兒才過世。人在運氣不好的時候，不幸真的會接踵而至。」

聽康平這麼說，幾代說：

「而且沒有最慘，只有更慘。」

麻裕陷入雙親眼中愚不可及的戀愛的兩年前，幾代的母親罹癌，長她五歲的哥哥開的公司也倒閉。

最後垂死掙扎向信用合作社融資時，康平當了保證人。一方面是拒絕不了妻舅的哀求，再者那筆錢是康平為了有急用時留的預備金，但看到錢從存款中消失，還是很難受。正好在那時，與他們同住的康平母親因失智症開始有徘徊的現象。康平只好將她送進一家位於八王子市的照護機構，後來兒子、媳婦、孫子她一個都不認得，於去年一月過世。

「我們家也是風波不斷啊。我個人身上的風暴倒是現在才要開始。下次的大選肯定是在野黨上位。這麼一來，公共建設就會停擺。再加上美國的金融問題，金流和物流會全部停滯。像我們公司，就被風頭掃個正著。那些承包建設、土木工程的下游包商只能去上吊。而接他們工作的小工廠只能關門大吉。各行各業開始裁員，全世界都動彈不得，俗話說『牽一髮而動全身』，把『動』換成『倒』，其中的道理再笨的人也不會不懂。」

康平向來不提會讓妻子擔心的公事，不禁為今晚自己的嘴快慚愧，便動手調了第二杯威士忌兌水。

「爸爸你不是說，社長的兩個兒子都當了醫生，小野建設機械租賃的下一任社長會由員工擔任嗎？還說丸田先生是最合適的人選。」

幾代說。

「嗯，直到現在我也這麼認為。不過，看來是不可能了。惡化的肝癌很難醫。就算好了，也沒有體力擔任社長。社長的工作很繁重。」

「爸爸會坐上丸田先生的位子吧？雖然是次長，不過那是暫定的職稱，其實就是業務本部長。這就表示，下一任社長就是川邊康平。一起來颳我們家的暴風被帆攬住，要大逆轉了。我們要讓暴風成為助力。」

康平心想，以前的幾代回來了，說：

「我看你不用吃藥也沒事了。」

然後笑了。

這傢伙，其實個性爽朗乾脆，膽子又大。在麻裕和善幸的運動會上，加油聲比別的媽媽都大。女兒的事果然最傷妻子的心。

想到這裡，康平問起麻裕在做什麼。

「正在找工作呢。在二樓用自己的筆電查職缺。」

「善幸呢？」

「去看不知什麼樂團的演唱會了。說大概十一點會回來。」

康平看著幾代準備餐點的背影，想起自己帶回脇田千春的照片。從包包裡拿出來，放在餐桌上時，玄關與樓梯之間的門開了，麻裕走進來，拿著裝了洗髮精、沐浴乳的塑膠瓶罐和睡衣。

「能不能幫我想想適合送這女孩的東西？」

康平說，趁著麻裕看照片時，把千春的來信內容說給她聽。

「她要當美髮師？那可以送耳環啊？」

麻裕說。

「耳環？可是，沒穿耳洞送耳環也用不上啊。我是沒仔細看過她的耳垂，可是我想她應該沒穿耳洞。」

「那去穿不就好了。我也怕病毒感染，想說再小也是在身體穿洞，所以是去醫美診所穿的。一般的外科診所有些也會幫忙穿耳洞喔。」

「人家是個樸素的女孩子。脇田千春戴耳環，我實在很難想像。」

「一個要當美髮師的女生，怎麼能樸素啊！要是進門招呼的是沒品味又土氣的美髮師，我一定轉頭就走。」

「那，你去幫我挑適合她的耳環。」

「耳環便宜的貴的都有。穿洞的金屬部分一定要十八K金以上，不然會過敏。預算大概多少？」

「這是人家送我們那麼多好吃魚乾的回禮，也是祝她上美容學校的賀禮，唔，大概多少好呢？」

麻裕坐在椅子上，看脇田千春看了好久，說元麻布有一家品項豐富的珠寶店，我明天就去那裡買，然後進了浴室。

這三年來，麻裕的表情總像是籠罩著一層陰霾，今天卻有如春天晴朗無雲的天空，驕狂的模樣看起來也很美。真正是脱胎換骨了。

身為人父，縱然希望她是因別的經驗而成熟長大，但或許這次的失敗，終究會為麻裕這個人帶來意想不到的體悟。

失敗、災禍、苦難，若仍是以失敗、災禍、苦難告終，會讓人懷疑人為何要生而為人，為何要活在這混雜污濁的社會裡。

平松純市的表現也急速成長。社長雖為這兩、三年來的業績惡化，以及丸田業務本部長的病憂心，但一雙眼睛仍炯炯有神，意氣風發。

社長很欣賞丸田先生，所以才特地將他調到富山分公司五年，讓他在那裡臥薪嘗膽，動心忍性。

那段期間，他讓與丸田先生同期的人往上升。五年後，再提拔丸田先生為業務本部長。是連跳兩級的破格晉升。

丸田先生在富山分公司時，我也被調派到札幌分公司，不得不單身赴任三年。這已經是八年前的事。

我喜歡社長，也喜歡小野建設機械租賃這家公司。好，我要撐住公司。讓帆迎著暴風向前行。

一顆心越來越澎湃激昂，康平有些不知所措，便喝掉威士忌兑水，吃了妻子端上桌的炸豬排和海瓜子味噌湯。

翌日，康平比平常還要提早到公司，發現每位員工的筆電都收到電子郵件，信中宣布丸田本部長的病假與康平晉升為業務本部次長。

人事部長來到業務本部所在的辦公區，使眼色要康平到五樓，聽負責人事的董事說明之後，在社長室接受正式的人事命令。

這方面的會議幾乎用掉了整個上午，當康平將東西從自己的辦公桌全數搬到昨天還是丸田本部長在用的辦公桌時，已是中午一點半。

——大家很想向您道賀，但因為丸田本部長的病情不好意思說。——

康平的手機收到平松純市發的簡訊。

——這不是喜事。不過，謝謝。我是業務一部部長兼任業務本部次長，所以跟大家之間的工作都照常。——

這樣回了信，環顧業務本部的辦公區，卻不見平松。大谷也是，剛剛還在自己的辦公桌工作，一看白板，外出地上面寫了日暮里一家客戶的名字。

「我出去吃個蕎麥麵。」

康平向女職員交代一聲，進了電梯，拿出記事本，看了上午會議時新加上的行程表。

「會議怎麼這麼多啊？都在開會，不就不能去賺錢了嗎？坐領高薪的董事有三、四個之多呢。」

電梯裡沒有別人，康平便出聲這麼說。在蕎麥麵店吃完遲來的午餐之後，他打電話給律師。因為律師尚未收取費用，康平便想主動詢問律師費的金額和匯款帳號。

「需要收據嗎？」

律師問，小聲地說，若不要的話二十萬就行了。

康平原來猜想八成要賠償金額的兩成，便問：

「二十萬……。這樣就好了嗎？」

「對。不過，要請您以現金支付。」

原來如此，是這麼一回事啊。康平立刻就懂了。

「什麼時候交給您呢？」

「我今晚要出差，五天後才會回來。我是不急，不過要是川邊先生方便的話，今晚七點，仍舊在那家飯店的大廳酒吧如何？」

聽律師這麼說，康平心想，七點嗎，再怎麼樣也不至於傍晚才開始開會吧，便答應了。

掛上電話，康平撥給妻子解釋原由，拜託她：

「你去銀行領二十萬來給我。」

「那筆錢要由收了賠償金的麻裕來付。我叫麻裕拿自己的錢去。」

妻子說完便叫麻裕來聽電話。

「沒想到才二十萬。付給律師這筆錢，就完全結束了。」

麻裕提議六點半左右約在那家飯店附近的一家咖啡店。

「說得挺爽快的嘛。」

康平笑著說，掛了電話回公司。

康平晚了十分鐘進咖啡店，就看到坐在後面桌位的麻裕向他招手。

「正式的人事命令下來了？」

麻裕邊說邊將一個裝了紙鈔的銀行信封遞給他。

「嗯，兼任部長，多了一堆工作。」

「把這個給律師之後，爸接下來要做什麼？」

「我在想要不要去日吉的店，好久沒去了。」

「那我也去好了？雖然講過一、兩次電話，不過我有將近四年沒見過日吉叔叔。可是，爸你要陪我買東西喔。我要挑送給脇田小姐的耳環。我跟媽討論過了，決定買兩萬圓左右的。那我就在這裡等你。」

「日吉一定會很高興的。他的店啊，現在供應很多菜色，招牌上還加了餐酒館這幾個字呢。他人面廣，找工作的事可以請他幫忙啊。」

說完，康平離開咖啡店，走路不到三分鐘就抵達飯店大廳。環視整個酒吧，律師還沒來。

只是把裝在信封裡的錢交給他，而且律師又趕著出差，所以康平便待在大廳等。

律師出現時，提著一個看來又重又滿的包包，讓人很好奇裡面到底塞了什麼。接過康平給他的信封後往大衣口袋裡一塞，便以好像快跌倒的腳步迅速走出飯店。

「連道個謝的空檔都沒有啊。」

康平露出笑容喃喃地説，慢慢跟在律師身後，轉進飯店旁邊的馬路。覺得那樣匆匆離去或許是律師體諒委託人的心情。

也許是因為律師深知這類案子事主的心聲，一旦事情結束，便再也不想見到律師。

回到麻裕等候的咖啡店，點了咖啡，自己揉捏著僵硬的肩頸，康平忽然感到一陣強烈的疲倦。

「很想來根菸對不對？」

麻裕促狹地説。

「你怎麼這麼了解。我真的突然好想來根菸。明明都戒了整整五年。」

麻裕帶著笑容，望著康平一會兒，才說：

「爸，對不起。」

「都過去了。年輕的時候，難免嗑嗑碰碰。但是，別因為這樣就一直責怪自己。過度自責會生病的。傷都快好了還去摳結痂的地方，會再出血的。都過去了。『挺起胸，向前走』。宇宙之大可是超乎想像喔。」

康平知道廊裕心裡有多苦，為了忍住不讓眼淚湧上，一定得說些什麼，便把心裡出現的話直接說出口。所以，他也不知道為何這時會蹦出宇宙來。

喝著熱咖啡，便想和廊裕討論一下，昨晚沒機會向妻子提起的買地一事，康平說出了自己的想法。

「媽媽從來都沒說過想要自己的房子喔。」

廊裕說。

「就是啊。我以為只要是女性，不管是人還是動物，本能就是想要一個自己的窩，但她是不是不會這樣啊？」

「要是爸說要買下那塊地，改建房子，媽一定會很高興的。」

「會嗎？她會贊成嗎？」

「因為媽很喜歡澀谷區本町這個地方。生活機能很好，而且又住慣了。三分鐘到豆腐店，隔壁就是賣魚的，再走兩分鐘就是肉鋪，對面是蔬果行。而且到新宿站走路只要三十分鐘，搭公車十分鐘就到了。」

「那，我今晚跟她談談看。」

康平這麼說，然後問廊裕，從這裡到道玄坂怎麼去最方便。

麻裕從手提包裡拿出一個包裝好的盒子，說其實她到得有點早，就去銀座的首飾店逛了一下，看到喜歡的耳環就買下來，本來是自己要戴的，但越來越覺得應該很適合脇田千春小姐。

她說，那是不會超出耳垂的小顆耳環，梅花形的框裡嵌著琥珀。

「琥珀會不會太老氣了？」

「只要設計夠可愛就不會。脇田小姐那對大大的黑眼珠，最適合含蓄的華麗了。」

「嗯，你說的對。她的黑眼珠很大。有一次，我不知道為了什麼事把她叫過來罵。那時候，她用受驚小鹿的眼神一直看著我，眼睛實在太大太黑，害我罵不下去……。覺得自己好像是個欺負柔弱女員工的大叔。」

麻裕笑了。

「爸嗓門大，眼睛又像鴕鳥一樣，被你叫去的脇田小姐一定是嚇到了，跟鬼壓床一樣全身動彈不得，連眼睛都不會眨了。」

「鴕鳥？我的眼睛像鴕鳥嗎？」

麻裕已經拿起手提包和外套站起來，康平便想著鴕鳥眼睛長什麼樣子，付了帳來到大馬路上。

陪女兒在銀座街上逛了三十分鐘後，康平攔了計程車。

麻裕說，現在路上還在塞車，搭地鐵比較快又便宜，但康平說今天實在不想再跟人擠了。

來到道玄坂的「Lucie」附近，兩人在單行道前下了計程車。

「再過去兩條巷子，那條馬路的人特別多，整排都是餐廳的地方，有一連好幾家賓館。我實在不懂，怎麼有情侶好意思出入那種地方的賓館啊。」

康平說，下坡走向「Lucie」。

「因為，那一帶以前是賓館街，除了賓館沒別的呀。後來才有居酒屋、爐端燒的連鎖店在那邊開店。賓館的老闆真的很氣，認為他們妨礙業務。」

麻裕說，她大學同一專題研究小組的女生家裡就在那邊開賓館營業，還曾去她家玩過兩次。

「以前是什麼時候？」

「我也不知道，昭和三、四十年代吧？我根本還沒出生，連影子都不知道在哪裡。」

「因為，那時候我和你媽媽都還不認識呢。」

麻裕被康平這句話逗笑了，她問起買澀谷區本町的土地，拆掉現在的三層老鋼筋混凝土樓房，再蓋一幢新房子，大約要花多少錢。

「不知道。土地大致有個行情，就看要蓋什麼樣的房子。銀行應該能貸款，之前諮詢過了。也可以向公司借，因為我們有員工的住宅貸款。再支領部分退休金……」

康平說著，走下通往「Lucie」的樓梯。結果，麻裕說爸先進去，不知跟誰傳起簡訊。

「Lucie」生意興隆。又多添了兩張桌子，客人喝著紅酒，吃著料理。能擠進八人的吧檯已經坐了五個人，檯面上有南法風燉牛肉、水煮香腸和蕃茄筆管麵。

康平在吧檯的空位坐下。那裡離內場很近，於是他小聲對日吉京介說：

「你這家店已經不是酒吧了。」

「就已經改成餐酒館了啊。」

日吉笑著說，將剛完成的三道魚類料理端到新設的桌位去。

咦？魚料理？日吉多加了菜色？

一看菜單，上面新加了「本日湯品」、「本日法式煎魚」還有「梅花肉排燉湯」。

日吉回來後，康平告訴他今天已經付完律師費用，說：

「厤裕也一起來了。等一下就會進來。」

「厤裕也一起啊。好久沒看到她了，真開心。她在樓上做什麼？」

「不知道跟誰傳簡訊。」

日吉點頭回應，洗起碗盤餐具。

「喂，我也是客人吶。你要問我想點什麼啊！」

「我現在很忙。來幫忙洗碗。」

「給我來杯琴蕾。」

「這時間喝琴蕾還太早了，客人。」

進店裡來的厤裕，向為她挪了空間出來的客人道謝，坐在康平旁邊，對日吉說：

「好棒喔，大客滿呢。」

「喔喔，麻裕變得這麼漂亮。真是讓店裡蓬蓽生輝。叔叔這番話可不是客套哄你的喔。」

日吉說，抬起滿是洗碗精泡泡的手擦了額上的汗。

看樣子是沒空做琴蕾了。洗碗槽旁有好多待洗的杯盤，三把平底鍋裡的金眼鯛切片、蕃茄醬和南法風燉牛肉分別就要起鍋。日吉一個人實在忙不過來。

這麼一想，康平轉頭去看桌位。應該撤下的燉牛肉空盤就有兩個，客人的紅酒杯也都空了。

「啊，回訊了。」

麻裕說，從手提包裡拿出手機。剛上大學時麻裕來過一次「Lucie」，但那時候收訊很差，訊號是零格。

「我們店裡現在也收得到訊號了。」

日吉邊將煎好的法式奶油金眼鯛盛盤邊說。

麻裕看了手機簡訊，又拿給康平看。

——是很值得高興，可是一位年過五十的上班族辦得了住宅貸款嗎？雖然為了將來也許要買房子，家裡有慢慢存錢，是拿得出一筆頭期款，可是一直到退休都得付貸款，這會是爸爸很大的精神負擔喔。——

看了妻子給女兒的簡訊，康平才知道原來麻裕在下樓進「Lucie」之前，傳簡訊給幾代說房子的事。

妻子的擔心有她的道理。我距離退休還有十年。找銀行諮詢是五年前的事，所以銀行當初幫忙做的財務試算是以十五年期來預估，十年的話可能就另當別論。

康平這樣想，卻笑著對麻裕說：

「我當上社長不就得了？」

「我來幫忙吧。實在看不下去了。」

麻裕將手機放在吧檯，站起來把手提包放在椅子上，問日吉怎麼進廚房。

「門在那邊。不過這小地方算不上廚房。」

日吉小聲說，從櫃子裡拿出新圍裙。

麻裕套上及胸的白色圍裙，洗起杯盤。

快到十點，店裡才安靜下來。

「麻裕真是幫了我大忙。得付你打工的時薪才行。」

日吉對正在洗最後一組客人用過餐具的麻裕說，然後向康平推薦梅花肉排燉湯。

康平之前僅以一杯紅酒和堅果止飢，決定試吃那款新菜色，又點了琴蕾。

「換一下氣氛吧。」

日吉邊調琴蕾邊說，讓店內低聲流洩出賈克．路西耶以爵士鋼琴彈奏的韋瓦地《四季》。

「我在這裡一點一點地喝著紅酒就醉了。這時再喝琴蕾，明天會不會直接宿醉啊？」

「那不喝了？」

「別這麼說嘛，讓我喝一下。你的琴蕾很好喝。」

日吉笑了，在雞尾酒杯裡倒了滿滿的琴蕾。還說，剛才麻裕洗碗時跟我說你升官了，這杯琴蕾是為你慶祝的。

「嗯，謝謝。」

康平仔細品味第一口琴蕾，說：

「生意這麼好，你一個人忙不過來的。不過，我看也不見得每晚生意都這麼好吧。」

「真的幾乎是每晚吔。今晚也是第一波忙完，十一點還有一組六個人的訂位。客人說時間很晚很不好意思，還是想訂位。白天午餐的客人也變多了。不過午餐就只有燉牛肉加沙拉，麵包或白飯擇一的套餐而已。」

「你中午也開店？」

康平吃了一驚問道。

「從十二點到一點半。」

「你會把身體搞壞的。」

「可是，為了兒子，想盡量多存點錢。」

說完，日吉臉上閃過「糟了」的表情。

「兒子？你只有一個女兒啊。孩子就只有理香子而已吧？哪來的兒子？什麼時候在哪裡生的？」

被康平問起，日吉以「沒辦法，只好認了」的表情，說：

「我有個四歲的兒子，是我和我老婆的。」

打開了大深鍋的蓋子。裡面裝的好像是梅花肉排燉湯。

洗完杯盤的麻裕脫下圍裙回到吧檯座位，在康平耳邊悄聲問：

「我是不是離席比較好？」

日吉應該是聽到了，頭也不回地說：

「不，這不是什麼見不得人的事，麻裕用不著迴避。」

接著將那鍋湯換了鍋子，以文火加熱，一邊開始解釋。

去年九月，你來「Lucie」時我就想說了。五年前的三月，我應客人之邀去了富山的魚津。

那時正值螢烏賊的產季，客人特別包船，要去看被攔在定置網裡的螢烏賊群發光的樣子。

我雖然提不起勁，但三個月前就答應了，而且邀我的客人，是這棟大樓的屋主夫婦和他們的四位朋友，所以也不好拒絕。這趟旅行，是為了慶祝屋主夫人——也就是為「Lucie」製作料理的女性——病癒而規畫的。

在那五年前的三月，屋主夫人因乳癌開刀。五年沒有復發就算是痊癒，所以他們夫婦便想著要慶祝。

在那次旅行的十天前，我太太肚子裡胎兒的染色體檢查結果出爐了。查出是21三染色體症，也就是唐氏症。

現在其實也一樣，五年前的醫師就已經不會主動建議孕婦做羊膜穿刺，檢查胎兒的染色體。

但是，我太太當時四十歲。醫師或許是基於多年經驗，或許是對超音波裡胎兒心臟的跳動感到些微疑慮，表情凝重。

妻子敏感地察覺了。她懷著不安回家，也沒跟我說，自己想了一晚，第二天又到醫院，主動請醫師做檢查。

做檢查是為了什麼？萬一染色體異常，導致重度障礙就要引產嗎……。我認為，當時她沒有想到這些。

知道肚子裡的孩子是21三染色體症那天，我在網路上搜尋許多專業網站，查了唐氏症的資料。

查得越多就越絕望。我們的孩子即使長大成人，也很難自力更生。

網站上有協助唐氏症兒教育與職業訓練的機構，也有家長組成的互助團體。還有很多唐氏症兒的父母親所架設的個人部落格。我仔細閱讀這些網站，也去書店買了好幾本相關書籍來看。

然後，在做不出結論的情況下，搭機前往富山。

我實在沒有看螢烏賊的心情，也想過要拒絕，但屋主夫人從「Lucie」開店以來一直對我關照有加，慶祝她康復的聚會我絕不能缺席。

屋主夫婦五天前便已出發。他們先在京都觀光三天，然後搭電車到金澤住兩晚。再到富山，約好晚上七點和朋友與我在魚津會合。

我搭的是當天往富山機場的第一班飛機。與其在看得到妻子的地方沉思默想該不該生，不如去三月中旬仍寒意逼人的富山，看著海再下結論——我是這麼想的。

妻子去做檢查，抽羊水到染色體檢查結果出爐，便花了三週。時間不多了。

我先搭公車到富山車站。車站大樓的二樓有間書店，我在那裡買了富山的旅遊書。看了地圖，神通川注入富山灣之處，有個叫岩瀨的地方。書上說，從那裡沿著海通往魚津的路就是舊北陸街道。

就走這條路吧。集合時間是晚上七點。我帶了保暖的風衣來禦寒，但天空看起來隨時都會下雨或下雪，還是買把傘吧。

我這麼想，買了傘，上了計程車。實在沒有心情享受旅程。我一直心不在焉，想早點看到海。

一進入岩瀨的老街區，我便對司機說，請開到神通川的入海口那裡。

下了計程車，開始走司機告訴我的路時，下雪了。海上吹來的風比我預期的還要强，撐了傘便沒辦法走路。

我從神通川河口的公園看著河與海，宿命這個詞從我身上不知何處冒了出來。我這個人身上竟然有這個詞，讓我感到好不可思議。因為在那之前，我這輩子從來沒有思考過宿命這個詞。宿命，而非命運，這個詞湧現的那一瞬間，如今仍是我深刻的記憶，無法忘懷。

一群海鳥在神通川與岩瀨的海濱之間的沙洲棲息。我看著牠們，知道自己已經是第二十一號染色體有問題的胎兒父親。我心想，那孩子的父親就是我，當我得知妻子懷有長女時，倒是不曾有那種感覺。

我不怕成為唐氏症兒的父親，也不會想拒絕。孩子出生之後，我和我太太一定會愛護他、養育他。我們會讓他接受最多的教育，讓他受到訓練以盡可能適應社會，我們會無比疼愛、無比珍惜地養育他。

然而，即使如此，那孩子的成長還是有限。我和妻子不在之後，孩子該如何活下去？要把孩子交給誰？

國家嗎？養護機構嗎？

我漸漸對妻子感到憤怒。幹嘛跑去做什麼檢查。什麼都不知道生下來，自然就認命了不是嗎。會想知道狀況，就是打定主意萬一胎兒有先天疾病就要拿掉。那麼，為什麼還要這麼煩惱？為什麼要一臉憂鬱地叫我決定？

小雪變成雨，雲的顏色更深更黑，我一離開河口，便走進岩瀨的一整區老房子。

我在一條應該是舊北陸街道的路上走著，眼前出現運河。我站在狹窄的太鼓橋正中央，望著海，想起在網路上看過的一句話。

——21三染色體症的胎兒有百分之八十會死於流產或死胎。——

百分之八十。能平安生下的只有百分之二十。

然而，我對自己感到前所未有的卑劣，我竟然想賭百分之八十這麼高的機率。既然要指望機率，那我們夫婦倆憑自己的意願選擇墮胎不就好了嗎。

讓我們躊躇不前的，是生命的崇高嗎？倫理嗎？道德嗎？父母之愛？細雨變成霰，被打濕的頭髮好冰冷，我便用手帕擦了頭臉，撐起傘。

我過了太鼓橋，走在運河對岸的民宅前。因為另一邊似乎是死路。

我吸著鼻水，後悔沒帶手套。我的手凍僵了，撐著傘的手指失去感覺。

我又來到看似北陸街道的路上。

想起了在另一個網站上看到的段落。

——唐氏症的症狀有輕重之分，有些智能終生停留在兩、三歲，也有些能與正常人進行日常對話，學會簡單的工作，賺取微薄但固定的收入。——

强風掃過常願寺川最靠海的那座橋，我收起了傘。雖戴著保暖風衣的帽子，但沒有用。

我過了橋，到了一個叫作水橋的地方，想著要不要找川邊康平商量呢，從風衣口袋裡拿出手機。但我很快就打消念頭。

就算我去找他商量，他也無從回答。交情再深，他也不敢直說生下來或不生。這只能靠當事人夫婦自己決定。找他討論只是徒增他的困擾。

走在水橋彎彎曲曲的路上，我想起網站上看到唐氏症兒的家長和人權團體激烈的論調。

他們對染色體檢查持反對意見。有情緒性的發言，也有基於生命尊嚴，以教誨的論調諄諄描述他們的想法。

而每一則意見和抗議都有他們的道理。

走出水橋的時候，我的小腿肌肉開始疼痛，從走十步就要休息，變成走五步。手指沒有感覺，耳朵也好痛。鼻子好像快結冰了。今天的富山是冬天的回馬槍嗎？

我對於自己打算從岩瀨走到魚津的念頭大為後悔。好想找地方取暖，好想喝杯熱咖啡。想歸想，但附近根本沒有咖啡店。

要是小腿肚越來越痛的話就別走了，搭計程車吧。想歸想，但路上連一輛計程車都沒有。

我撐著傘看地圖。

最近的車站在哪裡？先走到那裡搭電車吧。整條腿都痛起來了。好冷。就算是風和日麗的好天氣，平日運動不足的我也沒辦法從岩瀨走到魚津吧。

明明是二選一的抉擇。為了這道難題下結論，需要時間加以思考，我才決定走岩瀨到魚津這二十公里的路，但其實只要考慮天氣和腳力，就知道根本不可能。我走不完的。

照地圖來看，到中滑川站應該比回水橋站近。

夾帶著雪的雨變成霧雨。我朝著中滑川站再度邁出腳步。不到十分鐘，這次連右腳的阿基里斯腱也開始痛。但是，我無論如何都必須走到車站。

霧雨中的木造民宅讓我遙想過去的舊街道，十分有情調。我覺得這些古老的房子正紛紛對我說辛苦了。

走著走著，我覺得答案就在自己剛才心中的低語裡，便停下腳步。

——我走不完的。——

是啊，我不該貿然啓步的。妻子肚子裡的胎兒，也沒有走完人生的腳力。

用飛機來比喻好了。沒有乘客明知道飛機搭載的燃料不足以抵達目的地卻還上飛機的。

就是得看開。不能被情感和流於表面的倫理束縛。

我這麼想。我決定要拿掉這個孩子。

在醫學還不發達的時代，連胎兒的性別都不知道。不生出來根本無從判斷是否有先天疾病，所以無法選擇墮胎這個方法。

現在不同了。懷孕初期就能檢測出好幾種重大疾病。我們活在進步的現代社會，價值觀因科技進步而日異改變，我們不應背道而馳。

我這樣告訴自己。

小腿肚和阿基里斯腱的疼痛好像減弱了。不，是真的減弱了。

我以前所未有的抖擻步伐走在舊北陸街道上。然而，盤踞心頭的疙瘩卻越來越巨大。

霧雨再度變成小雪，舊北陸街道兩側出現了紅殼格子的氣派傳統大宅，應該是江戶時代的大商家吧。左側都是高高的防波堤。

因海風風化的木牆被打濕，黝黑地反著光。如果沿路都是這種房子，那我想再多走一會兒舊街道。

一看地圖，我已經錯過了去中滑川車站應該拐彎的路。

有一條不知是河川還是運河的水流，掉光葉子的柳樹，長長的樹枝大力搖曳。我轉進這條水流旁的小路。腿的疼痛減弱了，但冷風颼颼作響，我想找地方取暖。為了避風，我改變行走的方向，從舊街道往山邊，朝滑川站前進。

我發現那些出現了又消失的水流是運河而不是河，這才曉得滑川這個地方遍布運河。有些運河似乎已經沒有使用而自然乾涸。

小路分岔，兩側是密密麻麻的民宅。只要一直走這條路，就會通到JR與富山地方鐵道平行的鐵路，自然就會到滑川站，於是我繼續走。

打電話給妻子吧。把我的想法告訴她。她應該在等我的電話。但在那之前，我想先暖暖身子。滑川車站附近總不會連一家咖啡店都沒有吧。

我這樣盤算，繼續前進，視線裡出現一幢巨大紅磚牆建築物的一部分。旁邊有看似超市的地方，也有店鋪。四周一副新興商業區的樣子。

我想在這裡稍事喘息，好奇是什麼建築而走到紅磚牆那邊一看，原來是滑川市立圖書館。

直到現在，我也不知道為什麼會走進圖書館。怎麼沒有先找咖啡店呢？不是想喝熱咖啡嗎？

滑川市立圖書館和我大學校園裡的圖書館很像，所以就近看到那紅磚牆的瞬間，就被懷念的心給吸引過去——只能這樣解釋了。圖書館後側就是JR和富山地方鐵道。滑川站近在咫尺。

我辦了手續，一踏入一樓的閱覽室，便在職員不容易看到的位置坐下來。

讓走累的身體休息，利用館內的暖氣温熱受寒的身體，一邊按摩小腿肚。

閱覽民衆包括我在内只有三個人。身體休息一會兒之後，我想該隨便拿個一、兩本書過來，假裝看書。

我不希望別人以為我是個厚臉皮的人，利用圖書館來取暖。

我從座位上起身，走到擺了許多書的書架，掃視書背。妻子的臉頻頻卻浮現腦中。

我沒有想看的書。也不想看關於唐氏症的書。我已經做了決斷，並且堅定不移。

我也不知道為什麼這樣的我拿起了維克多．弗蘭克的《向生命説Ｙｅｓ！》。也許是決定拿掉自己骨肉的我，希望人有對我説聲「Ｙｅｓ」，在我背後推一把。

據譯者解説，這本《向生命説Ｙｅｓ！》收錄了精神科醫師弗蘭克自納粹集中營獲救後，翌年在維也納的市民大學舉行的連三場演講内容。

我只是想假裝看書，所以隨便翻開，卻硬生生被「越是智能遲緩的孩子，父母的愛越深」的標題甩了一巴掌。

為什麼偏偏從書架上抽出這麼一本書，翻開的頁面上又偏偏有這麼一行字呢？我嘆了一口氣，聲音大得整個靜謐的閱覽室都聽得見，卻不禁開始讀起那一章。

——儘管人人都知道安樂死是時代的趨勢，還請大家原諒我在此時讀一封失去孩子的母親的信。這封信最近在維也納的一家報上刊登過，其中一段節錄如下。

「我的孩子因頭蓋骨在胎中提早密合而得了不治之症，在一九二九年六月六日出生。當時我十八歲。我像敬神般敬我的孩子，對她有無盡的愛。我母親和我爲了幫助這可憐的小寶貝，任何事都做了。但，一切都是徒然。孩子不會走路也不會說話。可是當時我還年輕，不肯放棄希望。我日夜工作，一心只爲買補品和藥品給可愛的女兒。當我把女兒又瘦又小的手環住我的脖子，問她『你愛媽媽嗎？小寶貝』，女兒就會緊緊抱住我，微笑著，用她的小手笨拙地撫摸我的臉。那時候我感到幸福洋溢。不管發生了多麼難過的事，我依然無比幸福。」——

後來我才知道，「越是智能遲緩的孩子，父母的愛越深」這個標題不是弗蘭克取的，而是譯者為了讓這本演講集容易閱讀所擬。

我在滑川市立圖書館的椅子上坐了好久，望著書卻一個字都沒讀進去。

當然，我認為將這名少女與唐氏症兒概括為身心障礙者，放在同一條線上類比是不對的，但我在水橋做出的堅定不移的決斷卻大大動搖，讓我的心回到原點。

我試著思索，為何這位母親會讓她如此深愛、日夜工作來養育的孩子安樂死。我想，答案的提示就在弗蘭克「人人都知道安樂死是時代的趨勢」這句含蓄的話裡。

弗蘭克的演講是在第二次世界大戰結束的翌年舉行。戰時，納粹毫不留情地淘汰身心障礙者。淘汰，也就是以安樂死為名的殺戮。

這名女子的女兒很可能也是如此。

她再怎麼疼愛女兒，面對滔天權力也無能為力。

女兒被帶走時，這名女子該是如何慟哭呢……。

我想到從母親身上奪走孩子的殘忍。母親對孩子的愛，與父親的不同。

我又在那裡坐了三十分鐘，才把書放回架上，離開圖書館。室外的小雪變成小小的霰。

我早餐只吃了一片吐司配牛奶，卻一點都不覺得餓，也無心喝咖啡。

我去到滑川站，坐在候車室的椅子上，待了三十分鐘。然後買了到魚津的車票，站在收票口時，我一心只覺得應該讓妻子依她的意思去做。我應該全力尊重妻子的意願才是。

我對準備接票的中年站務員說：

「我搭下一班車。」

一出車站，我朝筆直通往海邊的路走去，回到舊北陸街道。

我把票丟進了滑川漁港前的那條運河，再度走上前往魚津之路。

我激動得難以自已。只能在寒風吹拂的舊街道上不斷地狂走，好平抑我的情緒。

經過滑川漁港又走了一陣子，風變得更強。舊街道兩側的民宅之後，是一大片枯葉色的田。天空是不帶感情的灰色。

我來到一個叫荒俣的地方，實在不能不撐傘了。在那裡，我下定決心打電話給妻子。

我把以飛機為比喻的想法告訴妻子，然後問她，你想怎麼做就老實說吧。

「我想生。我想生下來養。」

妻子哭著回答。

「好。我們做父母的就盡我們所能。無論未來發生什麼事，都不要抱怨喔。要把失望、絕望這些詞都從我們心裡刪掉。知道嗎，因為我們已經決定要生下他了。」

我大聲說。風聲和霰聲令我聽不見妻子的聲音。我把手機收進口袋，繼續走在視野很差的舊街道上。我知道，靠著營業一間純酒吧勉强養活我們一家三口的收入是不夠的。必須想辦法多賺一點。可是，該怎麼做？

既然決定要生養，身為父親的我所想的就只有這件事。

我想不起走了多久才看到魚津港附近那座大摩天輪。

霰變成小滴的雨，可以清楚望見大摩天輪的一個個車廂。那時候我才知道，沒有人坐的大摩天輪是多麼清冷。

接下來，我在海岸邊和港口旁走了很久，好不容易看到咖啡店，進去點了咖啡。中年男客全都盯著電視的自行車賽實況轉播。畫面上出現賠率。那是第四台的自行車專用頻道。

我品味著咖啡，讓雙腳休息，店裡的氣氛不適合讓我重新思考與妻子兩人做出的結論，但我反而有種被拉回俗世的感覺，看著電視畫面上終點前的攻防戰，好幾輛自行車簡直像在猛烈碰撞。

生來便是唐寶寶的兒子，過了一歲生日還不會抬頭。一歲半才開始吃副食品。呼吸系統和心臟也很弱。

我是在兒子滿兩歲以後，才向屋主夫婦說起兒子的事。

屋主夫人說，原來你那次在魚津看捕撈螢烏賊之前，從岩瀨到魚津走了二十公里，考慮著該生還是該拿掉嗎，然後陷入一陣沉默。

當晚，屋主夫人打電話給我。

她說，我會幫京介先生現在的店想出更賺錢的方法。

又說，我們來把這家撥著愛聽的歌曲、形同為興趣而經營的純酒吧，變成賓客盈門的餐酒館。

我說我不會做菜，店裡也沒有烹煮空間，屋主夫人便說這些都交給我，京介先生聽我的就對了。她以近乎嚴令的語氣逼我下定決心。

把這家店的吧檯後方那一小塊空間硬改成新的洗碗槽和調理區，設計菜單，試作菜色，我只要加熱盛盤即可——構思這些方法並付諸實行的，都是屋主夫人。

她是個做得比說快的人，不但有商業頭腦，烹煮的料理又好吃，所以從去年底開始店裡就連日客滿。連我也感到相當疲累，但一想到兒子的將來就不敢鬆懈。

總之，即使是現在，我也不知道怎麼做才是對的。也會忍不住想，難道真的沒有人能告訴我什麼是對的嗎。

但是，在水橋那裡，從我心裡冒出來的話——沒有乘客明知道飛機搭載的燃料不足以抵達目的地卻還上飛機的，也是一種想法。

日吉京介並不是一口氣把這些說完。其間，為康平做了「梅花肉排燉湯」，為麻裕做了「香辣茄汁筆管麵」和「法式奶油香煎金眼鯛」，為其他客人做沙拉時也暫時中斷談話。

日吉還要再說些什麼時，訂位的六名客人來了。

四人點了紅酒，兩人點了雞尾酒，看著菜單又點起餐來。

麻裕進了調理區，穿上白色圍裙後去接待客人。

康平從他們的談話聽出是送別會。心想，是啊，現在正是送別會的季節，對日吉說：

「等做完他們的餐，給我一杯辛口馬丁尼。」

「咦！你行嗎？明天肯定會宿醉。」

「多少要貢獻一點營業額。」

康平說完，吃了小塊的大蒜吐司。

「你什麼時候開始來這裡工作的？」

有客人這樣問麻裕。看來誤以為協助點餐的麻裕是服務生。

「今天開始的。」

麻裕答完回來，將客人點的菜告訴日吉，直接在狹窄的調理區繼續幫忙。

「我對這家店的沙拉很有意見，看在他們請了這麼可愛的女服務生份上，就算了。」

另一個客人說。

哦，剛才就一直覺得好像少了什麼，原來是沙拉啊。兩個對半切開的小蕃茄，紅葉萵苣和少許高麗菜絲。正因為餐點很實在，裝在小瓷碗裡的沙拉越發顯得只是湊和。

但是，沙拉一定要新鮮，所以不能預做，照店內現在這種忙法，日吉一個人顧不到那麼多。

康平邊想邊壓低聲音問日吉：

「後面那些人從事什麼工作？拖到晚上十一點才開送別會，可不是一般的行業吧？」

日吉小聲告訴他，是二十四小時受理網路、電話、傳真訂購的購物公司的員工。

直接與客人應對的是約聘人員，但為了能在出問題時迅速處理，員工以三班制隨時待命。

「哦，原來如此。」

「晚上十點到早上六點。早上六點到下午兩點。下午兩點到晚上十點。我想他們是這三個時段。其他員工中午也會來，是我們的好客人。」

「沙拉是簡陋了點，不過餐後客人都會想要咖啡或紅茶吧？你這裡雖然叫餐酒館，好歹也要提供附餐飲料啊。」

「我知道沙拉要改進，可是咖啡、紅茶我都不能附。因為附近咖啡店就有三家。鄰里的情義還是要顧。」

「哦，原來如此。這些顧慮也很重要。」

「咖啡店的老闆還會向自己店裡的客人推薦說那家餐酒館很好吃，後來，我就多了五組常客。彼此互相嘛。」

「學生時代的日吉京介可是目中無人，以為地球為自己而轉呢，人還真是活到老變到老啊。」

聽康平這麼說，日吉也笑說：

「你自己還不是半斤八兩。」

一邊將煮好的筆管麵拌進平底鍋裡的蕃茄醬。

麻裕將紅酒和雞尾酒端給客人，又回到調理區，開始做大蒜吐司。

康平打開日吉放在吧檯一角的筆電，搜尋「富山縣全圖」，在畫面中出現的地圖尋找岩瀨到魚津的舊北陸街道。

康平想到，去年九月來「Lucie」時，也和日吉一起看了這張富山縣地圖。那天晚上，在歌舞伎町附近舉辦脇田千春的送別會，之後繞到「Lucie」。脇田千春即將要回去的下新川郡入善町在富山縣的哪裡？她總是會想起愛本橋的紅色拱型橋身，又是何種風光？康平忽然感到好奇，便用電腦查了。

哦，那一晚，有一桌五位女性來用餐，其中三人先走，兩位美女換到吧檯，說梵谷的《星夜》就要送到家了。

康平想起那時候的事，問日吉：

「梵谷的《星夜》那位小姐，後來還有光顧嗎？」

「嗯，來過三次。每次都是五個人。好像是大學時代的一群閨密。」

「那幅畫的事，你問過沒？」

「怎麼好意思問啊。那就表示酒吧老闆偷聽客人的談話啊。」

「你不是每次都在偷聽嗎？」

「我才沒有呢。是坐吧檯的客人說的話擅自傳進我耳裡。」

日吉笑著與康平小聲交談時，也有條不紊地依序將料理加熱盛盤。

六個客人結束送別會離開時，已經快一點了。

他們點了兩瓶紅酒、三種手工香腸拼盤兩盤，又追加兩份法國奶油香煎金眼鯛，連六人份的蒜味吐司都吃光光。這群客人走了之後，日吉收拾好桌面，在康平旁邊的椅子坐下來。

「好累。」

大聲說完，抽了菸。

「喂，我的辛口馬丁尼呢？」

日吉向康平應聲說你自己做，然後對正在洗盤子、叉子的麻裕道謝。

洗完碗，麻裕穿著圍裙就在桌位的椅子上坐下來，也說：

「好累。」

「幫我做辛口馬丁尼啦。我一直等到現在吔。」

「爸，你現在再喝辛口馬丁尼，明天會很不舒服。」

說完，麻裕從椅子上站起來，疊好圍裙放在調理區的架上，挽起康平的手，催他回家。

「紅酒的酒意已經醒了。我們是為什麼來這裡的？對了，是為了請日吉幫忙麻裕找工作。」

正閉著眼、左右扭動脖子的日吉問麻裕，大學畢業是去年還是前年。

「去年。本來待在做時裝的公司，研修完三個月要派到廣島工廠上班，我就辭職了。」

麻裕回答之後，用力拉康平的手。

「那，才二十三囉？」

「五月就二十四了。」

「這棟大樓的屋主還有其他公寓和商業大樓，開了一家公司來管理。在那裡工作快二十年的女性五月底就要離職了……。現在正在找新人，我明天打電話去問問。」

日吉說。

今天實在是累了。康平這麼想，結帳走出「Lucie」，和麻裕並肩走向車多的大馬路。

結果，日吉從後面叫他。康平折回日吉站著的地方。

「今年，等天氣暖一點，要不要去富山住個一、兩晚？一起去走我的回憶之路？」

日吉說道。

「從岩瀨到魚津那段長達二十公里的舊北陸街道嗎……。我明天起就開始練腳力。」

康平向路燈下日吉的臉微微一笑，這麼說。

從四月一日起，川邊康平提早四十分鐘起床，穿上健走鞋，從家裡走路去上班。皮鞋裝在高爾夫球鞋袋裡提著。

妻子不以為然，說穿西裝打領帶，腳上卻是一雙健走鞋，實在不好看，但走了三天，康平發現做類似打扮上班的中年男子很多。

本來是為了和日吉京介去富山時從岩瀨走到魚津而早起，以不疾不徐的腳步走近四十分鐘上班，但康平內心其實是希望藉由早起改變自己。

買下二十五坪的土地，在上面建三層樓鋼筋混凝土的房子，靠著預支退休金和公司的員工購屋貸款，再加上川邊家原有的儲蓄，於是十年期限的銀行貸款成真了。

辦妥這些手續的那一天，康平很想改變自己。

但是，他又不知道從何改起。只是，認為自己非改變不可。

如果沒有具體的行動，人是無法徹底改變的，康平便從自己最不擅長的早起著手，但既然要早起，那麼雨天以外的日子就改成走路到公司，為富山之旅做準備。

開始走路上班的第十天，麻裕找到了工作。日吉幫忙介紹的「嶋田公司」是管理三棟商業大樓和四棟出租公寓的企業，但大樓本身的管理委託給專門的物業公司。

「嶋田公司」是為了統一管理經營大樓的屋主主要的房租收入、設備維修費用等而設立的公司，要找能夠立刻處理會計事務的女職員。熟悉電腦操作也是條件之一。

這兩項經驗麻裕都沒有，因此在面試後一度被拒，但五天後社長來電，提議她不妨與五月底離開的女職員交接，同時學習會計事務和如何操作電腦。

雖然這些都不是短短一個半月就學得會，但這段期間就當作試用期，正式上班。

雖然明知試用期結束不一定能獲得正式採用，麻裕卻立刻報名了會計專門學校開始上課。

那是夜間的短期學程，招生期間已經截止，但因為還有名額，麻裕便死活拜託，得以入學。

康平認為「嶋田公司」的老闆考慮聘請沒有相關經驗的川邊麻裕，背後肯定有日吉京介的强力懇求與推薦。日吉雖然沒有提，但他私下一定重重拜託了大樓的屋主。

星期五晚上，康平正在收拾準備回家時，接到日吉的電話。

「今晚要不要過來？」

日吉說。

康平看了掛在業務一部牆上的大電子鐘。七點多了。

「這個嘛，明天雖然不用上班，但我要照平常的時間起床健走，所以要早點回家。」

「你還持續早起走路啊？」

「我會堅持到我退休。」

「我有東西想請你吃吃看。」

「你又加了新菜色？」

「嗯。那道菜等於是麻裕做的。」

「咦！她會做什麼？」

「哎，你來吃吃看嘛。還有客人專程為了吃這道菜而來。不過這樣的客人我都請他坐吧檯。」

「麻裕晚上都去會計專門學校上課啊。」

「反正你來就是了。」

業務本部還有五個同仁沒下班。康平掛了電話後，前往位於道玄坂的「Lucie」。

麻裕該不會沒去上課跑來「Lucie」幫忙吧——邊想邊下樓開了門，只見兩張桌子坐了七個客人，已經用完餐，談興正濃。吧檯的位子空無一人。

康平在吧檯坐下，將裝了健走鞋的高爾夫球鞋袋放在旁邊的椅子上，往調理區看，有木頭做的大碗。

日吉悄聲問他，覺得店裡賣一千五百圓的梅花肉排燉湯附蒜味吐司，成本是多少呢？

「我對餐飲的成本一點概念都沒有。你用的是很好的豬肉吧？上次我吃過，真的很美味。」

「差不多七百到八百圓之間。不過裡面已經包含水電費、瓦斯費，還有房租。」

「那，一人份售價的一半就是淨利？」

「沒錯。」

「那個你一天賣幾份？」

「多的時候十二、三份，少的時候七、八份。平均十份吧。」

「其他道菜也差不多是這個比例嗎？」

聽康平問起，日吉回答對啊，從調理區拿來一個大木碗，說麻裕幫忙製作了淨利率更高的餐點。

「到底是什麼啦？」

「凱薩沙拉。一份一千圓。這可是正統、道地的凱薩沙拉喔，客人。」

「她都在哪裡做啊？」

「就調理區這裡。」

日吉從冰箱拿出一個有蓋的玻璃瓶。每天早上，麻裕會在上班前做好，放進「Lucie」的冰箱，才去附近的「嶋田公司」上班。

「那個瓶子裡裝的是什麼？」

問完，康平點了啤酒。

凱薩沙拉這道菜要在客人眼前做才道地，但我們店裡沒辦法這麼做。日吉邊說，邊把泡泡量不多也不少的啤酒放在康平面前。

康平一口氣喝掉一半，透著光細看玻璃瓶裡的東西。

「橄欖油、伍斯特醬、磨碎的鯷魚、芥末、黑胡椒都攪在一起。」

日吉說，把玻璃瓶裡的東西搖勻，倒了約三大匙的量在小碟子裡。

然後拿一瓣大蒜抹了碗，放入蛋黃和帕馬森起司，以麻裕做的沙拉醬拌勻，再加入三片蘿蔓生菜，迅速讓所有生菜葉都沾上醬汁。

「這蛋黃是稍微燙過的。不用蛋白。雖然有稍微加熱過，但非常接近生蛋黃，所以不能事先拌進沙拉醬裡。」

日吉說，將蘿蔓生菜盛盤，再灑上帕馬森起司。然後，把盤子放在康平面前，說這就是他依照廂裕所教的步驟而製作出來的凱薩沙拉。

康平拿刀把蘿蔓生菜切對半，再用叉子折成一半送進嘴裡。

純正義大利帕馬森起司濃厚的香氣，很快便因裹在爽脆的蘿蔓生菜上的沙拉醬在嘴裡中和，與橄欖油、鯷魚、蛋黃和微微的蒜香混合成絕妙的風味。

這是廂裕做的？她去哪裡學會這麼好吃的凱薩沙拉？

康平暗自讚歎，說道：

「真好吃。我沒吃過這麼好吃的凱薩沙拉。」

「這用的不是市售的帕馬森起司。是拿純正的義大利帕馬森起司塊磨成大顆粒的粉，大量加進去。廂裕嚴格規定我：叔叔，別小氣，要加到你覺得好像太多了。」

日吉開心地這麼說。

「適合配啤酒，但配紅酒更好。」

康平喝完啤酒之後這麼說。

「廂裕說她是在網路上調查，又參考了好幾本料理雜誌，還問了一位朋友的朋友，是在銀座知名法國餐廳學藝的，試做各種凱薩沙拉之後，覺得這個版本最好吃。」

日吉邊說明邊在酒杯裡倒紅酒。

原以為這個驕縱的女兒只會讓父母擔心，沒想到她一直偷偷試做凱薩沙拉，好改良「Lucie」讓客人有怨言的沙拉，甚至讓沙拉可以獨立成一道菜來賣。難怪夜裡總覺得廚房有人，原來是麻裕啊……。

康平這麼想。

「她白天努力學新工作，晚上又在會計專門學校上短期課程，我跟她說不要這麼勉强，但她仍然每天早上都幫忙做沙拉醬，說要補回失去的三年。」

康平因為日吉的話將刀叉放在盤上，問：

「麻裕這麼說？」

「麻裕早就發現我知道她和有婦之夫來往三年了。雖然我一直裝作不知情的樣子。」

吃完沙拉，康平用叉子刮起盤起裡剩下的一點點沙拉醬，舔乾淨。

「這沙拉很有飽足感。難怪有客人專程來吃凱薩沙拉。這才是沙拉之王。」

「屋主夫人也很佩服。在試做這款沙拉之前，麻裕一直反覆問我，剛才問你那些關於價格的事，成本啦，淨利啦，追根究底地問。然後去想，用不到五百圓做得出來，卻可以賣一千圓的沙拉是什麼樣子。」

說到這，康平便想起數學是麻裕國、高中時的拿手科目。因為數學成績特別優秀，大學就去報考理工學院的數學系。

其他的麻裕都不看在眼裡，但也考了別的大學當備胎。因為她不想重考。但是，第一志願的大學落榜了，她變得有些自暴自棄，進入第二志願的大學。那裡沒有數學系，所以她選了心理系，大概也是不想增加父母的負擔吧。

上大學之後，想鑽研數學卻無法如願的遺憾也沒有消失，在學校裡與其他同學處不來，便在打工的地方遇見那個男的……。

康平向日吉說起當時的事，又說：

「年輕的時候，為什麼一點小事就會自暴自棄啊。」

坐桌位的客人結了帳離開之後，「Lucie」就靜下來。

日吉整理了桌面，換上新桌巾。

洗完碗盤又為康平倒第二杯紅酒，邊說：

「我放棄考律師的時候，也覺得自己在人生中落隊了，誰都不想見。」

康平又點了一盤凱薩沙拉。

「你又不是兔子。吃兩盤就吃不下別的了。」

「沒關係，我想再吃一盤。對了，還有，等我喝完這杯紅酒，幫我做個百齡罈加沛綠雅。單份就好。」

日吉做凱薩沙拉時，康平用筆電點開富山縣的地圖，問：

「什麼時候去？」

「我太怕下雨了，想等夏天，可是富山的夏天很熱。熱衰竭是很可怕的。梅雨季之前如何？」

康平喝著紅酒想了一會兒。

「五月底嗎……。但，不是梅雨季一樣會下雨啊。」

喃喃這樣說著，康平想起脇田千春。可以請千春協助判斷，在明天絕對會放晴的日子通知他們啊。

但是，又非假日不可，所以他們必須事先準備好，一接到千春的電話後隨時整裝出發。

康平把自己的想法告訴日吉。

「你是說，要是那位脇田小姐聯絡說明天會是晴天，我們就要跳上第二天一早的飛機？那就限定是五月的連休結束之後，到北陸地方進入梅雨季節之前這段期間？」

「氣象預報加上當地人的預測，天晴天雨的準確率應該很高吧。要是這樣還失準，那你就是命中注定要在雨天走舊北陸街道。那一天，我也會作陪日吉京介的命中注定。」

「在雨中走二十公里很辛苦喔。」

說完，日吉笑了。

吃著第二盤凱薩沙拉，康平心想，是嗎，麻裕要「補回失去的三年」嗎。最痛苦的一定是麻裕。我的女兒因為與有婦之夫的一場癡戀，受了許多苦，學了很多東西。

為了「Lucie」，為了日吉京介的兒子，麻裕做出這麼可口的沙拉，不是嗎。也不知道會不會被正式錄取，就一邊在嶋田公司學，晚上又去念會計專門學校，不是嗎。

不但如此，早上還比我早起，做好一天份的沙拉醬，裝進玻璃瓶、放進

「Lucie」的冰箱才去上班，天天如此。

康平這麼想，移動電腦畫面，以入善漁港和黑部川為中心放大。看著黑部川沖積扇，說：

「我也想去入善町的田園地帶逛逛。從岩瀨走到魚津之後再去，會不會太勉强？」

「從魚津到入善町用走的很遠喔。不過，搭電車一下就到了。」

日吉從冷凍庫裡拿出一大塊冰，拿冰鑽邊鑿邊説。

喝著百齡罈加沛綠雅，康平和日吉看了地圖，規畫旅遊路線。

搭早上第一班飛往富山的飛機。從機場搭計程車到岩瀨，走到魚津。

從JR魚津站搭電車到入善站，經過脇田千春家附近走到愛本橋，搭富山地方鐵道回魚津，在飯店住一晚。

康平在記事本上把這些記下來，問日吉：

「這樣規畫如何？」

「唔——」

日吉沉吟著雙手環胸，看著電腦畫面沉思。

「我們到入善站的時候會累得不成人形。從入善站到愛本橋也很遠吧？我覺得有點強行軍。」

因為日吉這麼說，康平便提議，既然如此，當天就在入善町過夜，第二天一早走到愛本橋，搭富山地方鐵道到宇奈月溫泉，在那裡換乘觀光小火車，去黑部水壩。

「你啊，還去黑部水壩，從觀光小火車的終點到水壩又沒有觀光客可以利用的交通工具。不是說想去逛逛就能去的。就算用走的好了，那再來呢？還是回宇奈月，在魚津或富山市內過夜嗎？」

「有穿到長野縣信濃大町的路啊。從那裡搭電車的話，當天就能回東京。」

「你說的是立山黑部的阿爾卑斯山脈路線吧？康平，你要把第一天從岩瀨到魚津那二十公里計算進去喔。那段二十公里的舊北陸街道是用走的。也別忘了你和我星期一都是要工作的。」

唔——康平雙手環胸沉思。

「我實在很想去黑部川東側的廣大田園走走。在初夏的陽光下，綠油油的嫩稻隨風搖曳。前方是白雪皚皚的立山連峰和北阿爾卑斯群山。後面是富山灣。旁邊是黑部川的清流。從這樣一個地方『鎮日悠然[1]』地走向紅色的愛本橋。人生也需要這樣的逗號吧？」

「逗號是嗎……」

日吉笑著說，然後問今晚要吃什麼。

「我什麼都吃不下了。凱薩沙拉正在我的胃裡翻滾。」

「就叫你不要吃第二盤了吧。」

日吉收拾了凱薩沙拉的盤子，指指威士忌瓶，以表情問要不要再來一杯。

「不了，我也該回去了。」

說著，康平發現日吉京介的相貌和以前迥然不同。

是哪裡發生什麼變化他也說不上來，但感覺就是，構成一張臉的核心的什麼，彷彿被晴天靜海的沉穩給裹住了。

他曾接觸過與日吉的面相具有同一種氣質的人，卻想不起是誰。

「你的長相變了。是不是走完富山縣的岩瀨到魚津那二十公里之後，慢慢變了？」

康平說。

日吉從調理區看著康平一會兒，問：

「你覺得我變了？」

「嗯，臉變得讓跟你在一起的人很安心。」

「哦，倒是沒人這麼說過。」

日吉停下準備洗碗的手，回到康平面前這麼說。那一瞬間，康平想起與日吉同一類、擁有如晴天靜海般沉穩的人是誰了。就是脇田千春。

不是長相有什麼共同之處，而是因為脇田千春的存在本身，就能讓四周穩定和諧。

原來如此，脇田千春辭職之後，業務一部持續多時的失落感原來是源自於此啊——康平心想。

「我兒子出生的時候，我就和我老婆約好，在這個孩子面前永遠都要面帶笑容。可是，明明既不開心又不好笑還要面帶笑容，真的很難。我站在鏡子前練習笑容不知練了多少次。一開始，會覺得這麼做好像白癡，可是過了一年、兩年，自然而然就會露出笑容。結果，不只在兒子面前，在店裡見到客人的時候也會露出笑容。後來，我覺得沒事露出笑容對客人可能反而失禮，想著在店裡就別這麼做，可是臉就已經變成那樣。」

日吉說。

雖然他為了掩飾難為情，故意說得搞笑，但康平心想，原來要達到今天這個境界，他暗地裡自我訓練了四年啊。

餐酒館「Lucie」的餐點的確可口。這都要歸功於大樓的屋主夫人。但是，「Lucie」生意興隆的原因，有一半是老闆蘊釀出來的沉穩和安心感。

一定沒有人發現，這半年多來沉澱在小野建設機械租賃業務部的一絲寂寥，起因竟是少了脇田千春這名沉默寡言又樸實無華的女職員。

脇田千春並沒有什麼外觀上的特徵。工作表現在其他內勤女職員當中也不特別出色。儘管如此，她的存在本身，就能讓在殺氣騰騰的業務第一線衝鋒陷陣的人，把心平靜、柔和下來。

康平深有此感，然後把脇田千春的事告訴日吉。

「前天，我和我們部裡的年輕人去喝酒，有人說，我們整個業務部都沉寂下來了。我們公司就要陷入惡戰苦鬥的風暴，人人都很拚命，業務本部長又得了重病，也難怪業務部殺氣重。可是這種寂寥感、失落感的根本原因何在？說這話的人藉著酒意嚷起來，激勵大家要重振精神啊。我覺得事情都該怪我，便向大家道歉。結果所有人都說不是次長的錯。業務部，尤其是業務一部雖然少了什麼，但沒有人知道那究竟是什麼。原來就是脇田千春啊。她只是待在業務一部一角，光是這樣，就能讓大家安心，獲得撫慰。可是，卻沒有任何人發現這一點。」

聽了康平的話，日吉說：

「嗯，我也相信人有這種力量。」

「我從客戶那裡累得半死回到公司，她泡了熱茶端給我時，說：『部長，是茶。』你知道我回她什麼嗎？『看就知道是茶啊。』……光是要為這件事道歉，我就一定得去富山縣下新川郡入善町。」

康平說完，日吉京介便用筆電連上入善町的網站，查了車站附近一家飯店的住宿費等資料。

兩人只決定好旅行的第一天要從岩瀨走到魚津，再從魚津搭電車到入善站，投宿站前的飯店，康平便走出「Lucie」踏上歸途。

星期一早上，一到公司大樓，康平沒有立刻進電梯，而是去大廳後面的廁所，換下健走鞋、穿上皮鞋，再脫掉西裝外套，洗了微微冒汗的臉。然後，看了手機。

昨天下午，他發簡訊給平松純市問脇田千春的手機號碼，但截止目前仍未收到任何回應。

心想反正明天就會在公司碰面，但這是第一次平松沒有回康平發的訊息，康平從家裡走到公司的路上越想越擔心他是不是出事了。

康平將手機收進西裝口袋，一面猜想是不是週六、週日都很忙？是不是交了女朋友？

搭電梯上四樓，來到自己辦公桌，康平向今天輪早班的同事們打招呼，自己泡了茶。

九點十五分要開業務一部的週會。下午一點半搭新幹線到濱松。請S土木建設的負責窗口看報價單，爭取訂單。這筆生意非拿下不可。

S土木建設向來是濱松最有力的營造公司，已經接下於明年動工的高速公路工程中的三十二公里。康平希望這項工程必須使用的機械，能夠全都由小野建設機械租賃提供。

這次拜訪，相當於爭取這份訂單的序幕，這一點S土木建設的負責窗口也很清楚。

平松純市自己花三年的時間，才好不容易敲開了過去不曾來往的S土木建設的門。假如門有一公尺，平松打開的只有三十公分。

S土木建設向來優先與當地業者合作，本來無意與總公司在東京、濱松沒有分店的小野建設機械租賃來往。

平松一次又一次往濱松跑，就算現在這位窗口當面把剛遞過去的名片丟進垃圾桶，他也沒放棄。

S土木建設開始考慮小野建設機械租賃，固然是因為一向與他們合作的當地業者倒閉，以及小野提供的機械種類與台數的差異打動了他們，但也是因為平松本著「人對人」的業務理念，不屈不撓，才讓合作有了希望。

平松也曾幾度灰心，但每次都鼓勵自己，繼續往濱松跑。

想到平松三年來的努力，康平也再次調整報價，看看今天的交涉能不能在價格上多準備一點空間。

上班時間到了，平松純市卻沒有現身。

「他是怎麼了啊。」

對今天的濱松行和平松一直以來的努力都十分理解的大谷微微蹙著眉對康平說。

「從他住的地方到新宿，要搭地鐵和中央線是吧。會不會是其中哪一段延誤了？」

因康平這麼問，大谷查了電腦之後說：

「都內的交通都正常運行。沒有交通事故也沒有誤點。」

然後帶著自己的筆電走向會議室。

當康平聽業務一部的員工詳細報告目前手上進行的工作時，平松來電了。

「對不起。我現在在醫院。」

平松說。

「怎麼了？」

康平站起來，走到窗邊。

「我得了腮腺炎。」

「腮腺炎？你還沒得過嗎？」

康平說得大聲，會議室裡的員工們爆出笑聲，也有人說「我還沒得過」、「治好之前都不要來」。

星期六晚上就覺得身體沉沉熱熱的，以為是感冒，但星期天下午，看了川邊次長的簡訊之後，瞥見鏡子裡自己的臉，大吃一驚。因為臉腫成三角飯糰。這到底是怎麼回事？我一直以為只有小朋友才會得腮腺炎，所以也沒聯想到，被自己變形的臉嚇壞了。

今天一早去了最近的醫院，剛才醫生看過診，才知道是腮腺炎。

我跟醫生說，今天有重要的工作，無論如何都不能請假，爬也要爬到濱松去，結果被大罵一頓。

你想去新幹線上散播腮腺炎病毒嗎！要是傳染給客戶那邊還沒得過的人怎麼辦！

我叫你休息不是為了你，我是擔心有人被你傳染。在我批准之前，都給我關在家裡躺著。

我挨了醫生這頓罵，現在正在藥局一角遮著臉等領藥。

平松純市以可憐兮兮的聲音這樣說明，然後問怎麼辦。

「只能聽醫生的話了啊。好好休息，在病好之前都不要亂來。」

說著，康平心想這下麻煩了。今天平松若不去S土木建設，也許對方會認為他之前的熱誠都是假的。營造公司裡很多人都大力奉行著大學體育社團的精神論。

「我和大谷去。我想你一定會很焦慮，在家裡乾著急，但生病的時候什麼都不要想，睡覺最好。」

「要是傳染給客戶，他們可能會說再也不跟我們談生意了。」

「不止客戶，我自己也還沒得過腮腺炎。我是為自己著想才這麼說。在醫生批准之前都不許來上班，知道嗎？你敢來我就直接抓你去煮沸消毒喔。」

電話一掛，大谷便笑著問：

「次長也還沒得過腮腺炎？」

「得過了，幼稚園的時候。和小我兩歲的妹妹一起當過三角飯糰了。」

康平這麼說，提早結束業務一部的會議後，和大谷討論方案。這當中，平松純市發了簡訊過來。

——這是脇田千春的手機號碼。次長和您朋友的富山之旅，能不能讓我同行呢？我會是個有用的跟班。腮腺炎敬上。——

這傢伙，還真的整個切換成養病模式。看你悠哉的。

康平邊想邊打電話給S土木建設的負責窗口，告訴他平松臨時生病無法過去，並道了歉。

腮腺炎？得了腮腺炎的人來了我們也很困擾，不過既然小野建設機械租賃的業務本部次長和課長要一起來，那麼我們會把時間空出來。

康平道謝後掛上電話。如果對方認為有決定權的人出面即可，那麼這份訂單等於是到手了。

1——原文引用與謝蕪村的徘句：「春の海、ひねもすのたり、のたりかな」。

第六章

賀川真帆自富山之旅歸來兩個月後，拿著父親從旅途中買給她的那支義大利製、細長型的鋼筆，在據說只有京都甲本刀具店才有的柔細砥石上寫「拉赫曼尼諾夫」，從而體認到這支筆與自己的手感最為吻合。

真帆也知道，鋼筆製筆師以外的人拿筆尖劃在砥石上實在太亂來，這一劃，可以使任何鋼筆瞬間變成廢物，但她認為，父親一定也是這樣嘗試後才找出最適合自己的鋼筆。

一開始，輕鬆自然地握住筆，像寫明信片或信封般，在滴了兩、三滴水的砥石上寫拉赫曼尼諾夫，再將筆沾墨水在紙上寫同樣的字，但沒有任何變化。

是砥石太軟了嗎？還是寫字力道太弱了？

儘管這樣猜想，真帆仍小心翼翼絕不加强力道，興致一來便打濕砥石寫「拉赫曼尼諾夫」。有時候兩週過去都忘了要寫，有時候一連寫三天。

完成克拉拉社的新工作——幼兒「教養系列」的第一本書後，為了寫謝函，真帆試著用這支義大利鋼筆，發現寫出來的樣子竟與第一次沾墨水寫時截然不同，她大為驚訝。

當然，字本身稍微變粗了，但無論是漢字、平假名還是片假名，寫來都流利順暢、毫不滯澀，而且最重要的是，她覺得字變漂亮了。

這就是所謂的「順手」吧，真帆這麼想，尋思起自己到底在砥石上寫了多少次「拉赫曼尼諾夫」。頂多三十次吧。

縱使心裡想著，不必非得要是「拉赫曼尼諾夫」，「賀川真帆」也好，「柴可夫斯基」也好，「飛來橫禍」也可以，真帆還是照著父親的話，老老實實地只寫「拉赫曼尼諾夫」這幾個字。

她知道高級鋼筆的筆尖由專業的製筆師精密調整過，所以在砥石上寫字的時候不免有些戰戰兢兢，但也許那樣才好。

若再多一次，便一切歸零。正所謂過猶不及。

真帆這樣告訴自己，以方綢巾包起砥石，收進放工作用具的抽屜，後來就沒有再拿出來了。

四月底，連假即將開始的前兩天，真帆去了神戶的姊姊家。幼兒教養系列的第二本是「用餐篇」，此行是為了向生下孩子以後便化身為嚴格教養風格的姊姊請教經驗，但請京都的三宅皮包店修理父親的波士頓包，對真帆而言更是一大要事。

母親將父親帶到滑川的波士頓包收在三宅皮包店的盒子裡，保管於寢室衣帽間的上層。

真帆一看到盒子，便毫無懸念地知道來自三宅皮包店，但波士頓包底部的六個金屬零件有兩個快脫落，外口袋的拉鍊拉片掉了，便想如果以後自己要用，一定得先送修。

真帆問母親，這個包要作為父親的紀念品收藏起來，還是她也可以用？母親說，東西不用就沒有意義，當場將波士頓包交給真帆。

鋼筆也好、小包包也好、皮夾也好、餐具也好，儘管是東西，也都有稱為生命的力量。不用就會死去。

母親說這些話時格外恬淡的表情讓真帆很在意，便沒有提她用京都一家古老刀具店才有的砥石，特地磨父親送她的鋼筆筆尖這件事。

真帆認為，即使母親是千金小姐出身，生性磊落大方，不會揣測別人的內心，但想必也曾百般思索十六年前丈夫出事的背後原因，成為遺物的波士頓包應該是母親頭一個想處理掉的東西吧。

傍晚，真帆請姊姊開車送她到新神戶站搭新幹線，一到京都站，她邊走向收票口邊打電話給寺尾多美子。

幼兒教養系列的方向底定，真帆每完成五張原畫，便當面交給多美子而不是以電腦發送檔案，所以在最後校色完成前，每個月都要在京都或東京碰面三、四次。系列第二集的原畫尚未開工，所以真帆有將近兩週連和多美子通電話的機會都沒有。

多美子的手機沒有人接。真帆打了克拉拉社的電話，年輕的女工讀生告訴她，寺尾小姐今明兩天請了假。

真帆心想，一定是去金澤找茂茂了。

富山的單車之旅後，多美和茂茂的距離一口氣縮短。多美變得像個青春期的女孩，假日會搭最早的特急列車去金澤。「好想早點見到茂茂，甚至想在電車上奔跑」，她興奮得臉色潮紅，毫不羞怯地對真帆說。

茂茂已離婚近二十年，兩名女兒都長大成人。多美和茂茂之間沒有任何阻礙。要是茂茂有意的話，就趕快結婚吧。

真帆曾一度這樣搧動，但多美和茂茂似乎都對結婚這個形式裹足不前。真帆問起原因，卻沒有得到明確回答。

既然多美不在，就去三宅皮包店請他們修理波士頓包，再折回京都車站，今晚就回東京吧。

真帆這樣決定後上了計程車。

在堀川通和御池通路口下了車，走向三宅皮包店時手機響了。是多美打來的。應該是看了她的來電紀錄。

「你都打電話了，也留個言呀。」

多美說。

「我怕打擾到你。我還是很識相的好嗎。你跟茂茂在一起吧？」

「嗯，是在一起，不過今天是工作。我來幫忙茂茂。」

「幫忙？多美能幫什麼忙？」

「當伴遊小姐招待重要的客戶打高爾夫球。高爾夫球也需要點綴一朵紅花才熱鬧吧？」

「多美就是那朵紅花嗎？」

真帆對高爾夫球一竅不通，笑著這麼說。

彼此同時問起對方現在在哪裡。多美說她就在京都市公所附近。昨晚，茂茂開自己的車載客戶社長到京都，今早在飯店大門口接多美一起去高爾夫球場，剛剛才送今晚必須回金澤的客戶去京都車站。

聽真帆說要去三宅皮包店，多美便說那我們也過去，然後掛上電話。

真帆心想，讓她參加重要客戶的高爾夫球接待，也許是兼作公開介紹吧。

轉進傳統倉庫改造的蕎麥麵店與門牆都以格子固定的念珠店之間那條路，站在去年夏末與多美子造訪過的三宅皮包店櫥窗前，真帆朝就在北邊不遠處的御池通看。

茂茂開的車已經在京都市公所附近，就算路上再怎麼塞，到這裡也只要三、四分鐘吧。

找收費停車場，停好車走過來應該也不到十分鐘。既然如此，就在這個櫥窗前等吧。

真帆這麼想，隔著三宅皮包店的店門往裡看。應該不到四十五歲的店主和去年夏天一樣穿著帆布半身圍裙，正在工作台前裁著厚厚的皮革。

依照紙型裁切皮革的特殊刀具有好幾種，大小、刀刃的曲線都不同。

發現櫥窗照出了自己的模樣，真帆將穿在米色內搭之上的深綠色棉質西裝外套的領口理好，撫平幾乎與內搭同色的七分褲、大腿部分的皺摺。

在大學好友神谷櫻子的店裡買的整套耳環、項鍊和手環，今天頭一次戴出門，與這身衣服十分匹配。從不誇獎別人東西的姊姊纏著叫她出讓，讓真帆很高興，覺得姊姊一定很喜歡。

去年秋天，衝動之下想改變髮型而開始將頭髮留長，但身邊的人都說真帆短髮更好看，便又剪掉了。

「結果，去年夏天到現在，我什麼都沒變。還是沒有對象，人家多美的春天都來了……。啊，春天來了。」

看見與茂茂並肩從御池通轉進來的多美，真帆輕輕揮手，在内心這麼說。

茂茂，也就是北田茂生，去年夏天在富山只有一面之緣，所以真帆為當時的事鄭重道謝。

「哪裡，你還那麼客氣寫謝函給我，我都沒有回，真是不好意思。」

真帆看茂茂穿著鐵灰色的西裝，白底格子紋的襯衫，繫著深褐色無紋領帶，便問他：

「您穿得這麼帥氣去高爾夫球場？」

「高爾夫球場這個地方本來就是打扮整齊才能去的。」

茂茂露出害羞的笑容說。

多美說，本來打完高爾夫球，今晚預定在嵯峨野的料亭和金澤來的客戶用餐。多美也穿著淺橘色的套裝。真帆頭一次看到多美穿裙子。

「客戶臨時有急事？」

「嗯，匆匆忙忙回去了。那種驚慌的樣子很可疑。我看大概是做了什麼自討苦吃的事。茂茂應該知道原因才對。」

多美以只有真帆聽得到的聲音說，悄悄露出笑容。

自討苦吃的事，我也不敢說自己的爸爸沒做過——真帆邊想邊打開三宅皮包店的店門，從裝有素描簿和攜帶式調色盤等物品的側背包裡拿出父親的波士頓包。

三宅皮包店的店主似乎記得只在去年夏天來過一次的真帆，露出怯怯的笑容從工作用的椅子上站起來。

「這是家父請貴店做的包。我想麻煩你修理這裡和這裡，然後自己拿來用。」

說完，真帆把波士頓包交給店主。

店主看了波士頓包內口袋上縫的商標，說請稍等，從後面架上拿出一本皮革封面像帳簿一樣的厚冊子。原來是顧客名冊。

翻開冊子，對照壓印在皮革上的製品編號，店主說：

「這正好是二十年前訂製的。是我父親做的沒錯。」

拿著波士頓包便打開工作台後的抽屜。那裡收放著尺寸不同的零件。

真帆不經意地看了攤開的顧客名冊。製品編號旁寫著賀川直樹、東京都文京區小日向〇丁目〇番地〇號，下面還附了電話號碼。但，再下一行，以細小的字追加了「修理後寄給夏目海步子，京都市東山區宮川筋〇丁目〇番地，小松家」，簡單註明了何時、何地做了什麼樣的修理。

真帆覺得臉頰到下巴起了雞皮疙瘩，同時努力將那名女子的姓名和住址背起來。雖然也有電話，但她記不了那麼多。

店主選好零件和拉鍊，闔上顧客名冊。似乎是認為名冊上還有其他顧客的姓名、住址和電話，不應該直接攤開來放著。

與茂茂對上眼的那一瞬間，真帆發現茂茂剛才也在看顧客名冊上「夏目海步子」那個名字。

真帆認為，茂茂應該是拿起架上的一項皮革製品來觀賞時，無意間看到了名冊上寫的字，但視線相對之後他別過眼神的樣子令人起疑。

店長表示只需要收取零件費，不需修理費，所以真帆付了兩千八百圓，在店主拿出的雜記紙上寫了自己的姓名、住址和電話，但手在發抖，字寫得大小不一，像孩子的字。

多美本來在看入口附近架上陳列的公事包，一走出三宅皮包店就說：

「我快餓死了。」

真帆不答，反而問起茂茂，東山區的宮川筋在哪一帶。

「宮川町是京都五花街之一。祇園甲部、祇園東、先斗町、上七軒、宮川町，這就是五花街。」

茂茂這樣告訴她，但從他的側臉瞥見相會以來從不間斷的温柔笑容消失了，取而代之的是困惑中仍有所深思的一種陰影。

「怎麼啦？」

多美問。

「真帆不舒服嗎？」

在真帆回答多美的關心之前，茂茂說：

「我們到酒吧休息一下吧。來點餐前酒。」

走到御池通便攔了計程車。

「停在停車場的車怎麼辦？」

多美邊上計程車邊問。

「停到明天早上吧。好幾個月沒打高爾夫了，而且又是招待重要的客戶，我覺得很累。需要一點酒精來放鬆神經。」

茂茂說著，重拾笑容，並要真帆上車，自己也坐進了前座。

真帆本來打算去完三宅皮包店就直接回東京，而且她的體質又不太能喝酒，但突然覺得口渴，便決定跟著茂茂和多美一起去。

在計程車上，真帆想著夏目海步子是誰。既然有修理後的寄送地址，就表示父親那個波士頓包以前也修理過。但是，修好後寄給了住在京都市東山區宮川筋姓「小松」的人家的夏目海步子。

父親為什麼沒有把波士頓包寄回東京小日向的家呢？

宮川筋是宮川町這個花街所在之處。那麼夏目海步子是藝伎嗎？與父親是什麼關係？

如果不是茂茂也在，我一定立刻對多美說起顧客名冊裡看到的東西。

一起去富山的滑川時，和多美一起針對父親的猝死推理了一番，也討論了很多，沒有隱瞞的必要。

可是，那次旅行之後，多美可能向茂茂談過賀川直樹為何在滑川站的疑點。茂茂確實看了三宅皮包店的顧客名冊。不僅看了「修理後寄給夏目海步子，京都市東山區宮川筋○丁目○番地，小松家」那幾個字，應該也注意到電話號碼。

想著想著，真帆記起多美曾說，茂茂得知賀川真帆是賀川單車社長的女兒時大吃一驚。他吃驚的樣子，連告訴他這件事的多美都嚇一跳。

然後，茂茂剛才看到顧客名冊後微妙的變化……。

不，這就叫作想太多。

真帆不知道計程車行駛過京都市內哪些地方，看著日落後的街道。

計程車在寬敞的大馬路上右轉，直走過河。那條河是鴨川。這麼說來，車子正向東走。

真帆呆呆看窗外這麼想，同時思考著無論夏目海步子是誰，其實一點也不重要。

父親過世十五年了。不，再四個月就十六年了。就算父親身上發生過什麼，全都過去了。與父親的死一起結束，成為遙遠的往事。

真帆不是硬逼自己這麼想。這是自然而然的結論。

計程車進了川端通，向北走了一會兒後停車。

茂茂在商店與民家比鄰相接的小路上向東走，在第一個十字路口右轉。

他在玄關左右兩側有犬矢來的紅殼格子京町家前停下腳步，邊問要幾點吃飯，邊拿出手機。

「現在快七點，八點如何？」

多美問真帆。

「我本來打算今天回東京。」

「可是，之前本來計畫在京都過夜吧？」

「如果多美陪我的話。可是我沒想到你會在平日請兩天假。」

「因為我上週六日都在工作。那個酒鬼大叔拖稿，為了把他關在新的地方創作，我一直住在因島監視他。」

「因島？瀨戶內海的因島？佐川老師搬去因島了？」

真帆想起曾見過兩次面的童畫界大師那張泛紅的臉。

「八點可以嗎？」

茂茂問真帆，預約了某家餐廳之後，打開酒吧的格子門。

店內是像京町家一樣深邃的寬敞格局，面川端通的那一面是大片玻璃帷幕。

「你有好多祕密基地喔。」

在玻璃帷幕前的桌位坐下，多美抬眼看著茂茂說。

「我要回去了。」

真帆一臉受不了地朝多美說：

「就連國中女生都不會用那種眼神看喜歡的人。我光是在旁邊都害羞。茂茂，要分手趁現在。」

「晚開的櫻花特別濃嚯。」

多美說完，握住茂茂的手。

「我真的要回去了。多美，從今天起，除了工作以外的事都別打電話給我。」

雖然知道多美是故意鬧著玩，但真帆真心認為今晚自己是電燈泡，繼續跟著他們就太不識相了。

茂茂出言挽留，多美叫來酒保，點了啤酒。茂茂點了雙份威士忌兌水，推薦真帆說，這裡的薑汁汽水特別好喝。他知道真帆不能喝酒。

點的東西一送來，茂茂便一口氣喝掉巴卡拉的大威士忌杯裡一半的酒。

「好驚人的喝法……。這個巴卡拉的威士忌杯，比一般的威士忌杯大了三分之一吧。」

多美一臉驚訝地說。

「嗯，我在這裡只能喝一杯這個。不過等等去了預約的牛排館，我想要改喝紅酒。」

說完，茂茂看著真帆。他的視線，讓真帆起了警戒之心。因為她覺得茂茂的神情有著不尋常的意味。

「我聽多美說去年你們去滑川旅行的原因。不是多美守不住祕密。是我太好奇，才以誘導詢問的方式，一有機會就問她。」

茂茂這樣開了頭，然後頓一頓，又喝一口威士忌兌水後才開始說。

真帆小姐剛才在三宅皮包店應該看到了「夏目海步子」這個名字。當然一定也看到了她的住址，所以才會問我宮川筋在哪裡。

我認識夏目海步子這名女子。

夏目小姐以前在宮川町一家叫「小松」的茶屋風格酒吧幫忙，同時就讀於京都市内的美容學校，希望將來能成為美髮師。她借住「小松」二樓，從那裡通學。

夏目海步子小姐自美容學校畢業之後，開始在白川通一家髮廊上班，但「小松」生意忙的晚上也會進吧檯幫忙。她活潑有朝氣，是位非常出色的女性。

聽說她現在在富山市內開髮廊。我是從「小松」現在的老闆娘那獲知。夏目海步子小姐在富山縣滑川市出生長大。

我做夢也沒想到會在三宅皮包店看到夏目海步子小姐的名字。當我看到真帆小姐也注視著那個地方，便感到事情不會這樣結束。

或許真帆小姐哪一天會在迷惘躊躇之中，踏進宮川町的「小松」。

即使真帆小姐已經看開，認為這一點也不重要，都是十五年以前的事，就算知道了本應在宮崎縣的父親為何死於滑川站的收票口，也不能如何，但在三宅皮包店看到夏目海步子這個名字和住址，卻像卡在喉嚨的一根小刺般不斷刺激神經，令人不勝其煩，最後還是決心去「小松」走一趟。

我走出三宅皮包店之後，便認為與其讓真帆小姐繞那種無謂的遠路，不如把我知道的統統說出來。

不，還是不要說的好。外人不應該插手。我應該裝作不知情。

在計程車上，這兩種想法激烈交戰，但我在富山透過多美認識真帆小姐，八個月後在京都重逢，偏又機緣巧合，幾乎同時看到三宅皮包店的顧客名冊上寫著夏目海步子這個名字，我感到其中必有深意。

我討厭說別人的閒話，也認為半基於好奇心探究別人的個人祕密十分可恥，無論再親近的熟人都一樣。

但是，若真帆小姐今後仍願意視多美為重要的朋友，那麼往後與我也將會是長久的朋友。

這麼一想，儘管暗罵自己多事，我還是要把自己所知道的告訴你。

我想，賀川直樹先生在「小松」認識的客人當中，就屬我和他最親近。

雖然賀川先生年紀比我大得多，但或許是我們合得來，或許是彼此喜好相仿，在「小松」之外，我們也常相約吃飯，有時候也會到洛北一帶兜風。

我們還曾經遠至琵琶湖西側的高島町山間，在仍保有豐富大自然的山里中悠閒散步。

賀川先生博學多聞，雅好文藝，講究生活品味，面對自己的工作時，則是野心勃勃的鬥士。

只是，我們認識時，他以入贅女婿的身分與賀川單車的千金結婚，成為第三代社長之後，上一代社長依舊勢力龐大，無法建立自己的政權基礎。

只有一次，他曾經向我訴苦說，明明必須改變個人商店那種陳舊的體質，固守現行做法的老狐狸卻很多，但緊接著便說：

「我現在是賀川家的人了，只能默默製造時機。我想，他們現在是在測試我的能耐。」

他說這些話時的笑容，也給了我勇氣。

賀川先生曾在工作上給了我好幾次建議，事後每每都證明他的話切中要害。我當時經營建設公司，非常順利。買了土地便立刻升值，蓋了大樓轉眼間就賣出去。要多少錢銀行都願意融資。

完全就是泡沫。回過頭看，我只恨自己當初沒有謹記賀川先生的任何一則建議，也沒有付諸實行。

十六年前，不，十七、八年前開始，我的公司便一口氣開始走下坡。正如賀川先生所擔心的那樣。

這些姑且不提，我記得我與賀川直樹先生二十年前在「小松」認識。

賀川先生是由宮川町的茶屋介紹而來到「小松」，此後每到京都，就一定會至「小松」報到。

當時，「小松」是由現任老闆娘的母親所經營，是一間家庭式的和風酒吧，實際上陪客人的是女兒雪子小姐，而在旁幫忙的便是夏目海步子小姐。

雖說陪客人，卻不像俱樂部的公關小姐那樣。來的客人幾乎都在餐廳、料亭或茶屋喝過酒、用過餐之後，晚上九點、十點、十一點，想一個人靜一靜，所以老闆娘、雪子小姐和夏目小姐，幾乎都不會主動和客人聊天。京都的茶屋風格酒吧大多如此。客人之間的互動也一樣，即使是常在「小松」見面的熟面孔，彼此也只是微微點頭而已。

第一次在「小松」與賀川先生見面的情形，我記憶猶新。因為賀川先生帶著一位名叫文彌的藝伎。

文彌以其美貌聞名，但她的笛藝高超也同樣有名。然而，她是下了宴席就不願與客人來往的那種藝伎。

文彌竟然在散席後與客人來到「小松」。真難得。我心裡這麼想，向雪子小姐點了老樣子純麥威士忌，在吧檯最靠邊的位子坐下來喝。

過了一會兒，一名陌生的高個子客人進來了。年紀六十開外，一身樸質的西裝與領帶，眼神銳利，我還猜他會不會是刑警。

這名男子在賀川先生身旁端正跪坐，小聲說了些什麼，然後以笑容對文彌說：

「那我先告辭了。今天非常感謝您。」

以標準的行禮道謝後，離開「小松」。

男子全身散發出銳氣，對文彌展現笑容、柔和的話語與致謝的禮儀。不知為何，這位高瘦的中年男子讓我感到充滿魅力。

與賀川先生熟稔之後，我才知道他算是賀川單車的大掌櫃，名叫平岩壯吉。那時候，或許就是夏目海步子小姐受託管理下鴨店的髮廊之際。

我並非經常光顧「小松」，一個月頂多兩、三次吧。所以，並不是每次去「小松」都會遇到夏目海步子小姐，也幾乎沒有和她直接交談過。

夏目小姐自美容學校畢業後在髮廊學藝的事，也是當時的老闆娘和女兒雪子小姐自己人聊天說話我才側耳聽見。

頭一次在「小松」見到賀川先生後大約過了一個月，我又在「小松」遇見他。他也是和文彌一起。

賀川先生將一塊小砥石放在吧檯上，對雪子小姐說，終於遇到這個了，就在那邊的甲本刀具店找到的。

看來他當時並不知道雪子小姐正是甲本刀具店的三媳婦。

賀川直樹先生開始對文彌說起自己為何到處尋找全日本粒子最柔細的砥石。

——日本有一些工匠專門製作工匠所使用的工具。這些工具的種類實在太多，無法一一例舉，但簡單地說，木匠就是鑿子、刨刀，而織布師便是織機和牽引緯線的梭子。

裱背師、佛具師、蒔繪師[1]、鑲嵌師，還有其他種種技術的專業工匠，所用的工具也是五花八門。

若沒有專門製作這些工具的工匠，其他各行各業的工匠便無法工作。他們正如戲台上的黑子[2]，在背後默默出力，名字不會被展現出來。

我在十幾年前電視的紀錄片節目中得知有這塊砥石。這是日本刀的研磨師在磨削的最後一道手續時所用的砥石，現在日本就只剩一瓦片這麼點大，而且只有京都某一家刀具店才有。

那時，我只是想原來還有這種砥石啊。三年前，我為了視察「環義自行車賽」

出差去了義大利，再前往德國與當地單車廠開會，但為了配合班機時間，必須在米蘭住一晚。

「環義自行車賽」、「環法自行車賽」、「環西自行車賽」，是世界三大自行車賽。

我住進米蘭的飯店之後，無事可做，毫無購物意願地走在名牌林立的大馬路上。有一家名叫「品納迪」的老牌文具店，我便進去了。店內一角有一區專門展示古董鋼筆。十八世紀初某貴族訂製的鋼筆，換算成日幣接近五百萬圓，其他的老鋼筆也貴得嚇人。

其中，有六支的價錢我還買得起。我請店裡的銷售員從展示櫃取出其中三支讓我試寫。

第一支太細。第二支太粗以致於墨水乾得很慢。第三支的粗細符合我的喜好，拿起來的觸感也好，寫起來有點沙沙的我很喜歡，就是筆尖有點不順。

於是，一個待在後面很像工坊區的老人家走過來，向我解釋，筆尖是為了書寫羅馬字母所製作，不適合用來寫漢字。

雖然也可以稍加磨削來調整，但他不會寫漢字，所以沒有把握。

不愧是義大利名店「品納迪」的資深師傅。很清楚羅馬字母與漢字有根本上的差異。

透過口譯與老匠人談著，我無論如何都想要那支鋼筆。驀地裡，腦海中出現了電視上看到的砥石。若在那塊砥石上寫賀川直樹會怎麼樣呢？拜啓，草草，工匠，自行車……。什麼都可以，就像想到什麼漢字便寫在薄薄的和紙上一樣，不出力地寫寫看。

我這麼想，便把那塊砥石的事告訴老匠人。擔任口譯的義大利人曾到日本留學，研究東亞文化史，應該正確地轉達了我的意思。

老匠人對那塊砥石十分感興趣，卻堅決反對外行人自己磨筆。

我買了那支鋼筆，正要離開時，本來已經回工坊的老匠人追上來。

「若你找到那塊砥石，能不能寄三分之一給我？」

他這麼說，給了我名片。

回到日本之後，我在淺草、神田和日本橋的刀具店和經營大型工具的店一家家地找，都找不到那塊砥石。

我心想果然只能去京都找了，但一直沒有機會去京都。若不是遇見真佐子，我也無法在甲本刀具店買到這塊寶貴的砥石吧。——

賀川先生說完，又緊接著說：

「因為遇見文彌小姐，我才知道原來電視上說的京都某家刀具店就是甲本刀具店。」

他像掩飾什麼般補充。

我想，賀川先生是因為不小心說出文彌的本名而心慌。我從文彌來宮川町的置屋當舞伎那時就認識她了，卻還是頭一次聽到她的本名。

這個人到底是文彌的什麼人？他們不是男女關係，這從兩人的距離感就看得出來。我說的不是在「小松」吧檯前並肩而坐所保持的距離。男人與女人之間的距離感，我想不用多加解釋真帆小姐也懂。

我猜賀川先生和文彌如果不是交情很好的朋友，就是有什麼親戚關係，但又覺得不關我的事，喝著我的威士忌。

這時，文彌露出笑容看著我，對賀川先生說：

「那邊有位對這個小工具很有研究的人喔。」

我與賀川直樹先生便是在這種情況下初次交談，離開「小松」與文彌道別後，兩人還一起去吃什錦燒，短時間內便意氣相投。當然，在那之後，我也從未問起賀川先生和文彌是什麼關係。

賀川先生每個月來賀川單車大阪分行開一次會，以社長身分做出幾項決策，接著到京都的飯店住一晚再返回東京。

有時候，也會招待關西一些有權勢、有影響力的客戶高層打高爾夫球，之後再請客戶到京都的料亭用餐。

有這類行程時，通常會在京都住上兩晚。

我頭一次在「小松」遇見賀川先生還不到一年，便在京都市北部的寶池一家飯店的酒吧，看到賀川先生與夏目海步子小姐單獨坐在吧檯。

我與朋友約在那家酒吧碰面，但趁著他們兩人還沒有發現我時便離開了。趕緊打電話給朋友臨時更改碰面地點，搭計程車前往。

那天是星期一啊。是美髮師海步的休假日。我雖這麼想，還是為賀川先生與夏目海步子小姐發展出親密關係感到驚訝。

夏目海步子小姐是甲本家的親戚，來到京都念美容學校時被託付給「小松」的老闆娘，住在店裡的二樓，這些我都知道。經常到店裡幫忙的海步子小姐為人如何，某種程度我也能夠判斷，但我還是無法想像賀川直樹先生與海步子小姐兩人交往。

即使以男人與女人之間沒有道理可言來解釋，從賀川直樹這個人的性格來考量，我還是忍不住擔心，認為不能讓他陷得太深。

賀川先生當時四十五、六歲。海步子小姐我記得是二十七歲。她從富山的滑川市來到京都，為了成為美髮師一心一意地努力，她身上完全感覺不到任何情場高手的老奸巨滑。她膽大又勇敢堅毅，其實很有時代劇女主角常見的那種像美麗民間姑娘純真又害羞的氣質。

賀川直樹先生趁著到關西出差，不下榻於分行所在的大阪而住京都，跑到宮川町的「小松」愜意休息，想必是他少數能喘口氣的機會之一，而與一位比他小上二十歲的年輕女子展開關係，而非俱樂部公關小姐或藝伎，多半也是隨著他的喘口氣而發生的小小出軌吧。

我個人這樣理解，即使見到賀川先生，也絕口不提海步子小姐。

然而，在京都花街發生的事，很快就會在那個世界裡傳開。

我的麻將牌友之一的高級俱樂部媽媽桑曾若無其事地說，只要是祇園發生的一切，沒有一件事不會傳進她耳中，好幾次我都親眼見識到她絕非誇大其辭。

不僅祇園，京都五花街之一的宮川町也一樣。

並非每一位「小松」的客人都守口如瓶，嚴禁流言蜚語的藝伎和舞伎當中，還是有喜歡說三道四的。

不久，賀川單車的社長與「小松」的夏目海步子關係匪淺的傳聞便傳進我耳中。

無論是藝伎還是從藝伎轉為囃子方的，對於宮川町的客人竟然不是找上花街的女人，而是和一名在茶屋風格酒吧幫忙的美髮師在一起，都覺得很不是滋味。因為這樣的事情，多少有損她們的顏面。

傳聞有時也會夾雜著文彌的名字。並不是說他明明有文彌這位情婦，卻和同是宮川町的一般女子要好。而是語帶同情地說，再這樣下去文彌只怕會很為難，這種兜著圈子的說法顯然話中有話。

即使如此，我和賀川先生兩個人單獨吃飯時，打高爾夫球時，深夜在酒吧裡小酌時，不但不提海步子，也避免文彌的話題。

就這樣，我與賀川直樹先生的友誼持續了三、四年，但隨著我的公司經營走下坡而漸漸疏遠。因為我不再去宮川町了。我天天為了重建公司而不得不四處奔走，已經沒有那個心情。

這件事也傳進了賀川先生耳裡，他曾打過一次電話給我。

——無論你再怎麼苦苦掙扎，也無法改變趨勢。懂得退場也很重要。不如先毅然退出，等待時機吧？否則傷口只會越扯越大，要復活就更吃力了。茂茂一定是會東山再起的人。為了將來，現在拋下一切。我也會為了幫助你儲備實力。——

這番建議令人感激。

「到時候，我會直闖賀川單車的社長室請你幫忙喔。」

我說。

那通電話，是我最後一次與賀川先生說話。

我拋下了一切，過起地獄般的日子。心中也不止一次兩次有尋死的念頭。賀川先生那句茂茂一定是會東山再起的人，不知救了我多少次。

我透過朋友說情，進了金澤的保全公司，學習過去完全沒有經驗的工作竅門，等候機會來臨。

當那家公司將另一家導入美國保全系統的公司推展到整個北陸的計畫中挫時，我決定自己來試試。

我到處去懇求京都時代的朋友，天天跑銀行。雖也考慮過是否找賀川先生幫忙，但我打消了這個念頭。為的是自重，等我憑自己的力量好歹成立一家公司之後再去拜訪他。

我這輩子從來沒有那麼努力工作過。我想所謂的拚命，指的就是那樣的日子。我也曾深夜回到小套房，在開門進房的同時，穿著鞋就當場睡著。

即使在那樣的狀況下，我也沒有忘記賀川直樹先生。

我一直對自己發誓，將來有一天，等到能在自己成立的公司名字旁印上「總經理 北田茂生」之際，我會帶著這張名片到東京的賀川單車社長室，向賀川先生說：

「請借我三億圓。要是不行，請介紹能夠借我三億圓的人。」

成立公司的路途遙遠，讓事業上軌道的路途也很遙遠。所以，去年夏天，當我知道和多美一起來到富山的女子便是賀川直樹先生的女兒時，我的驚訝難以言喻，但這都不如得知賀川先生在十五年前便猝死於富山滑川站收票口的事實，我胸口頓時壓著一塊又黑又重的大石，連呼吸都有困難。

因為在我心中，滑川這個地名，瞬間便連結到夏目海步子小姐俐落的舉止與她清秀又好强的面容。

賀川直樹先生過世快十六年了，他與夏目海步子小姐的事也已成為遙遠的過去，真帆小姐沒有知道的必要，但既然你在三宅皮包店的顧客名冊上看到了，我想我就必須將我所知道的告訴你。

如此一來，真帆小姐的父親本應在宮崎縣打高爾夫球，卻為何會跑到富山縣的滑川，這個謎題就解開了。

茂茂只在一開始喝了那半杯蘇格蘭威士忌兑水，後來一直到談話結束都沒有再碰。多美中途一度離席，走出酒吧，當她將手機放進手提包一邊走回來，便將真帆那杯冰塊已融化的薑汁汽水還給在吧檯裡的酒保。

她應該是打電話給預約的餐廳，說會晚點到。

然後，察覺茂茂的話說到一個段落，幫真帆重點了一杯薑汁汽水。

「我們竟然在那個皮包店看到不該看的東西呀。」

真帆說。

「修理後寄送給夏目海步子，京都市東山區宮川筋〇丁目〇番地，小松家……。看到那些字時我的血都逆流了。因為真帆小姐死盯著那些字。我當時，總覺得進退兩難。」

「這樣就知道我爸爸從海邊騎來的腳踏車是誰的了。」

真帆低聲說。重新調好的薑汁汽水送來了。真帆很渴，便不用吸管，拿起杯子直接喝。薑的香氣和辣味太過强烈，刺激了喉嚨，但真帆心想從沒喝過如此可口的薑汁汽水。這裡面的薑汁一定是現點現磨的。

父親有一段時期與小他將近二十歲的夏目海步子發生肉體關係，時常去位於滑川的女方家幽會，這件事讓真帆一時說不出話來。

海邊的老宿場町那空無一人的舊北陸街道，驟然間佔據真帆整顆心。

爸爸，你打算怎麼安置那麼年輕的女人？打算一直瞞著媽媽嗎？

真帆在內心對父親說。

「那是將近十六年前的事了。早就已經結束。否則，就算撕了我的嘴，我也絶不會向真帆小姐提起。」

說完，茂茂喝光威士忌杯裡剩下冰融為水而變淡的蘇格蘭威士忌。

離開酒吧，在先斗町外緣的一家牛排館用餐期間，真帆越來越覺得去年九月自己與多美騎著公路車造訪滑川，並非純粹的偶然或興之所致的瘋狂，心中不時掀起陣陣波濤。

好像自己心中產生了新的幻想，彷彿父親的生命或靈魂，此刻仍棲息在那悄無聲息的舊北陸街道某處，感覺非常奇妙。

「那些話，明明可以等吃過飯再說的。真不像平常的茂茂。」

多美看真帆失去食欲，話也變少，小聲責怪茂茂。

「沒這回事啦。我爸爸為什麼會在滑川的謎題解開，我心裡舒暢多了。去年九月，我和多美可能還經過那個女人的家門口呢。雖然不知道她現在是不是還住在滑川……」

真帆說完，拿牛排刀去切一整塊紅肉。那是茂茂推薦最好吃的部位。這塊炭烤牛排沒有腓力部位的油花，富有嚼勁，能完全品嚐到肉本身的原味。

吃著甜點芒果冰淇淋時，真帆對文彌這名藝伎越來越好奇。父親在「小松」與文彌並肩而坐，平岩壯吉來了，向文彌恭敬道謝，端正跪坐行禮才告辭而去，也讓她感到不可思議。

茂茂說起這件事，讓真帆的心都被夏目海步子的事佔據，想多知道一些父親與她的事情，所以沒特別留意原來平岩壯吉也來了「小松」。

但是，平岩壯吉不是對社長，而是對被叫到宴席上的藝伎打招呼，「我先告辭了。今天非常感謝您」，說完後才離開。

平岩壯吉絕不是無禮、自大之人，但他討厭不必要的謙讓。

那位叫文彌的藝伎，為何在宴席結束後，與父親來到「小松」？平岩壯吉為何對文彌如此鄭重相待？

「文彌小姐是個什麼樣的藝伎？」

真帆雖覺得自己的問題太籠統，還是這樣問茂茂。

「是位很漂亮的藝伎喔。高雅迷人，也很聰明。她的才藝一流，尤其笛藝更是大師等級，算是超級紅牌。但客人找文彌來宴席，並不是為了她的外在和女性魅力，而是喜歡與她談天。可是，她前年春天去世了。」

茂茂喝著咖啡說。

「去世了？」

「是啊，據說是胃癌。她和賀川先生來到『小松』時，才剛成為藝伎不久。她從舞伎時代就很出色。只是，文彌開始以藝伎揚名之際，我就逃離京都了，所以後來文彌被稱為一流的藝伎那些事，都是聽朋友說的。」

「我父親為什麼會和文彌小姐來『小松』呢？我聽說，請藝伎來到宴席，結束後，就算離開料亭或茶屋想換個地方再喝，也不能找那位藝伎作陪。必須是非常熟的恩客，不然就必須獲得置屋老闆娘的許可。京都花街的規矩我不懂，但我父親當時這麼常在宮川町出入嗎？茂茂曾與我父親談過這些嗎？」

關於茂茂提到平岩壯吉對文彌的態度這一點，著實讓真帆掛心。

茂茂稍加停頓之後，才答：

「賀川先生那時說，他是最近才開始去宮川町的茶屋，但我不明白他為何會和文彌來『小松』。」

然後，他說明京都花街的茶屋邀約藝伎和舞伎的規矩，不過真帆幾乎沒有聽進去。她越來越無法壓抑內心想去「小松」看看的衝動。

夏目海步子已經不在那裡了。她在富山市內開髮廊。以前，有一段時期和賀川直樹這個大她近二十歲的有婦之夫維持男女關係，但男方去世已近十六年。即使偶然想起曾經有過那麼一段情，也只是過去的回憶。

我並無意挖掘那些往事。然而，我很想瞧瞧在家裡感覺上並不滿足的父親所喜愛的茶屋風格酒吧，會是個什麼樣的地方？

對文彌這位藝伎也是一樣。

父親身為男人，看到如此美麗的藝伎，也希望能在宴席外的地方單獨相處吧。

但，文彌死了。

無論如何，「小松」是父親離開小日向的家、離開賀川單車時，一座名符其實的「祕密基地」。

那究竟是個什麼樣的地方，去個一次也無妨吧？那家酒吧，多半「謝絕生客」。若和茂茂一起，今晚，我也能成為「小松」的座上賓。

真帆正浮出這念頭時，也產生一個疑問：父親過世那天，夏目海步子在滑川做些什麼呢？

賀川直樹這名來自東京的旅客在車站收票口猝死一事，應該不會立刻傳遍整個滑川。

就算報紙的地方版刊登了一小篇報導，也是第二天的事，夏目海步子不見得會看到。不，旅客突然病死客途不是會上報的新聞吧。

然而，夏目海步子必須去車站的停車場牽腳踏車，並且騎回家。夏目海步子一定毫不知情地從海邊某處走到停車場，騎了父親騎過的這台腳踏車回家。

夏目海步子，是什麼時候，如何得知賀川直樹在滑川站猝死的呢……。

喝完濃縮咖啡杯裡濃濃的咖啡，真帆對茂茂說：

「我想去『小松』。可以請你帶我去嗎？」

茂茂用左手心搓著攤開的右手心，默默沉思了很久。還是不該說的，這下麻煩了。真帆覺得茂茂應該這麼想。

「我想看看我父親經常光顧的京都茶屋風格酒吧。」

多美微笑著對仍看著攤開手心的茂茂說：

「真帆看起來文靜温順，但話只要說出口就勸不動。」

即使如此，茂茂還是猶豫不決，真帆覺得自己的舉動不但毫無意義，而且就作為一名成年女子而言更顯幼稚。

還是算了。這麼做沒有任何意義，還會給茂茂添麻煩。

正這麼想時，只見茂茂離席，走出了牛排館。

過了兩、三分鐘他回來了，將手中的手機放進西裝的內口袋，說：

「我跟『小松』的老闆娘說，我現在要和兩位女朋友過去。就當餐後的散步，我們走過去吧。不過，真帆小姐，有件事請你一定要答應我。理所當然地，請你不要讓她知道你是賀川直樹的女兒。『小松』的老闆娘與夏目海步子小姐雖然沒有血緣關係，但畢竟是親戚。」

「好的，我絕對不會亂說。」

「老闆娘可能認得多美。因為她去過兩、三次『小松』。我去年去『小松』還錢時，說過多美大學畢業後去克拉拉社上班。雪子小姐提到孩子小時候，她常買克拉拉社的繪本給他們看。所以，也請不要提工作的事。我想，我應該會告訴雪子小姐我要和她結婚。」

茂茂還想說些什麼，但欲言又止，請牛排館的服務生結了帳。店主前來問候，與茂茂對談時，真帆和多美走出店門來到小路上。

「今天打高爾夫球的時候，茂茂說我們結婚吧。問我說，克拉拉社的工作只能辭掉，這樣我願不願意。」

多美說。

「多年的戀情開花結果了。恭喜你。」

「以後要住在金澤，克拉拉社就只能辭職了。」

「所以我的責任編輯也會換人。雖然很遺憾但也沒辦法。」

真帆趁著茂茂還沒出來的空檔，打電話到她經常投宿的商務飯店預約了今晚的住宿。

從先斗町餐廳林立的小巷來到四條通，茂茂過了鴨川，沿著河岸東側朝南北向的川端通的南方走。

走了十五分鐘左右。轉進民家和小店鋪並排的路，在第一個十字路口右轉。

街景驟然為之一變。首先映入真帆眼簾的，是一排白底三個紅圈的燈籠，啊啊，從這裡開始就是花街的宮川町——這麼想，她下意識停下了腳步。

格子木牆，犬矢來，燈籠，大片石板路，腳步匆匆的舞伎和藝伎，外送餐飲的小機車。站在茶屋門口請人拍照的外國觀光客……。

真是別有洞天。真帆這麼想，心裡對父親說：爸爸，原來你瞞著我們在這裡祕密行事啊。

茶屋、置屋、餐廳並陳的宮川町道路看來並不長。

茂茂在中段停下來，指著一條沒有人指點絕對不會注意到的小弄。茶屋與茶屋之間路寬可能不到兩公尺的小弄，還以為或許可以通到川端通，一走進便發現是死巷。這條小弄堂底掛著寫有「小松」的燈籠。

「好懷念呀。我有多少年沒走進這又細又暗的路？該有十六、七年了吧。」

多美說。

雖然有三味線的聲音，但因為小弄左右側與弄底的建築物反射，真帆聽不出聲音是來自前後左右的哪個方位。

「小松」的格子門左右放置的鹽堆雪白且形狀穩健，彷彿嚴拒陌生觀光客的冒然入侵。

「歡迎歡迎。」

茂茂打開格子門，帶著笑容微微舉起一隻手，便聽到應該是老闆娘的女子聲音傳來。

真帆和多美在茂茂示意下，待在進門的地方脫了鞋。一名年輕女子從包廂出來，將三人的鞋子放進鞋櫃，領他們到L型的吧檯。

「不好意思，你的老位子有人了。」

老闆娘笑著說，吧檯與座位之間有空間可以放腳，請放輕鬆。年輕女子為他們準備坐墊與和式椅。

這位老闆娘就是甲本刀具店的三媳婦。甲本雪子。

真帆邊想邊以濕手巾擦了手，環顧「小松」店內。有三位客人。

玄關的台階深處有屏風。看來是為了擋住通往二樓的樓梯。入口和北側的牆都裝飾著很多寫有藝伎名字的團扇。藝伎名字旁分別寫了所屬的置屋屋號。

吧檯後的牆，則蓋著好幾張竹簾。

那可不是廉價的竹簾。是以竹子與蘆葦製成既結實又做工極佳的竹簾，真帆認為一定是當作裝飾掛在那裡。

真帆提醒自己的視線不能透露太多，然後若無其事地朝甲本雪子看，她身上的和服顏色和圖案都很低調含蓄。

略偏瓜子臉的臉型，鼻子直挺，散發著純然的京都女子氣質。

她只朝多美瞥了一眼，真帆便知道「小松」的老闆娘記得寺尾多美子。

「今天是為了工作來京都嗎？」

甲本雪子問茂茂。

「嗯，和客人打高爾夫球。可是，那位客人卻臨時有事，匆匆回金澤了。所以請這兩位陪我吃飯。一個人太寂寞了，你說是吧？」

「寂寞的時候，能有兩位漂亮的女朋友願意作陪，真有福氣。」

甲本雪子笑著說完，問三人要喝點什麼。

茂茂點了純麥威士忌兌水，多美點了丹後地方出產的酒。

「我不能喝酒。」

真帆說。

「這樣啊。那麼，我來泡杯好喝的焙茶吧？還是喝番茶配茄子和茗荷的米糠醬菜呢？」

「啊，我要這個。」

聽真帆這樣回答，茂茂說：

「這裡的米糠醬菜很好吃喔。」

老闆娘一使眼色，年輕女子便上了二樓，將剛洗好的茄子和茗荷用廚房紙巾包著拿下樓。

「雪子小姐一個人還是忙不過來啊。」

茂茂說。

「就是呀。我做什麼都笨手笨腳的……。總算明白我沒辦法獨自一個人打理這家店。」

老闆娘含羞回答。

一位七十歲左右的銀髮男子帶著兩名藝伎進了「小松」，店內頓時亮麗起來。兩人並沒有戴傳統髮髻的假髮，也沒有穿著長襬的和服，但髮型和化妝，以及一身唯有花街女子才穿得來的和服，連真帆也看得出她們是藝伎。

從兩位藝伎與甲本雪子的對話，得知三人是看了歌舞伎之後，在祇園的壽司店用過餐才來，真帆暗自猜想男子這樣一天得花多少錢。

但是，她連請一位藝伎到宴席要多少錢都不知道，想推測也無從猜起，便想事後再問茂茂。

傾聽了一陣男子對今天觀賞的劇碼、年輕演員的感想後，老闆娘將米糠醬菜盛在一個中型的古伊萬里，送到真帆面前，然後泡了茶。

茂茂稍稍傾身向前，小聲對老闆娘說，自己要和這個人結婚。老闆娘雙手在胸前合十，睜大了眼，笑道：

「咦咦，真的嗎？恭喜恭喜。」

「我以前來過您店裡兩、三次。」

聽到多美的話，老闆娘回應：

「果然……。我就覺得好像在哪裡見過。」

卻沒問是什麼時候。

原來如此，真帆心想。明明已經知道，但在對方主動說起之前都裝作不知情，算是這個世界的規矩吧。

「小松」的老闆娘從擺了許多洋酒瓶的架子底下的抽屜裡，取出一張名片遞給多美，說她和茂茂是二十多年的老相識，並拿了兩瓶丹後出產的地方酒。

多美似乎也想給她自己的名片，準備從手提包裡拿出名片盒時，卻被茂茂悄悄地制止。

為何要制止，真帆不明白。

剛才在毫無食欲下吃完那塊厚厚的牛排，爽口的茄子和茗荷的米糠醬菜似乎能幫忙清洗嘴巴和胃，真帆一下子就吃光了。

「好痛快的吃法呀。」

老闆娘笑著說，問茂茂婚禮是什麼時候。

真帆覺得老闆娘特別小心，盡量不與自己說話，但又想或許自己也有所提防才會有這種感受。

「結婚是今天才剛決定的。我是第二次，但她是第一次。什麼時候、要怎麼舉行才好，我全都還沒想。覺得只邀請彼此親近的朋友辦一場小小的婚禮也不錯……」

真帆知道茂茂是藉著告訴「小松」的老闆娘來探多美的心意，覺得自己最好不要插嘴，便喝了感覺得到用心泡出來的熱番茶。

「我一直覺得鮑伯頭是最不適合日本人的髮型，但在你身上真好看。」

老闆娘終於向真帆搭話。

「這是美髮師幫我設計的，說不要有復古感，便由他剪成特別設計的變形鮑伯頭。所以看起來雖然是鮑伯頭，卻不是正式的鮑伯頭。」

「除了奧黛麗．赫本，我還是第一次看見適合鮑伯頭的年輕女孩。」

真帆因為老闆娘這番話，放聲笑了，說：

「請別拿我跟奧黛麗．赫本相提並論。而且，我就快三十六，不年輕了。」

「三十六……。女人最美的年紀呀。最有女人味的時候。」

「可是，我母親卻說都三十六了還沒有中意的對象，不要老是關在公寓的一個房間裡忙那些細活兒，要我去跟人家介紹的對象相親，囉嗦得很。」

「為人父母都是這樣的。再說，相親結婚其實都還滿圓滿的呢。京都的商家以前幾乎都是相親結婚。因為大家都很重視門當戶對。」

老闆娘正準備繼續說下去時，獨自在吧檯一角喝酒的和服男子站起來，向老闆娘微一點頭，走向玄關。看似工讀生的年輕女子放好日式草履，老闆娘邊道謝，邊走出吧檯好送客。

「真帆小姐，不要提自己的名字，也不要說做什麼工作。」

茂茂又悄聲叮嚀。

為什麼連職業都不能讓老闆娘知道呢？也許是因為茂茂還有什麼事沒有告訴我。真帆這麼想，輕輕點頭。

應該是送客到小巷弄一半的老闆娘回到吧檯。

「有文彌的照片嗎？」

茂茂這麼問，指指洋酒櫃的下方。

「以前都是放在這裡，但杯子變多了，現在放在二樓。」

能不能讓我們看看？來這裡的路上，我向兩位說起文彌的事。想讓她們看看三十九歲便早逝的名伎。

在茂茂的請求下，老闆娘上了二樓，很快便帶來兩本薄薄的相簿，並在真帆身後端坐。

相簿集結了四年前和五年前上台表演「京舞」的藝伎和地方的近照，以及舞台的照片。

老闆娘翻開相簿，指著說：

「就是這位藝伎。」

厚厚濃妝完全是在舞台上跳舞時的藝伎模樣，又戴著島田髻的假髮，想必與平常沒化妝的樣子大異其趣，但她的美一如茂茂所形容，讓真帆看得出神。

「即使是現在，也有很多客人會提到文彌小姐。」

老闆娘從真帆身後看著文彌的照片，小聲說道。

真帆猜想，一定是顧慮旁邊兩位藝伎的感受吧。

「她有著恰到好處的嬌媚，是位很高雅的藝伎。茂茂從文彌小姐來那邊的置屋當實習舞伎時，就說她一定會是個好藝伎，老闆娘挖到寶了。」

「她在置屋前像烏龜曬龜殼似地曬太陽。見我停下來看，便眨眨眼躲到置屋裡去了。因為曬黑了會挨置屋媽媽的罵。」

真帆將薄薄的相簿遞給多美。多美似乎沒看見文彌是哪一位，仔細盯著近照端詳了好久。

宮川町是「京舞」，祇園甲部是「都舞」，祇園東是「祇園舞」，先斗町是「鴨川舞」，上七軒是「北野舞」。老闆娘說明了這五場舞蹈演出是京都五花街的傳統活動，然後回到吧檯裡。

茂茂在多美耳邊說了什麼。真帆猜想，大概在說差不多該離開這家茶屋風格酒吧，正偷看著甲本雪子這位老闆娘。

「可以了嗎？」

多美以若有似無的聲音問。

真帆笑著點頭，拿起肩背包。

老闆娘送她們到宮川町的大路上，對茂茂說結婚的日期決定了一定要通知她，向三人深深行禮。

大概正值赴完宴的藝伎、舞伎和地方們回來的時間，整條宮川町看來有如色彩繽紛的和服在燈籠的燈光中翩然飛舞。

茂茂沒有走剛才轉進來的那條路，而是慢慢走在與宮川町平行、筆直向北的路。他說從這裡可以通到南座旁邊的大和大路通。

路從一半就變成朝北的單向通行，真帆心想原來以前這樣的路也會被取名為大路，想再次將夜晚的宮川町風情珍藏於心，便轉身回頭。

這一回頭，便與仍站在同一個地方的甲本雪子四目相對。雙方之間已經有一段距離，又被分別回置屋去的藝伎背影所遮擋，但真帆的確沒有看錯，甲本雪子在眼神相接的那一瞬間連忙轉移視線，面帶笑容叫了帶著三味線、相熟的資深地方。

她會不會已經發現我是誰了呢？——真帆心想，問茂茂為什麼她在「小松」不能提名字，甚至不能提工作。

茂茂過意不去地說，他萬萬沒料到事情會演變至此，之前曾告訴「小松」的老闆娘，賀川直樹先生的女兒就是繪本作家「かがわまほ」。

「咦！你連這都說了？」

多美責怪地看茂茂。

茂茂簡要說明在富山與多美和真帆見過面之後，九月底去「小松」還清十五年前賒的帳時，與甲本雪子之間的對話。

從南座旁來到四條通，漫無目的地向右轉，就這麼走在人群雜沓之中，當前方可見八坂神社的西樓門時，茂茂把話說完了。

「我覺得那位老闆娘應該知道真帆是誰。茂茂在富山借腳踏車給兩個女人，年紀也都是三十五、六歲。其中一個在祇園當過公關小姐……。她，肯定記得我。雖然沒有明說，但我清楚地知道，她早就發現我是以前茂茂帶去她店裡兩、三次的公關小姐。所以，她知道我現在在克拉拉社上班，那麼坐在旁邊的就是繪本作家かがわまほ……賀川直樹先生的女兒……。答案自動就導出來了。」

多美拿手提包輕輕打了茂茂的腰間。

「你們不要吵架啦。是我硬拜託茂茂帶我去『小松』。茂茂真的沒想到事情會變成這樣。別吵架喔，你們好不容易才要結婚的。別說這個了，你們接下來呢？打高爾夫球也累了吧？」

茂茂說，他們預定投宿河原町通上靠北邊的一家飯店。與真帆在京都經常投宿的商務飯店隔著大馬路就在斜對面，所以茂茂折回八坂神社前的路口，朝計程車招呼站走。

在自己住的飯店前下車，真帆辦妥住房手續，進入擺了一張加大單人床的房間，仰躺在床上。一看床頭櫃的數位時鐘，十一點了。

一時之間真帆什麼都不想做，只是閉著眼睛，但身穿和服的甲本雪子站在好幾盞燈籠圍繞中，一直凝視著自己而非茂茂和多美的模樣，卻佔據她的腦海久久不散，她決定起身進浴室放温水。

然後，久久泡在那缸温水中，腦子裡整理茂茂所說的事。她認為父親謊稱去宮崎縣打高爾夫，卻在富山縣滑川市沿海某處與名叫夏目海步子的女性在一起，是斬釘截鐵的事實。

當時，社長祕書是高木先生。高木司郎先生，現在是負責總務的常務董事。那位高木司郎先生應該也知道社長和夏目海步子的事。要是不知道社長單獨前往富山，那他這位祕書也太無能。

社長祕書知道，相當於大掌櫃的平岩壯吉會不知道嗎？那是不可能的。平岩壯吉不是去了父親與夏目海步子相識的「小松」嗎。

茂茂初次在「小松」遇見賀川直樹時，父親極有可能尚未與夏目海步子發展出深入的關係。

這麼一來，文彌這位藝伎又扮演什麼角色呢？讓平岩壯吉端坐深深行禮的藝伎……。究竟是何方神聖？

假設，父親與平岩為了招待客戶或被廠商招待，來到宮川町的茶屋，並叫文彌到席間作陪。父親為文彌心醉，散席後約她到「小松」。或者，是文彌帶著對京都花街不甚熟悉的父親與平岩去「小松」。

即使如此，也很難想像平岩壯吉會畢恭畢敬向藝伎告辭。

這其中必定有什麼端倪。

想著想著，比起夏目海步子，真帆更想進一步了解文彌。

父親與年輕情婦的關係已在遙遠的過去結束。因父親的猝逝不得不自然消滅。與我沒有任何關係。夏目海步子如今過著什麼樣的人生，我不在乎。

然而，文彌這名藝伎身上似乎有許多祕密。不過，文彌已在兩年前去世。

即使她與父親之間的關係只是一般客人和藝伎，平岩壯吉在「小松」對文彌的態度仍令人不解。

在浴缸裡泡了將近四十分鐘，汗水都流進眼睛裡，真帆便起身洗頭沐浴。

頭上包著毛巾，從來京都一定會放進側背包的大化妝包取出代替睡衣的T恤和短褲，穿上之後，將玻璃窗的窗簾和窗紗打開一道細縫。

房間位於面向河原町通的五樓，可以看見馬路斜對面的大飯店。

真帆想著茂茂和多美正在那家飯店的某處，邊從冰箱取出寶特瓶裝的礦泉水，放在窗邊的小茶几，坐在椅子上。

現在冒的汗比剛洗完澡時還多，汗沿著額頭、太陽穴滴下來。真帆心想，都是因為在溫水裡泡太久了，等汗停了要再去沖個澡。

第二天十點多從京都車站搭上新幹線時，明明已經決定將夏目海步子、「小松」、藝伎文彌的事全都忘掉，但當列車接近熱海站，平岩壯吉的面孔竟浮現眼前，與此同時，真帆發現自己忘了很重要的一點。

兩個月前，她收到平岩壯吉寄出的明信片，上面印有「遷居通知」。平岩壯吉本來與妻子兩人住在伊豆的伊東市往南不遠的沿海兩層樓房，真帆曾與母親一同前去拜訪。

那是一幢屋齡二十年的木造住宅，建造於市鎮與出租別墅區之間，原本是當地乾貨店老闆的住處。

真帆與母親都不知道平岩與屋主有什麼交情，但平岩自賀川單車榮退後，便賣掉了品川區居住多年的公寓，搬進伊東的這幢兩層樓房。平岩說，屋主去世了，其夫人搬去伊東市內與長男夫婦同住，他便租下這幢可以看海、庭院寬闊的獨棟屋。這屋子的壁龕特別大，緣廊和擋雨門很多，一對老夫婦住起來實在太大，但院子裡有好多棵大樹，夏天連冷氣都不必開。

「就算是年輕人，光是開關那些擋雨門就夠累了。」

真帆至今都還記得，母親在回程的新幹線上這麼說。當時真帆也在平岩夫妻的新居望著院中的大樹枝葉搖曳，想著要關門窗絕對不輕鬆。

所以，兩個月前收到遷居通知，獲悉平岩夫妻搬進熱海市靠海、一處高地的公寓，真帆便想，他們一定是對打掃木造大房子和開關那些門窗覺得吃不消了。

啊，對了。一定是蓋在那座矮山半山腰的五層樓公寓。真帆這樣推測，將臉湊近車窗的同時，列車進了隧道。

對呀，茂茂向我描述時，說第二次在「小松」遇見父親，父親不小心以「真佐子」喊了文彌的本名，為了掩蓋口誤又重新說了一次「文彌小姐」。

當下，我因為父親與夏目海步子這名女性的關係大為混亂，在「小松」又一直提防東提防西的，才會忘了此事。

在什麼樣的關係之下，客人才會喊藝伎的本名呢？茂茂因此更加確信文彌與賀川直樹並非單純的藝伎與恩客的關係。茂茂當時已從兩人之間的「距離感」清楚看出這一點。

茂茂在那個世界花了不少錢，一定不會看走眼。

但是，隨著父親與夏目海步子關係匪淺的傳聞出現，四周的人語帶同情地說「這樣文彌會很為難」，這又是為什麼呢？茂茂指出這些「話中有話」，但真帆至今仍想不通有什麼含義。

啊啊，還是別想了。要是這班新幹線不是「希望號」而是「回聲號」的話，她就會在熱海下車，直接跑去平岩壯吉的新居拜訪，請教十五、六年前的事。

不不不，我才沒有那個勇氣。我相當害怕平岩壯吉那個人。要是我膽敢問這些，他八成會說翻這些八百年前的舊帳做什麼，你這不懂事的女人，拔出日本刀作勢砍過來。

比這更可怕的，是平岩壯吉一語不發，以不帶感情的眼神冷冷地盯著我。我大概連三十秒都熬不住，只會發著抖直接原地昏倒。

真帆腦中想像著在平岩壯吉面前昏倒的自己，轉頭面向車窗笑了笑。

先在東京車站站內的百貨公司食品賣場買了東西，真帆搭乘地鐵丸之內線回到文京區的公寓，換回居家服，打開每一扇窗戶，開始洗衣打掃。

用吸塵器打掃工作室時，越來越覺得昨晚便一直卡在內心深處的一種奇妙東西，似乎不止是因為夏目海步子和文彌這兩名突然出現在自己面前的女子，真帆茫然地朝工作桌上的畫板看。

但是，那奇妙的東西究竟是什麼，真帆實在沒有頭緒。

以清潔劑將廚房的水槽、浴室的牆面、地板、磁磚和浴缸全都洗刷過，洗好的衣服在陽台上晾完，真帆往四坪大客廳的沙發上一倒，想著坐墊明天再曬吧。

為什麼從京都一回來，就一頭栽進媲美年底大掃除的勞動中？連自己都傻眼。

不，還有一個地方沒碰——真帆仍躺在沙發上，看著客廳與工作室之間寬一公尺、深兩公尺的儲藏室。

已經不用的畫板、調色盤、壞了不能用的電器和過期雜誌都塞在那裡，去年九月櫻子她們合資送的梵谷《星夜》複製畫，也還在紙盒裡靠牆而立。

真帆不想再看那幅《星夜》油畫第二眼。那幅複製畫實在太糟糕，根本就敷衍了事，只不過是臨摹梵谷名畫而已。

最糟糕的是顏色竟然混濁。有人說，對色彩沒有敏感度的人千萬別妄想畫畫，這位複製畫家比這一點還糟。

到底要怎麼畫才能把所有的顏色弄得這麼髒？真帆感到好奇與厭煩，她半感興趣、半想避開這件事，便將畫扔進了儲藏室。

雖然對櫻子和其他三個朋友說，這幅複製畫正適合讓自己仔細修正構圖、用色和筆觸，改成かがわまほ的梵谷《星夜》，但其實心裡想的是，要自己親筆改這種東西，不如拿一張全新的畫布從頭臨摹還比較簡單。

她們這五個大學時代很要好的朋友，一畢業便每人每月交兩千圓給櫻子。計畫由櫻子將錢存入銀行，當作大家兩年一度的旅行經費。

每個月二千，一年便是二萬四，兩年四萬八。雖然也要看旅行的目的地，但就算交通費較高的地方，只要再多添一點費用，也夠她們來一趟三天兩夜的小旅行吧。

櫻子是這麼想的，但五人出社會後才認清事實：要所有人在同一天請得到假幾近於不可能。

於是她們變更計畫，每年在高級餐廳聚餐一次。

大家說好，當天可以開香檳，或是不惜血本點個昂貴的紅酒，但只有真帆的體質一滴酒都不能碰。

畢業十多年，有一次四人當中也不知是誰說起，只有真帆一個人吃虧。

明明決定每年去高級法式餐廳吃一頓，但五個人都因要價太高而卻步，總是選價格中上的餐廳，然後開幾瓶拉圖堡或瑪歌堡的紅酒，可是這樣的奢侈，滴酒不沾的真帆卻享受不到。

把我們這十多年來喝的紅酒價錢除以五，每個人大概是十萬。這就代表，只有真帆沒有用到那十萬。這樣不公平，我們難道不應該有點罪惡感嗎。

這個說法，帶頭的櫻子也附和，說存款簿的餘額正好是十萬多一點。

於是四個人商量好，問真帆有沒有想要什麼十萬圓左右的東西。

當時真帆沒什麼想法，但聽著四人熱烈討論，也覺得不管喝的是上等酒還是平價酒，不能喝酒的我在大家品味著紅酒杯裡的香氣和味道，大談著「不愧是拉圖堡」或「還是瑪歌堡好」時喝著礦泉水，真的很不公平，明顯吃虧。

於是，她想認真嘗試一個臨時起意的小小念頭，便說想要梵谷《星夜》的原寸複製畫。

自己從小臨摹《星夜》才走上繪本作家之路，所以想買一幅油畫的複製畫，修改成屬於自己的《星夜》。

由於出自複製畫家的手繪，成品多半有好有壞，但自己沒有時間、也沒有精力從空白畫布開始。但如果是以複製畫作為底稿，只調整用色或修補構圖的話，也許有心力、有閒暇可以試著完成。

她已在網路上找到專門販售世界名畫複製畫的網站。梵谷的《星夜》要價九萬圓左右……。

四人對真帆的說明一致表示同意，並在網站下單買了複製畫。

「真帆一定要親手完成梵谷的《星夜》。要拿給我們看喔。」

躺在客廳沙發上看著天花板淡綠色的壁紙，想起櫻子的話，真帆實在不敢向四人說收到的複製畫有多糟，根本不願再多看一眼。大概只能跟她們推託手上的童畫工作繁忙，還沒有時間動筆。

在飯店的自助早餐吃太多，中午沒食欲，但到四點左右也覺得餓了。真帆起身，帶著串有五把鑰匙的鑰匙圈下樓到公寓大廳，開了自己的信箱。

有一個克拉拉社寄來的大信封。上面寫的かがわまほ老師不是多美的字，真帆猜想應該是處理行政的職員所轉送的書迷來信。

回到三樓自己的房間，看看晾在陽台的衣服，天氣很好，預計再一個小時就會乾，於是真帆打開克拉拉社的信封，取出裡面的信。

《溫柔的家》系列完結後，孩子們的來信雖然減半，但每個月還是會收到兩、三封。

收件人和寄件人的部分幾乎都由母親代筆。有時候信也是母親寫的。但現在手上這封信的信封是孩子的字。

——まほ老師，您好。我是小學二年級的女生。我住在鳥取縣的大山附近的鄉下。看了哥哥心愛的《溫柔的家》，變成まほ老師的書迷。《溫柔的家》已經完結了嗎？請老師畫新的《溫柔的家》。老師再見。——

真帆看著女孩子秀氣的鉛筆字跡，喃喃說道：

「謝謝。《溫柔的家》まほ老師已經膩了。對不起呀。」

把信裝回信封，真帆心想，不是膩了，是遇到瓶頸才對。隨著《溫柔的家》反應熱烈，發展為系列故事而一連畫了四、五集，真帆深深感到自己的童畫不過是外行人水準。

她曾數度嘗試在《溫柔的家》那朵大雲上安排新角色，卻屢屢失敗。與已經住在《溫柔的家》裡的動物就是格格不入。她畫不出同樣的線條，也畫不出自己想要的顏色。

既然如此，乾脆構思別的系列，想到什麼便素描下來，但全都被她撕了丟掉。

真帆將小二女生的來信放在工作桌上的畫板，從收在儲藏室的十幾個桐木盒中，拿出貼著「2009」標籤的那個盒子。然後，趁著女孩的信還沒有被畫壞的肯特紙、顏料盤等淹沒前，收進桐木盒。

這時，真帆愕然望著桐木盒。視線在工作室的牆和檯燈間來來去去，努力回想十年前收到的一封令她難忘的書迷來信。

昨晚，就像秤砣般一直懸在我內心深處奇妙的東西，就是它。不，也許是錯覺。可是，寫那封信給我的五歲男孩住址是富山縣滑川市。由於父親的事，我那時候心想「哦，滑川市耶」，還在回信裡畫了《温柔的家》，所以肯定沒錯。

真帆這麼想，飛也似地回儲藏室，尋找貼有「2000」、「1999」標籤的桐木盒。真帆將寄給自己的書迷來信按年份分別保管。

真帆拿出儲藏室深處的兩個桐木盒，往客廳的木質地板一坐，打開了「1999」的盒蓋。很快便找到那封信。

就是這個。就是它，在我心中靜靜地騷動。

真帆這麼想，查看信封背後寄件人的住址和姓名。手發著抖。

——富山縣滑川市〇〇町〇丁目〇番地，夏目佑樹——

果然姓夏目。富山縣滑川市的夏目。

可是，滑川市又不見得只有一戶姓夏目的人家。這裡是沿海嗎？

真帆走到工作室的書架前，拿起去年和多美去富山買的旅遊書，仔細看了滑川市地圖。

就是這裡。在舊北陸街道旁。旁邊就是連到JR滑川站前的那條大馬路。父親騎腳踏車來的路……。

真帆的手抖個不停，便把旅遊書放在地板上，甩了好幾次手。甩手時，想著這孩子寫信給我時是五歲，所以不是夏目海步子。住在滑川市沿海、姓夏目都是巧合。

真帆試著回想十年前身為繪本作家的自己是什麼樣的狀態。

大學畢業後在證券公司上班是二十三歲那一年，所以是十三年前。

大學時累積的幾十張童畫中，有十張被姊姊擅自拿去給克拉拉社的吉良朱實，後來竟意外推出繪本，那是二十四歲的事。

以《溫柔的家》為名的繪本在書店上架，是同一年的聖誕節前不久。

因好評而多次少量再刷時，我二十五歲了，為了畫第二本《溫柔的家》嘔心瀝血，多的時候，一個月會收到十幾封小朋友書迷的來信。

收到這位名叫夏目佑樹的五歲小男孩的信，是繼承賀川家名下部分股票的時期。知道分配的股利與在證券公司上班的年收差不多，我決定辭掉工作，正式成為一名繪本作家。

因為下了這番決心，我首次將以「かがわまほ」為名出版繪本的事告訴平岩壯吉，送他一本《溫柔的家》第一集。平岩問我這本繪本的銷售數量，他一臉驚訝地祝福我。

在告訴平岩壯吉之前，知道我以「かがわまほ」名義出版繪本的，只有母親、姊姊和姊夫、克拉拉社的人，以及四個朋友而已。

所以，夏目佑樹寫信給我時，繪本界幾乎沒有人知道我的本名。

真帆依序回想當時的事，一邊將那封現今仍能一字不差地背誦的信取出來。

——かがわまほ老師，你好。我是夏目佑樹。幼稚園，五歲。我好喜歡かがわまほ老師的畫。我好喜歡溫柔的家。你喜歡我嗎？かがわまほ老師，請你喜歡我。

——

小朋友們以稚拙的字拚命寫來的信，每一封都很可愛。這些對我而言都是心頭的寶貝。所以我才會將所有寄來的信區分不同年份以桐木箱保管。

然而，夏目佑樹的來信在這之中也很特別。我看了這封多半是拿鉛筆和橡皮擦寫了又擦、擦了又寫才完成的字體大小不一的信，心疼般的愛憐油然而生。

信上叫我要喜歡他，真帆在心中暗自說著，可是佑樹小弟，我連見都沒見過你呀，還是立刻寫了回信。最後由衷加上一行：

——我好喜歡佑樹小弟。——

真帆臉上浮現笑容，本已將信紙放進信封，又拿出來在信紙空白處以細筆畫了生活在《溫柔的家》的動物，還上了色。

這樣的回信方式，空前絕後就只有給夏目佑樹的這一封。凡是小朋友的來信，真帆都一定會回覆，但還要畫圖實在太花時間。

真帆以手心輕撫十年前深深刻在心頭的那封信，認為如今十五歲的孩子正值青春期，只怕不會想起繪本作家「かがわまほ」，也不會想起《溫柔的家》了吧。

將夏目佑樹的來信放回桐木盒，收進儲藏室深處後，真帆收了陽台上晾的衣服，吃了百貨公司熟食賣場買的西京漬鱈魚、冬粉苦瓜沙拉當晚餐。今天跳過中飯沒吃，很想來一碗白飯，但想到昨晚和今早都吃太多，便忍住沒吃。

雖已習慣單獨在靠近廚房的四人餐桌吃晚餐，此刻真帆卻感到特別寂寞。

她不相信滑川市沿海有很多姓夏目的人家，但十年前知道《溫柔的家》的作者就是賀川直樹的女兒的人極少，夏目海步子當然不可能知道。父親死於滑川站收票口是十五年又七個月前的事。當時我是大學生，想都沒想過要出道當一名繪本作家。懷疑夏目海步子本人或她的姊妹、親戚利用幼童送來某種暗示，未免太過穿鑿附會，強加臆測。

真帆決定也把夏目佑樹的來信給遺忘，吃完晚餐，便打電話給青山的髮廊。本以為連假前人會很多，但幸運約到七點的時段。現在出門的話，時間綽綽有餘。

雖然「小松」的老闆娘稱讚很好看，但真帆覺得「除了奧黛麗·赫本以外沒有人適合」這句話未必沒有絲毫嘲諷，還是決定乾脆剪成男孩風短髮。最主要還是她想藉此改變一下自己的心情。

動手畫五月二十日截稿的五張畫，卻一點進展也沒有，真帆看了掛在工作室牆上的月曆。

今天是四月二十六日星期天。大後天二十九日是假日，再隔兩天的那個星期六便正式進入黃金週。五月三日、四日、五日都是假日，六日星期三是補假。然後再隔兩天的九日是星期六，十日是星期天。

凡是一般上班族，有特休假可請又不會影響工作進度的，若是請四月二十七、二十八、三十、五月一日這四天，從昨天起算到五月六日便有長達十二天的連假。

若有十二天的假都可以去歐洲一遊，我卻為了F出版社委託的五張童畫，從今天起都必須關在工作室裡，一這麼想，便拿起吸了淡墨的面相筆在素描用的圖畫紙上畫起梵谷的《星夜》。

這是逃避工作的塗鴉，真帆在長十公分、寬七公分左右的長方形框裡，勾出從小不知臨摹過幾百次的《星夜》，再用別的筆著色。

構圖和每個小地方的用色，真帆都記得。不用看畫冊，不用看幾年前在美術館買的原寸大海報，《星夜》的一切都烙在真帆心裡。

真帆最後在深藍色的夜空左上角，以仿水墨畫的「暈染」技法，滴了一滴水彩顏料。

近乎黑色的深藍滲入《星夜》上方，一點一點暈染開來。

深深嘆了一口自己也不明所以的氣，真帆將筆放在桌上，去洗手台洗了調色盤，坐在鏡子前的凳子，望著前天晚上剪的新髮型。

「有點剪太短了……」

低聲說著，心想，就照髮廊老闆的建議染成更亮的栗子色吧。不然很像頂著一頭髒拖把。

「不過，很好看呢。那家髮廊的老闆，技術果然高超。」

真帆模仿那位很多女演員與模特兒指名的髮廊老闆，他那令人誤以為半睡半醒的厚厚雙眼皮和緩慢的說話方式，睜大眼睛說：

「我突然有靈感了。我想到一個最適合賀川小姐的髮型。」

然後回到工作的地方。

塗鴉的《星夜》水彩已經乾了，暈染的黑在絲柏的濃綠色邊緣形成陰影。

真帆啊地輕呼一聲，想著或許可以在《溫柔的家》的雲上種一片森林。

新角色，不必非得侷限於動物。給生活在雲上的袋鼠、烏龜、長頸鹿、大象、蝴蝶種一片美麗的森林吧。

有了森林，就會有泉水。只要泉水源源不絕地湧出清澈的水，森林中就會形成小河。有了小河，魚兒們就來了。許多小鳥兒也會飛來，昆蟲也會開始棲息……。

真帆從書架上取出植物圖鑑、昆蟲圖鑑和魚類圖鑑。

我一直想遠離《温柔的家》。但這是不對的。《温柔的家》是我的原點，別的我畫不出來。我的才能有限。就算讀者再怎麼膩，就算被其他繪本作家取笑是一招走天下，我也只要當《温柔的家》的かがわまほ就好。

真帆這麼想。

翻開植物圖鑑，以此為參考，在最大的素描紙上以面相筆先描繪絲柏。接著畫山毛櫸，再來畫楓樹。接著畫樫樹、櫟樹、楊梅、栗子樹、冬青……。

也加上會開花的日本紫珠和梔子花等矮樹叢。

將這些樹木安排在雲上的工作一直持續到傍晚。思考著要讓泉水從哪裡流出來，在樹梢畫上幾種小鳥和鳥巢時，天就轉黑了。

在鳥巢裡添上張大嘴的雛鳥吧。真帆這麼想，稍事休息，到廚房泡了紅茶。

目前只是照圖鑑描繪而已。就利用今晚將這些轉化為自己的畫吧。可是，構圖接二連三不斷浮現，簡直讓人沒有耐性臨摹圖鑑。雖然還不確定能否順利畫出來，但我現在非常興奮，臉頰火紅發燙。若以竹子來比喻的話，我就是勢如破竹。我發現了什麼叫作自己的風格。因為發現自己的風格，世界豁然開朗。這都要感謝前天那封女孩的信。

真帆走到儲藏室找起女孩的信，卻打開貼有「1999」標籤的桐木盒，而不是「2009」的盒子。

——你喜歡我嗎。かがわまほ老師，請你喜歡我。——

真帆回想起當初看這些文字時心口發熱，覺得這孩子真是太可愛了，好喜歡這位名叫夏目佑樹的五歲男孩。

——我好喜歡佑樹。——

她這麼寫並沒有騙人。而是發自內心這麼覺得才寫。

真帆再次從桐木盒裡取出五歲的夏目佑樹的來信，回到工作的地方。

望著信封上無疑是女性筆跡的字，又陷入前天那個想法：富山縣滑川市沿海的舊北陸街道的那個市鎮，不可能有那麼多姓夏目的人。

可是，茂茂跟我說，夏目海步子生長於滑川市。

這封信寄到克拉拉社時，知道賀川直樹的小女兒就是《溫柔的家》的作者，只有多美前一任的編輯吉良朱實與克拉拉社的同仁，母親和姊姊，大學時代四個閨密，平岩壯吉。啊，還有姊夫。

其中與夏目海步子有接點的是平岩壯吉，但若是賀川直樹死後，平岩仍與夏目海步子有所來往，也不可能會告訴她。他是個不輕易吐露任何事的人。

姑且不論這個，最最重要的是，倘若這孩子是夏目海步子自己的孩子，或親戚朋友的孩子，她有什麼理由非要叫他寫這麼一封信寄給「かがわまほ」不可？

自己的孩子……？一九九九年有個五歲的孩子？不可能的。夏目海步子在十五年又七個月前，一直與賀川直樹有深入的關係。我父親當時死於滑川站不就是最好的證明嗎。

就算賀川直樹死後，她和誰戀愛或相親結婚，立刻懷孕，時間算起來也不對。一路想到這裡，腦中閃過一個假設，但真帆認為不可能，立刻打消這個想法，翻開魚類圖鑑的淡水魚那一頁。然後，決定讓虹鱒和山椒魚住在小河裡。

《温柔的家》邁開了新的展望著實令她欣喜，真帆埋頭作畫，但滑川市與五歲的夏目佑樹這兩個詞不時在腦海裡閃現，揮之不去。

她覺得頭痛、右肩胛骨下方痠痛，一看鐘，九點多了。

真帆決定今天就到此為止，再次拿起十年前夏目佑樹的來信，不經意地看著郵票上的郵戳時，想起自己以繪本作家獲得收入以來的記事本也全都保留著。

郵戳的左半部看不清楚，但勉强可以辨識「5.23」這個數字。換句話説，郵局是一九九九年五月二十三日收下這封信。那麼，信就是第二天或第三天送到克拉拉社。等到轉送給我，大約是再兩、三天後吧。

我立刻便回了信。這是一封令人印象非常深刻的信，也許我曾寫在記事本裡。

真帆這麼想，便走到儲藏室，從粗橡皮筋捆起來的十一本記事本中抽出一九九九年，來到客廳的沙發。

記事本上，短短記錄了當天發生的一些事。也寫著幾點與誰見面的約定事項。

真帆翻開五月二十三日的地方。

——櫻子來電。説和男友不順利，已瀕臨分手邊緣，無法重來。我認為最好趕快和沒有工作的男人分手但沒説。《温柔的家》再版千本，好高興。——

接著四天什麼都沒寫，五月二十八日的地方，

——收到可愛的書迷來信。立刻回信，還附了畫。——

潦草的原子筆字跡這樣寫著。

真帆繼續翻著記事本。

——去品川的賀川單車送《温柔的家》給平岩先生。他非常高興，請我在公司

附近的咖啡店吃蛋糕喝咖啡。原來平岩先生喜歡吃甜食。傍晚六點，回家和媽媽吃飯。——

這些寫在六月一日。

真帆心想，所以我收到夏目佑樹的來信時，平岩先生並不知道《温柔的家》也不知道「かがわまほ」。

用連假一半的時間畫好F出版社委託的童畫，另一半時間幾乎關在工作室不斷創造《温柔的家》的新角色，真帆至今從未如此專心致志地工作過，但見鏡子裡自己的臉色一天比一天好，才明白這一切滋養了身為人的生命之源。

——順境逆境總是交相而至，人生難免高低起伏，但只要不放棄自己的本分，意想不到的大禮便會突然降臨。——

真帆將這番領悟寫在今年二〇〇九年的記事本五月十一日的地方。

她在《温柔的家》塑造了一個會冒出清水的池塘，在池畔畫了一棵柳樹，讓柳樹長出比樹身還長的柳枝。

池裡，有鴨子一家人，小河裡有森林的長老山椒魚，以及熱心助人的虹鱒。岸邊有水仙和番紅花。

櫟樹、山毛櫸、楓樹和藤蔓。他們所構成的森林裡，有啄木鳥和知更鳥一家人，以及獨角仙、蜜蜂和蟋蟀。

心頭接二連三湧現的花草樹木、小鳥昆蟲不斷增加，連最大的素描本都裝不下，《温柔的家》在真帆心中蛻變為一座新的王國。

雖然也有氣餒的時刻，認為這對任何幼童來說都已經落伍了，但真帆立刻趕走這個想法，自我砥礪，相信自己所畫的作品，將為頭一次接觸畫作的所有幼兒啓發想像力和創造力。

畫完十幾張草稿，便著手準備組合起來繪成一幅畫，但真帆靈機一動，想畫成和梵谷的《星夜》同樣尺寸。紐約現代藝術博物館所藏的《星夜》長九十二點一公分，寬七十三點七公分。

真帆致電日本橋一家已經購買紙筆顏料近十年的美術用品店，要買二十張這個尺寸的肯特紙。

相熟的店長說，店裡有五張庫存，多的必須訂購。

這兩週來，真帆都窩在公寓裡，只有走路去附近七、八分鐘的超市才會踏出家門，就連到日本橋都覺得遠在天邊，但還是說那先給我五張也可以，我等一下就去拿，然後掛了電話，準備外出。

將凳子搬到洗手台的鏡子前，坐下來整理頭髮、化妝時，真帆認為，現在的我無所不能。

我是賀川直樹的女兒。我有知道的權利。去找平岩壯吉吧。從東京車站到熱海車站搭新幹線才四十分鐘左右。哽在喉嚨的小刺，能拔的就拔掉。這種事，若不在決心要做的當下立刻行動，等腦袋冷卻、氣就滅了，就此無疾而終，再也提不起勁。

等到了熱海再打電話給平岩壯吉。就說有點事來到熱海，好久不見了想和您見個面。要是平岩不在，就去看看熱海的海再回去吧。一連工作這麼久，只為創造新的《溫柔的家》。看海，對此刻的我非常有益。

熱海的海岸前有一條車流量很大的路，沿路都是公寓、店面和飯店，少了讓人獨自靜靜看海的氣氛，但光是坐在沙灘上吹吹海風，就能舒緩疲累的神經。

真帆這麼認為，走出自己的公寓，但又想到也許和平岩談到時會派上用場，便又回屋內，將夏目佑樹的來信夾在側背包裡的素描本中。

從東京車站步行到美術用品店，買了五張肯特紙。店長將那麼大張的紙仔細捲起來，裝進畫筒裡。

接著，真帆前往位於三越百貨公司西南方步行約三分鐘的父親老家。

五層樓的大樓掛著歷史悠久的招牌，上面刻著「文政四年創業　菓子司　伊能」，一樓是店面，二樓是用餐處，三樓和四樓是製作和菓子的工坊，五樓是繼承家業的瀧山壽樹一家的住處。這棟大樓也有地下室，被當作倉庫使用，專門放置製作和菓子所需的種種材料。

真帆一走進一樓的店面，便笑著對在「伊能」工作了近四十年的長瀨晋一問道：

「Juju 伯伯呢？」

真帆父親的哥哥壽樹，除了「伊能」社長的名片，另外還有「薩克斯風樂手 Juju 瀧山」的名片。他本人自稱是日本首屈一指的爵士薩克斯風樂手，但親戚們誰都不信。真帆也從沒親耳聽過 Juju 伯伯吹奏的薩克斯風。

「說是出門去公會，也不知是什麼公會。」

長瀨面帶笑容說。

「請給我五個上用饅頭[3]。」

「五個？五個就好嗎？」

「因為我等會兒要拜訪的人家，家裡只有七十三歲的夫妻倆。兩個人吃不完十個的。帶太多去，他們反而困擾吧？」

「可是，五個裝的盒子很小，感覺像少了什麼。吃不完的可以冷凍。要吃的時候拿蒸籠蒸過，就能吃到剛出爐時軟綿綿、熱呼呼的口感。」

真帆本來考慮既然如此，除了上用饅頭，再加五個和菓子好了，但平岩很喜歡吃「伊能」的上用饅頭，便請長瀨裝了十個。

穿著白色工作服的堂哥壽之從工坊下樓來，說聲：

「哦，好久不見。」

便往下到倉庫去了。

真帆將和菓子的盒子也放進側背包，走出「伊能」，抬頭看據說是昭和三十年重做的厚實木頭招牌。

這家店創立於伊能忠敬[4]測量的《大日本沿海輿地全圖》完成那一年，因此以「伊能」為商號。

剛好有一輛空計程車從前面經過，真帆便上車，前往東京車站的八重洲口。帶著大圓筒形的東西走到東京車站裡，整個連假期間都窩在家工作的身體已經有點吃不消。

抵達熱海車站時快一點，真帆決定打電話給平岩前先吃午餐，便進了車站前的蕎麥麵店。

吃了有海苔的蕎麥麵，正在喝蕎麥湯時，心跳忽然加快。尋思著該如何向平岩開口，想一想不禁緊張起來。

走出蕎麥麵店，朝平岩公寓所在的矮山看去，但車站旁的大樓擋住視線，看不見白色的建築。

猶豫片刻之後，真帆撥電話給平岩。

「你現在在哪裡？」

平岩問。

「車站斜對面的蕎麥麵店前。」

「那麼，請在那裡等兩、三分鐘。」

掛了電話，真帆心裡納悶：兩、三分鐘？有這麼近嗎？新幹線上瞥見的白色公寓，實在不像兩、三分鐘就到得了。

不久，平岩搭乘的計程車停了下來。

真帆進入計程車後座與平岩坐在一起，朝他理得近乎光頭的頭髮看著。

「我頭髮越來越少，乾脆請理髮店的老闆理成光頭，結果老闆說三分頭比較好。就理了個三分，整理起來真是輕鬆愉快。密度底的頭髮留長了，風一吹，感覺就像稀疏的蘆葦東倒西歪，看起來更少，我很不喜歡。」

計程車一開動，平岩便這麼說，以指節粗大的手摸摸頭。

「非常適合您。」

這是真心話，但趕緊把「比頭髮長的時候看起來更凶更精悍」的話擱在喉頭。

平岩的公寓不是新幹線上看見的白色建築。往山上走一段，在神社前的路向西，沙灘海岸結束的地帶再稍微往上一點，房子就蓋在這裡，外牆是紅磚色的。

「我媽媽說是山上的白色公寓。」

真帆邊下計程車邊說。

「我在電話裡對令堂說的是：『不是山上的白色公寓喔。』」

平岩表情絲毫不變地說，按了公寓大門的密碼。

「所以是我媽媽聽錯了。要是平岩先生沒來接我，我一定會直奔山上的白色公寓，現在還不知所措。在那種地方下了計程車，若計程車走了，我要怎麼回到熱海車站呢。」

進了電梯，平岩解釋，妻子今天一早要做兩天一夜的健康檢查，所以送她到熱海市內的醫院，自己便到釣友開的咖啡店聊天，剛上計程車要回家時，便接到真帆來電。

平岩家面海。客廳很寬敞，但只有一個三坪的臥室、餐廳廚房合一的空間和一間衛浴，是這棟公寓裡最小的房型。

「兩個老夫婦住，這個大小剛好。」

平岩說完，打開了面海的大窗戶。

天氣很好，海的藍色和深藍色的交界清楚分明，景觀令人讚歎，真帆心想不知夕陽西下時顏色會如何轉變。三艘小型遊艇以相當快的速度往大海疾馳。

「內人的興趣是做健康檢查。真不知健康檢查有什麼好玩的。」

平岩邊說邊請真帆在沙發入座，進廚房取出茶杯。

真帆將那盒以「伊能」的包裝紙包好的盒子放在茶几上，心想等談到最後再讓他看夏目佑樹的信好了。心跳漸漸平靜下來。

平岩壯吉用托盤端著泡了紅茶的茶杯走到客廳，腳步和姿勢都顯得精神矍鑠。

「這是上用饅頭。放進冷凍庫，要吃的時候再用蒸籠發一下，就可以和剛做好一樣鬆軟。」

「發？是用蒸籠蒸吧？又不是乾貨。」

「對不起。我說錯了。」

「不用道歉啊……」

平岩這樣低聲說著拿起「伊能」的包裝紙，打開盒蓋，問道：

「Juju 瀧山身體可好？」

拿來兩套盛饅頭的碟子和小叉子。

「伯伯今天不在。」

「壽和樹都能念作 Ju 所以是 Juju 瀧山。真是個風趣的人呢。直樹先生也有這一面。熟了之後就常常會來上一串莫名其妙的搞笑，可是聽的人當下都不明白其中的意思。等過了好幾個小時才恍然大悟『啊，原來是那個意思嗎』，然後會心一笑。只是都過了好幾個小時才笑也不能怎樣了。」

「今天，我就是來請教父親的事。」

真帆說，然後從去年九月「Lucie」發生的事說起。幾天後，與克拉拉出版社的編輯騎公路車遊富山東部的事，在三宅皮包店的事，以及由茂茂也就是北田茂生告訴她的事。

說完了這些，真帆大口吸氣，拿出夾在素描簿裡的信，遞給平岩。真帆感覺自己的臉潮紅，整個背都汗濕了。

平岩的表情沒有絲毫變化。看夏目佑樹的信時也是，對四周的光影變化也不為所動，彷彿只是戴上一張能樂的面具。

平岩將信放回信封，還給真帆，說道：

「我沒有明確的記憶。」

「您不知道名叫夏目海步子的女性嗎？」

「不知道。」

「那麼，宮川町那家叫『小松』的茶屋風格酒吧呢？名叫文彌的藝伎呢？」

「這個我記得。大約二十年前左右，我和直樹先生一起去過『小松』。有位藝伎也同行，但名字我不記得了。現在聽真帆小姐說起，覺得好像就是叫文彌吧。那位北田先生一定是搞錯了。我會很客氣地向藝伎行禮嗎？我沒有印象。」

「平岩先生認為我父親為什麼會在滑川？」

「這我也不知道。因為他本該待在九州的宮崎縣。對我而言，這是個永遠不解之謎。」

真帆從「Lucie」開始直到拿出夏目佑樹的信，大約說了一個鐘頭。正覺得差不多該走了，平岩伸出了手。

「請再讓我看一次剛才那封信。」

看著蓋在信上郵票的郵戳，平岩問：

「這是什麼時候寄到的？」

「郵戳雖然是五月二十三日，但透過克拉拉社送到我這裡是二十八日。十年前的五月二十八日……」

見平岩重讀那封信，真帆忍不住想在最後挑釁一下，便說：

「我帶《温柔的家》給平岩先生，是在收到這封信之後。所以，這位五歲男孩寫信給我時，連平岩先生也不知道《温柔的家》的作者就是賀川直樹的女兒。」

「你猜猜看，我都這個年紀了還會重讀什麼樣的小說？」

平岩首次露出笑容問。

真帆覺得他故意岔開話題，火氣直衝腦門，但還是偏著頭笑說不知道，望著平岩，心裡想著，是日本古典文學呢？還是《論語》或《水滸傳》、《三國誌》那些來自中國的讀物呢？還是杜斯妥也夫斯基或托爾斯泰、雨果之類的經典長篇小說？

「請給我一點提示。」

真帆說。

「真帆小姐小時候應該看過。」

「小時候？」

平岩對再次偏頭尋思的真帆說：

「是《清秀佳人》。」

「咦！現在也會重讀嗎？」

「《清秀佳人》系列一共有十集。我每年一定會重讀一到兩次。」

平岩露出孩子惡作劇被逮到般的笑容，從客廳和臥室之間那面牆的一座大書架，拿來十本老舊的文庫本放在茶几上。加拿大女作家露西·莫德·蒙哥馬利所寫的《清秀佳人》[5]系列，據說在加拿大和美國都是到第八集《安的友情》就完結，但在日本，翻譯村岡花子女士向日本讀者介紹這部作品時，加上了《彩虹谷的安》與《安的女兒——芭莎》，全套一共十集。

《清秀佳人》的原名是《綠色屋頂之家的安》，第二集《安的少女情懷》是《艾凡里的安》，第三集《安的戀曲》是《島上的安》。島指的是加拿大東部聖羅倫斯灣的愛德華王子島。

全套十集我都喜歡，尤其中意第六集《安的夢幻小屋》。第六集的出場人物吉姆船長，現在是燈塔看守員，但曾是航行四海的水手，也是一位慈愛又纖細的老人。這位吉姆船長在過世前一個月，曾留下一些話送給年輕的安和她的新婚夫婿吉伯特。

平岩壯吉仍面帶笑容，以平靜而緩慢的語調說明之後，將第六集《安的夢幻小屋》文庫本遞給真帆，要她讀一段夾著書籤的地方。

真帆看平岩的笑容看呆了，仍拿起文庫本來讀。

——「我不需要火光就能看到你們每個人的未來。我能看到你們每個人都很幸福，每一個人——蕾絲莉和福特先生，在這裡的醫生和夫人，傑姆小弟弟，還有未來將出生的孩子——我能看到你們每個人的幸福。但是，知道嗎，麻煩、擔憂和悲傷還是會來找你們。一定會來的。無論是皇宮還是夢幻小屋，什麼樣的房子都阻擋不了。但是，只要你們準備好愛與信任來對抗，就不會被擊倒。只要有愛與信任作為羅盤和導航燈，無論什麼樣的風暴都能平安度過。」——

真帆把那一段看了兩次，拿著書望著平岩。認為平岩壯吉一定是要跟我說些什麼，才以吉姆船長的話作為伏筆要我讀。但是，他什麼都沒說。

《清秀佳人》系列推出了小學低年級與高年級的簡略版，視年齡而改變用詞，但讀了這樣忠於原文的翻譯，便能明白這本書的書寫對象不分男女老少——平岩這麼說，又吃了一個上用饅頭。

「我只有在小學五年級時讀過《清秀佳人》的第一集。」

真帆說，將文庫本放回茶几上。

「真帆小姐給我《溫柔的家》時，我想起了安・雪莉的內心世界。」

真帆從來沒有這麼想過，所以平岩的話讓她大感意外。

「我創造出新的《溫柔的家》了。這幾天，我一直埋頭創作。也許那真的是從孤兒院被馬修和瑪莉拉・卡斯伯特兄妹領養的紅髮孤兒安・雪莉的內心世界。」

說著，真帆從側背包裡拿出素描簿。但是，那上面並沒有畫森林裡的主角，也沒有蟲魚鳥獸。因為那些全都堆在工作室的大畫板或地板上。

真帆一心只想讓平岩看看自己完成的新《溫柔的家》的基本世界。

背包裡隨時都帶著十二色水彩和一個小調色盤，以及十支粗細不同的筆。巧的是，現在還有和梵谷的《星夜》同樣大小的肯特紙。

「平岩叔叔，我現在可以在這裡畫嗎？」

真帆問，但手已經準備從畫筒裡拿出肯特紙。

「現在？在這裡？好大的紙啊。你在這裡也能畫嗎？」

「能。只要有代替紙鎮的東西，就可以在客廳的地毯上畫。」

「代替紙鎮的東西……。小碟子可以嗎？」

「可以。還要五、六張報紙。」

「舊報紙收到哪裡去啦？」

平岩在客廳、廚房和臥室之間來來去去，為真帆備齊她需要的東西。

「那筆好細啊。所以你用那個來畫輪廓啊。」

「不好意思，請不要跟我說話。」

「會讓你分心吧。雖然很想親眼在現場看創作者如何作畫，不過我還是去散個步吧。我會用咖啡機煮好咖啡，想喝的時候儘管喝。」

平岩這麼說，然後進了廚房。不久，平岩便出門散步，廚房也傳出咖啡香。

下午快五點時，真帆畫好了，但平岩還沒回來。

等顏料乾了，真帆修飾細部，在右下方加上「かがわまほ」的簽名。

由於是以「披髮纓冠」的氣勢一次畫完，真帆感到非常疲憊，癱坐沙發上，直接抓起上用饅頭吃，喝了咖啡，然後打電話給平岩。心想手機這東西真是太方便了。

「我已經沒地方可去。正想著要打電話給你。」

平岩說，十分鐘後回到家裡。

「掛在那裡吧？」

真帆指著書架旁的牆。

「不能用圖釘壓出洞來。請拿著畫站在那裡。」

真帆照平岩的話做，想起小學沒交作業在教室後面罰站的回憶。

「真是幸福的王國。非常精采。我不會說客套話。這座森林畫的王國就是『かがわまほ』的新世界啊。」

平岩說。平日的犀利神色已回到他臉上。

真帆很清楚平岩不是客套話，所以非常高興，收拾了還鋪在地毯上的報紙，洗了調色盤和筆，心想要把今天在這裡畫的作品拿去裱框，送給平岩。

在地毯上跪坐三個鐘頭，上身前彎，形同趴在肯特紙上畫畫，腰和大腿都很痛。太陽已開始西沉，海面彷彿有好幾萬隻金魚。

真帆心想，啊啊，對夕陽下的海洋萌生這種感覺也很安．雪莉呀，用兩張肯特紙夾起自己的畫作收進畫筒裡。然後，發現《安的夢幻小屋》中吉姆船長所說的話，與我確立新的《溫柔的家》之際所設想的目標一樣。

一點也沒錯。順境逆境總是交相而至，人生難免高低起伏。如同吉姆船長所言，「煩惱、擔憂和悲傷還是會來找你們。一定會來的。無論是皇宮還是夢幻小屋，什麼樣的房子都阻擋不了。」

然而，平岩為什麼要我讀吉姆船長的話呢？我為了探究父親與夏目海步子的事來到熱海，為此我如何深思熟慮、躊躇再三，平岩不可能不知道。即便如此，他卻像打馬虎眼般要我讀一段《安的夢幻小屋》。

平岩都明言他沒聽過有關夏目海步子這名女子，那就沒有必要特地轉移話題了呀……。

真帆總覺得不太自然，儘管無法釋懷，仍說：

「本來沒有打算打擾這麼久。結果一待就好幾個小時，真對不起。」

「我來叫計程車吧。十分鐘就會來了。」

平岩打電話給計程車公司，然後關上面海的大窗。

「七貧七富——有人會在信上這樣寫道。意思是，被稱為富翁的人，有多少財富就面臨過多少貧困。換句話說，煩惱、擔憂和悲傷都必然降臨，就看我們是否相信巨大的幸福會由此而生。回顧我這平凡的七十三年人生，我真真切切感受到確實如此。」

平岩說。

真帆由平岩送到公寓大門，上了計程車。

她在東京車站附近的書店找《清秀佳人》系列，但只有第一、第二、第三和第六集，所以她先買了這些，並預訂了其餘幾本，然後去搭地鐵。

翌日起，她又埋頭工作三天，將她在平岩公寓所創作的畫稍加改變配置，在長九十二點一公分、寬七十三點七公分的肯特紙上完成了《溫柔的家》。

現在的自己只能做到這樣。她為幼童們獻上這個嶄新的世界，很想讓他們早點看到，所以發訊息到多美的手機問她什麼時候方便，然後倒在客廳的沙發上。疲累頓時從骨子裡全部冒出來，真帆閉眼躺了近一個鐘頭，精神亢奮，無法成眠。

電話響了，她以為是多美打來的，沒看手機畫面便抬起上半身以一聲「喂」接起電話。結果是平岩壯吉。

「現在有沒有時間呢？今天很忙嗎？」

平岩問道。

「不會，今天沒有別的事。」

這樣回答後，真帆看了鐘。兩點半。

「我昨天去了一趟富山，與夏目海步子小姐見面。人正在羽田機場。可能要跟你談比較久，所以我預約了神樂坂一家叫『柳』的餐廳，二樓包廂，五點在那裡見。」

說完，平岩告訴她餐廳的電話號碼，然後掛上電話。

真帆無意識地用雙手握住手機，就這麼坐在沙發上。明知道必須準備出門，卻害怕得不敢站起來行動。

平岩壯吉果然知道父親和夏目海步子的事。可是，在熱海見面時，他卻面不改色地聲稱他不清楚，連眼神都沒有任何變化。那頭老狐狸……。

可是，他為什麼一定要先去富山見夏目海步子呢？

兩腿使勁，真帆終於站起來，走到陽台深呼吸。

這個地區公園、學校很多，樹木處處冒出新芽。若不是因為左側眼底一棵大樟樹的枝葉茂密，就能看到老家的一部分。

真帆望著公園的樹木和學校的屋頂看了兩、三分鐘，打電話去神樂坂那家餐廳「柳」問怎麼走。

神樂坂的小路十分複雜，但高中的朋友正好在神樂坂中心地帶開天麩羅店，她去玩過幾次，一說出那家店的店名，「柳」的店員便告訴她，從那家店往西一點，左轉進一條石板小路就是了。真帆為了振作精神還沖了澡。

抵達「柳」時，比約定的時間早十五分鐘。緩緩向左彎的石板小路中間掛著一個不顯眼的招牌，還要從那條小路再進去才是大門。

「和您相約的客人已經到了。」

身穿和服的女侍領先爬上樓梯，打開一間感覺應該是面石板小路的包廂的紙門。平岩穿著帶灰的淡藍色馬球衫與深灰西裝外套，面對壁龕而坐。

「突然把你叫出來……」

說著，指指朱漆日式傳統矮桌的另一邊，請真帆坐了上座。

「我昨天傍晚抵達富山，與夏目海步子小姐吃了飯。在富山市內住一晚，今天早上又去滑川的夏目小姐家。也見了佑樹小弟。」

女侍送茶來，因此平岩暫時中斷談話。真帆只是默默看著平岩的臉。十年前那個可愛的五歲男孩果真是夏目海步子的孩子。這到底是怎麼回事？真帆感到一陣輕微的暈眩讓視野頓時變白。女侍一離去，平岩說：

「從富山機場到羽田機場的路上，我一直考慮著該以什麼樣的順序向真帆小姐說明……」

他的視線從自己擱在桌上的手背移到真帆的眼睛，展開敘述。

真帆小姐在熱海作畫時，我說不能打擾而外出散步，其實是為了打電話給真帆小姐的母親商量。令堂當時正在函館出差。一如以往，訪問函館與小樽的單車行。即使我要告訴真帆小姐，也必須先獲得令堂同意。

或者，令堂是準備等到非說不可之際，再親口告訴兩個女兒，那麼就不該由我來告訴你。我是這麼認為。

但是，真帆小姐的母親卻說，若平岩先生願意代替我的話，求之不得。我想，令堂不願意再碰觸這件事的情緒更加强烈吧。也難怪，她身為賀川直樹之妻，從那天以來，克服了內心種種糾結，終於將一切當作過去埋在心底。自然不願意因為要告訴女兒而再次挖出來。我猜想她多半是這樣的心情。

掛上電話，準備折回公寓時，我思考起十年前、五歲的佑樹那封作為書迷寄出的信，究竟意味著什麼。

我想你已經猜到了，夏目佑樹小弟，是你父親的孩子。換句話說，對真帆小姐而言，是同父異母的弟弟。

然而，賀川直樹先生還不知道這孩子的存在便猝死於滑川站。因為當時，夏目海步子小姐也尚未發現自己懷孕。

無論我如何推測，十年前的五月，夏目海步子小姐也好，少數知情的人也好，也都無從得知《溫柔的家》的作者「かがわまほ」便是賀川直樹的小女兒。

但是，若夏目海步子小姐因為莫名的緣故得知「かがわまほ」是什麼人，叫五歲的孩子寫信寄給真帆小姐的話，那麼她便是不守約定。即便這種事的可能性不到千分之一、萬分之一，也不能保證沒有人在她耳邊搧風點火。這一點必須見到她本人直接確認。我這麼想，決定等我從富山回來再把真相告訴真帆小姐。

夏目海步子小姐表示，十年前的五月，五歲的佑樹小弟央求說想寫信給「かがわまほ老師」，她才將信寄到克拉拉社，但她做夢也沒想到那就是賀川直樹的女兒。

我今天早上在滑川的夏目家，借看了來自「かがわまほ老師」的回信，上面還附了插畫。佑樹小弟至今仍珍藏著。

夏目海步子小姐一直到去年秋天才知道「かがわまほ」就是賀川直樹的女兒。「小松」現在的老闆娘賢伉儷到滑川找他們玩，將此事告訴她時，她擠不出半句話，唯有眼淚掉個不停。「小松」的老闆娘甲本雪子小姐，則是稍早從北田茂生先生那裡聽說的。

我敢肯定，夏目海步子小姐沒有說謊。

那麼接下來，就必須談京都宮川町的藝伎——文彌，即園田真佐子小姐了。

賀川直樹先生的父親，也就是真帆小姐的祖父瀧山藤一郎先生，剛滿四十歲便喪妻。雖然提過續弦，但我想真帆小姐也知道，藤一郎先生一直沒有再婚，大約二十年前去世。

藤一郎先生在妻子過世後兩、三年，與宮川町的藝伎來往密切。在那之前幾年，他便與京和菓子的名店老闆意氣相投，對京都的傳統甜點十分感興趣，考慮如何擷取精華導入一向專注於江戶和菓子的「伊能」，於是每個週末都往京都跑。就這樣，愛上了宮川町的藝伎。藤一郎先生也取得置屋老闆娘的同意，成為那位藝伎的「老爺」，在京都五條替她買了一幢小巧的房子。

喪妻後，藤一郎先生未再娶，三個孩子也已成年，他生性認真勤快又重義守律，由於對象是京都藝伎的緣故，便一直瞞著長男壽樹先生、次男直樹先生，以及小女兒美幸小姐。

「我們的爸爸是不是有對象呀？」

兄妹間經常提起這個話題，但三人都沒有特意向父親追問，日子就這麼過去了。

藤一郎先生因輕微腦中風病倒時，「伊能」由長男壽樹先生繼承，直樹先生則入贅賀川家，成為賀川單車的社長。美幸小姐也已出嫁，是四名男孩的母親。

在過世前不久，藤一郎先生對壽樹先生表明了與京都宮川町的藝伎之間的關係，且兩人育有一女。自己原打算在三個孩子各自獨立後，正式娶她為妻，但她在幾年前亡故了。孩子由住在奈良吉野的舅舅收養，名叫園田真佐子。

藤一郎先生相當疼愛真佐子，每次去京都，都會牽著她到處走。

真佐子決定走上與母親同樣的路，正在宮川町當舞伎。不久便要舉行儀式升為藝伎。

本想正式讓真佐子認祖歸宗，將自己的遺產留一部分給她，但真佐子堅持拒絕。

「讓藝伎生了孩子，給一點錢就算了嗎？我是懷著什麼樣的心情接受自己的出身，你根本不懂！」

真佐子國中時曾這麼說。藤一郎先生實在無法忘懷她當時的眼神。

在病倒之前，他已將賣股票的所得加上自己存的錢，準備了五百萬圓。因為是輕微的腦中風，只要努力復健，身體多半能恢復到與從前相去無幾的程度，屆時再到京都找真佐子，請她收下五百萬，但現在不要說復健了，身體還越來越差。

我希望你來保管這筆錢，屆時找機會交給真佐子。若你不願見真佐子，就交給宮川町的置屋老闆娘。她應該會妥善安排。

聽了藤一郎先生的話，Juju 瀧山先生大為吃驚，立刻找弟弟直樹先生商量。

原來他們還有一位素未謀面的妹妹。瀧山家自江戶時代以來一直守著「伊能」的招牌，今後也必須繼往開來，因此 Juju 先生將私生女一事視為瀧山家的一大問題。

周遭的人都認為 Juju 先生交遊廣闊，喜愛社交，是個對事物不太深入思考的樂天派，但其實他非常怕生，深具工匠氣質。將父親所託之事全都丟給弟弟直樹先生。

不久，藤一郎先生便去世了。

雖然是個人私事，但直樹先生來找我想辦法。

裝有五百萬圓現金的紙袋裡，也有一張紙條記著園田真佐子小姐棲身的京都宮川町的置屋住址和電話號碼。還寫著置屋老闆娘的姓名。

我說，這形同令尊的遺言，按照令尊的交代送上這筆款項應該是最好的。

直樹先生說，這件事他不想讓妻子知道，也不想讓賀川家的人知道，自己對京都花街背後的系統不甚瞭然，要是事情沒談好，只怕事後會衍生麻煩，拜託我居中協調。

直樹先生和我都認為五百萬圓是一筆微妙的金額。

藤一郎先生原本打算娶那名女子為妻，讓真佐子小姐認祖歸宗。而且也極可能這樣告訴過真佐子小姐。

現在藤一郎先生死了，付了五百萬當作緣盡情了，從此不再相見？豈有此理。對方若說日本橋的「伊能」憑這麼一點錢就想打發人，該怎麼辦？

這裡所提及的對方，可能是真佐子小姐，或曾短時間收養、照顧她的親戚，也可能是老江湖的置屋老闆娘。

直樹先生接納我的意見，找了哥哥和自己分別加了二百五十萬，準備一千萬。然後，和我一起去見置屋的老闆娘。她名叫須藤敬子。置屋的屋號是「長谷川」。

事前，我以電話轉告事情的要點時，須藤女士指定了宮川町一家小而別緻的餐廳。那裡的老闆娘本來是藝伎，是由「長谷川」培養成材。

餐廳老闆娘似乎已從須藤女士那裡得知我們有事要談，準備了二樓茶室格局的三坪房間，也摒退了旁人。

須藤女士個子嬌小，乍見時散發著一般商家主婦的氣質，也沒有顯露出我所擔憂的貪婪。

瀧山藤一郎先生已盡其所能展現誠意，對真佐子和真佐子的母親的生活也沒有疏於照顧。雖然沒有實現正式娶為繼室的承諾，但我們也知道瀧山家有瀧山家的苦衷。只要幾位誠意夠，我們絕不會對外公開真佐子的父親，也不會對瀧山家造成任何麻煩。這是我們的做法。

對於真佐子，我已經告訴她要坦然收下父親的遺贈。

真佐子在國中時痛恨自己的出身，動不動就反抗母親，也疏遠藤一郎先生，不願和他見面。當她以見習舞伎的身分在「長谷川」生活之後，學習禮儀規矩和才藝，接觸許多舞伎、藝伎和地方們，便慢慢接納了這個世界。

真佐子才想著要與自己的父親在京都見面，像小時候那樣一起去看戲看電影、享用美食，藤一郎先生便一病不起。

真佐子已於上個月成為藝伎，今晚坐檯去了，待她退席，便會來這裡。

藤一郎先生買給真佐子母親位於五條的房子和土地，去年春天出售，賣了不少錢。建築物已經沒有作為不動產的價值，但某位財界人士悄悄勸告說，現在恐怕是地價漲得最高的時機，要賣就趁現在，越快越好，於是便將房子和土地出售，短短三天便找到買家。

真佐子是我從小看到大的，我看準了這孩子只要好好地教，讓她學習才藝，將來必定是京都五花街首屈一指的名伎，我自己也常常不動聲色地設法讓她對這個世界深感興趣。

真佐子的母親也是個好藝伎，但她無法完全適應花街這個地方。她個性被動內向，總是比身旁的藝伎往後退個一步半步。

這孩子卻相反，總是往前一步半步。她不是有意的，而是身體自然而然便採取了行動。她從幼稚園就是這樣。

今後，她會成為什麼樣的藝伎仍是未知數，但真佐子從十七、八歲起便急劇變化，學會對事物深思熟慮。想必是她本來就有這方面的素質吧。我想應該是她以舞伎身分坐檯時，聽年紀與自己父親相當的客人談話，接觸話中提到的小說、戲劇、藝術等話題，本來內心裡的素質因而覺醒。

須藤女士這麼說。請直樹先生在用餐後將一千萬圓的支票親自交給真佐子，便離開了餐廳。

須藤女士才走，真佐子小姐就來了。她梳的是什麼髮髻我不知道，但拖著金碧輝煌的長襬和服現身的模樣，至今仍歷歷在目。

我認為最好讓他們兄妹獨處，寒喧過後，我便離開了餐廳。走在宮川町的大路上，正想著要回飯店時，須藤女士從身後叫住我。須藤女士站在「長谷川」的玄關，勸我喝杯茶再走。

置屋内部的模樣，對我而言委實是難得一見的光景。結束宴席的舞伎和藝伎陸續回來。地方們抱怨著今天不知為何調子不合，調弄起三味線。

在化妝品和髮油味濃得令人呼吸困難的置屋老闆娘房間裡，我喝著熱茶，聊了一個小時的閒話。

即便現在回想起來，那段快樂的時光仍令我不自覺湧現笑容。

在沒有客人的地方，舞伎便和一般十七、八歲的女孩沒有兩樣。七嘴八舌大談人氣偶像團體的誰誰誰如何如何，也會一身舞伎打扮在樓梯奔上奔下。

地方也一樣，又是五十肩很痛，又是膝蓋狀況差要正座很不舒服的，互吐苦水。

資深的藝伎也是，說M社的副社長總是會心情突然變差，被那種人叫去坐檯形同拷問；要是看到某某寺要繼承家業的兒子在宴席間的模樣，信眾一定會昏倒。

須藤女士說起關於真佐子小姐母親的回憶。她的母親本名叫園田芙美。芙美女士懷了真佐子小姐便立刻辭去藝伎的工作。

然後，在真佐子小姐兩歲時一度回到奈良的吉野，後來應須藤女士之邀，三年後回到宮川町，當老闆娘的助手，開始在「長谷川」工作。

須藤女士說，芙美女士的父親開了一家工廠，生產吉野杉製作的高級免洗筷。說是工廠，但其實是小小的家庭工廠，人手就只有她父親一人與一台機器，生活很辛苦。

大約一個小時後，真佐子小姐打電話給老闆娘。為的是想換個地方，帶賀川直樹先生到「小松」，來徵求老闆娘的許可。

須藤女士對真佐子小姐說，平岩先生現在在這裡。

「小松」就在斜對面的小路深處，是一家很有京都風味的茶屋風格酒吧，她與那裡的老闆娘是很合得來的好朋友，建議我也一起過去。若是喜歡，往後在京都接待客戶之後，可以考慮光顧一下「小松」。

須藤女士這麼說，我便去了「小松」。

我對茶屋風格酒吧這種地方不感興趣。去那裡，是因為直樹先生與真佐子小姐從餐廳換到酒吧，可見談話很順利，於是我安心了，想去向真佐子小姐正式道謝，謝謝她在藝伎工作的時間內見我們。

我認為兄妹初次見面的晚上最好不要有他人介入，於是我進入「小松」，向賀川直樹先生的妹妹真佐子小姐而非藝伎文彌道了謝，便立刻告辭。

他們兩人之間散發出一種自然的親近感，彷彿本來就是一起長大的兄妹。俗話說「血濃於水」，我一路感慨著古人對人情世故竟形容得如此簡短而深刻，回到了飯店。

在那之後，直樹先生到關西出差時便以京都為據點。在京都的料亭和茶屋招待客戶，宴客時也會找藝伎文彌和隸屬「長谷川」屋裡的兩名舞伎。一方面感謝須藤女士，也為了給剛當上藝伎的文彌捧場。

大概過了一年吧，我開始懷疑直樹先生到京都的目的似乎不是文彌，但我沒有過問。

文彌小姐是直樹先生的妹妹。但她身邊都是花街的女人。我認為若他看上哪個女人也不足為奇，但暗自希望他不要陷得太深。

然後又過了一年，我為了賀川單車的公事到大阪出差，事情比預定提早辦完，我便順路去了京都找須藤女士吃飯。我一直想找時間正式向她道謝卻一直不得其便，所以這次是個好機會。

須藤女士帶我到祇園歌舞練場附近的一家壽司店。吃完壽司時，須藤女士說有件事傳進她耳裡，將賀川直樹先生與夏目海步子小姐的傳聞告訴我，又說文彌也知道這件事，她很擔心，希望他們只是一時著了魔。

夏目海步子小姐二十九歲。是「小松」老闆娘的女兒甲本雪子小姐的丈夫那邊的親戚。高中畢業後從富山的滑川市來到京都，在美容專門學校上課，現在在京都的髮廊工作兼進修。髮廊比較早下班的日子會到「小松」幫忙。

兩人或許是在「小松」認識，但一位是美髮師，一位是年長了近二十歲的有婦之夫。「小松」的老闆娘也很為難。

須藤女士與「小松」的老闆娘談過，她說，海步子小姐是個正經、毫不輕浮的人，一心一意為了將來回富山開自己的髮廊而努力。如果傳聞是真的，那究竟是怎麼回事？她答應照顧夏目家的女兒，只盼傳聞僅止於傳聞，但事情並非只是她杞人憂天。

須藤女士這麼解釋之後，又補充說，她認為必須盡快結束兩人的關係。在花街打滾的女人具有的直覺告訴她，這件事最後可能無法僅止於一場笑談。

我也十分為難。要是沒處理好，可不是一般男女之間常有的醜聞而已。賀川直樹先生是賀川家的入贅女婿，事情也會對賀川單車這家公司造成影響。直樹先生現在正努力坐穩社長的位子，正要革除深受上一代社長寵愛的老一輩董事們那種老單車行做法，迎接新的時代。那些老傢伙已成為賀川單車的禍害，認定維護固有理念就是維護自己，已然耽誤了公司的進步。更因此使得公司在技術方面，也大大落後於世界各國的單車廠。

要是醜聞遭到他們利用，直樹先生與我過去為改革賀川單車所做的努力就毀了。我是這麼想的。

翌日，我與直樹先生兩人單獨談。直樹先生堅稱他與夏目海步子小姐的事完全是一場誤會。簡直就像小孩子在說謊。

我也只能說，我相信這是空穴來風，但請你別讓旁人有搧風點火的機會。對一個就要五十歲的大人，我還能說什麼呢……。

後來，直樹先生去京都的次數減少了。我以為他懂得自制，就放心了。

當時，賀川單車內部對股票上市的聲浪漸强。我雖反對上市，但上一代社長將賀川家與賀川單車託付於我，我必須冷靜思考上市的利弊。

股票上市若成功，確實能夠豐富公司的資金，經營者家族也會得到莫大的利益。董事和員工也蒙受其惠。現在賀川單車最需要的便是取得技術開發的資金，公司也已經選好開發技術的新工廠用地了。

然而，賀川單車是否擁有足以上市的體質？若說是為了培養體力而上市，也只能退讓承認確實如此，但是，搭載了砂石車引擎的小型車只會狂飆暴走而後失控。

支持上市的人，大多都是高舉為公司發展的名義，其實是為了私利私欲。

我想去請教一位在大阪證券交易所任要職的男子，請他以朋友的身分提供直言不諱的意見。這名男子在大學時代與我同系，畢業後在證券公司工作了十年，再轉職至證券交易所。

他住在京都與大阪交界附近的島本町，所以我決定請他到以前與須藤敬子女士去過的那家祇園的壽司店。

我針對賀川單車做了說明，他當下便說時機未到。金融機構因泡沫經濟崩潰而進行的大規模整頓只完成了一半。

我與朋友道別後，想找須藤敬子女士喝個茶，便打電話到「長谷川」。我一個男人不願涉足置屋那樣的女人國，打算在附近的咖啡店喝個咖啡。其實我真正的目的，是想當面向須藤女士確認直樹先生和夏目海步子小姐是否真的已經分手。

電話那一頭的須藤女士問我會不會打麻將。

我說，進公司的前十年，下班後常與公司的同事大打方城之戰，但二十多年沒碰了。

須藤女士便約我說，既然如此，十點到一點左右，要不要與三個女人打打麻將。其中一人是「小松」的老闆娘。

她們三人與西陣的絲線行的社長是多年牌友，每個月會在祇園的小餐廳二樓包廂裡，圍桌打一兩次麻將，但絲線行的社長病倒了，於是她們變成三缺一。三人麻將這種邪門歪道很沒意思，所以她們有近半年沒打牌了。陪三個老太婆打牌是無聊了些，但願不願意以慰問老人院的志工精神作陪呢？

須藤女士笑著這麼說。

我並沒有特別想與宮川町的置屋和茶屋風格酒吧的老闆娘們打麻將。但是，我覺得須藤女士說出「小松」老闆娘也是牌友之一，似乎別有含義，而且關於股市上市的盤算，我也弄清了心中明確的定位，心情感到較為輕鬆。

於是我玩心大起，想看看三個女人會怎麼打麻將，便應允須藤女士之邀。

你從壽司店向南第二個路口的那條石板路朝花見小路走。路兩旁林立著京町家風格的兩層樓樓房，全都是餐廳和小酒館。左側會有個「芽以」的招牌，但沒亮燈，絕大多數的人都會直接路過走到花見小路。所以，我會請「小松」的老闆娘在玄關前等。從壽司店過去走路大概三、四分鐘。

須藤敬子女士說完掛了電話。

我照她告訴我的路線走石板路過去。在距離花見小路約十公尺的地方，站著一名和我年紀相當、穿著和服的女士。她就是「小松」的老闆娘杉井芳子。

我和杉井女士在「芽以」這家小餐廳前互相自我介紹，然後進了店裡。玄關雖然沒亮燈，但店裡有五、六位客人。再加上三位作陪的藝伎，店裡很熱鬧。

這是一家只有吧檯座位的小餐廳，看來廚藝高超的板前師傅客客氣氣前來迎接，帶我們到後面的樓梯。

二樓本是老闆的住處，現在空下來，變成她們每個月打一兩次痲將的房間。

「小松」的老闆娘一邊泡茶，一邊說夏目海步子的事讓你費心了。

你現在做的是傻事。跟賀川先生繼續這種關係，有誰能幸福？男女相愛雖然沒有道理可講，但不合正道的事就必須斷乾淨。

大約十天前，我也嚴厲地向海步子這麼說過。海步子點頭回應她知道了，但兩天後的星期一，她搭乘最早的一班特急列車回滑川的老家。

她母親兩年前過世後，滑川的家就沒人了。海步子的姊姊嫁到入善町的兼業農家，我的直覺告訴我，她在那裡與賀川先生共度一夜，有時兩夜。

海步子還年輕。她是個心地純良的女孩，但仍有冒失、衝動欠缺考慮的地方。人又長得漂亮、討人喜歡，偶爾會得意忘形。

因此，這段關係只要賀川直樹先生那方做出決斷就能解決。我認為應該由賀川先生來了斷。

杉井芳子女士這麼說。

在滑川的夏目海步子家相會？

我已經不只驚訝，而是大大傻眼了。原來如此，難怪他不再去京都了。他怎麼會一直做這種傻事呢？他瘋了嗎？

我點頭說道：

「您說的對，是應該由直樹先生做個了斷。」

我們的對話就到此結束。又等了將近二十分鐘，須藤敬子女士與「芽以」的老闆娘矢野芽以子女士才出現。「小松」的老闆娘之後沒有再提賀川直樹與夏目海步子的事。

當晚，我和她們三位打麻將打到半夜兩點。「芽以」的老闆娘最年長，六十八歲。那年年初眼睛才動過手術，戴著度數很深的大眼鏡，要看誰丟了什麼牌，整個人還是得趴到麻將桌上才看得清楚。她原是祇園甲部的藝伎，也是一名幾乎眾人皆知的金融界大人物的外室。

她們三位牌技都很好。不，不只好，根本是精通麻將的高手。我真心害怕自己會輸得脫褲子，但全程玩得很愉快。我想，以後多半再遇不到打起牌來如此痛快的牌友了。

往後大約每三個月，我都會和她們三位在祇園的「芽以」二樓打一回麻將。我總是衷心期待須藤女士來電邀約。

不知不覺，我對這三位年近古稀的女性懷有特殊感情。若以言語形容，只能說是「友情」。人們常說戀愛往往是從友情開始，但我與這三位女士之間存在的，是沒有任何雜質的「友情」。

正因如此，當直樹先生過世後四個月，夏目海步子小姐宣布懷孕時，「小松」的杉井芳子女士立刻給了我簡潔明瞭的信號。

杉井芳子女士只有在第一次打麻將那晚，提過直樹先生和夏目海步子小姐的事，之後便絕口不提。

當她得知夏目海步子小姐懷孕那一刻，特地趕到東京來對我說：

「已經無法墮胎了，海步子打算要生下來，所以沒有告訴任何人，一直瞞到昨天。現在再怪海步子也沒有用。她從高中畢業就一直立志成為美髮師而努力。她的技術，連她們店的老闆也掛保證，勸她獨立開店。」

接著就一言不發等我開口。

懂得何時該說話的人，也懂得何時該沉默。這是亞里斯多德說的，我想古希臘的天才科學家肯定也會對當時的杉井女士讚歎不已。

當時……，我和杉井芳子女士正是在神樂坂的「柳」的二樓討論，也就是現在這個房間。

我沒有懷疑夏目海步子小姐肚裡孩子的父親不是賀川直樹先生。因為杉井芳子女士那番省略了所有多餘之處的說明，便能證明這一點。

我只需要考慮夏目海步子小姐如何開設自己的髮廊、如何養育生下來的孩子。那筆資金該從哪裡來？這不是憑我一己之念便能決定。

我在「柳」與杉井女士告別之後，打電話給真帆小姐的母親，告訴她想立刻見面，去了小日向的家。

以我的立場，只能徹底公事化地把來龍去脈說出來。

真帆小姐的母親很久以前便發現丈夫有了自己以外的女人。這是當然的。

但是，真帆小姐的母親不聲不響，靜候丈夫與女人分手那天。他們夫婦之間的感情並沒有冷卻。兩人向來都是互相體諒的夫婦關係。但即使如此，直樹先生仍持續與夏目海步子小姐來往。男女之事，只能說冥冥之中真的被魑魅魍魎所操縱著。

然而，那時我才頭一次覺得，我見識到真帆小姐母親真正的面貌。

失控、狂怒、哭喊、迷失自我、摔東西出氣、無法做出正常的判斷……。這些完全沒發生。

她異常沉著、冷靜的模樣反而令人擔心。

我也才發現，這幾年來真帆小姐的母親獨自吃了多少苦。

那名女子求的是什麼？這件事往後會給賀川家帶來什麼災難？

真帆小姐的母親這樣問我。

我回答，我認為只要夏目海步子小姐能夠自立，應該別無所求，也不至於會禍及賀川家。我並沒有提到花街那三位朋友。

將來，若發生您此刻所顧慮的事情，我平岩壯吉會負責。無論如何我都會把問題解決，不讓事情波及賀川家和賀川單車。若屆時我已不在人世，也會準備好接替我行事的人。

我這麼說。

真帆小姐的母親答應了，低頭行禮到身體幾乎對折，說要您為賀川家的私事如此操勞真的很過意不去，但千萬拜託了。在時機來臨之前，懇請絕對不能讓我兩位女兒知道。

晚上八點左右，我一離開小日向的賀川家，便打電話給大學時代的朋友，說有男女醜聞，女方懷孕，已無法墮胎，請他介紹擅長這類案件的律師。因為我不能讓公司的顧問律師介入。

翌日午後，我與朋友介紹的律師見面，說明情況，律師便提議，先給一千萬，生產後，準備開髮廊的同時再給一千萬。

我將這個提議轉告真帆小姐的母親。

令堂問起一千萬圓便足夠開髮廊嗎？我說不夠的作為一種擔保由我們收著，但這件事不用明記在切結書裡。然後一回到公司，我便打電話告知杉井芳子女士。

我第一次見到夏目海步子小姐，是在京都飯店的一個房間裡。

我們這方是我和律師，對方是夏目海步子小姐和杉井芳子女士，以及杉井女士的女兒甲本雪子小姐，大家圍著桌子而坐。

夏目海步子小姐因為害喜導致臉色不太好，但以堅定的眼神毫不畏懼地面對我與律師。她給人一種聰明颯爽的新進上班族之感，看起來不像三十二歲，舉止也沒有一點混濁之氣。

我自己把她想像成一名妖媚風騷又性情彆扭的女人，因此夏目海步子小姐的清新氣質讓我吃了一驚。

她的神情、手與臉部的動作都沒有半點虛假，既不卑賤也不高傲。雖然有幾分緊張，但自然不做作。

即使律師問了相當不懷好意的問題，夏目海步子小姐也不為所動。

和一個有美好家庭的人發生這樣的事，我衷心感到抱歉。要是直樹先生還在世，我應該會拿掉肚子裡的胎兒。可是，我考慮再三，仍決定生下這個孩子，並好好養育成人。

我不會說我經過多少苦思痛下決心，也沒想過向賀川家要錢。但是，杉井阿姨對我說，孩子不能只靠餵空氣養大。

從我們認識到直樹先生過世，他每次見面都會給我一些錢。那是他自己的零用錢，說要給我將來開髮廊用的。

我把那些錢全部存下來，現在累計約有六百二十萬圓。我自己的存款有三百萬多一點，加起來將近一千萬。以這筆錢作為本金，就能申請個人企業經營的創業資金貸款。

夏目海步子小姐這麼說，給我和律師看了自己的銀行存摺。

換句話說，她的意思是，本來答應要收的兩千萬圓她不要了。

然後伸手按著肚子，說這孩子永遠是夏目海步子的孩子，並對大家露出柔和的笑容。

夏目家沒有出過一個壞坯子。大家個性平和，不願給旁人添麻煩。將來有一天，我會告訴這孩子他父親的名字，但賀川家的人不需要擔心。這一點請你們放心……。

好一陣子，我們每個人都默不作聲。

律師似乎有些狼狽。若對方不在切結書上簽名蓋章，收下兩千萬圓，那麼一切就只是口頭約定。

一直不發一語的杉井芳子女士對夏目海步子小姐說：

「這筆錢，是為了了斷一切。最重要的是讓直樹先生安心。」

聽了這幾句話，夏目海步子小姐朝支票和切結書看了一、兩分鐘。也或許，只有短短的二、三十秒。

夏目海步子小姐從手提包裡拿出印章，用律師的原子筆簽了名。

那年五月，杉井芳子女士通知我男孩出生了。夏目海步子小姐在京都生產，將孩子命名為佑樹。我沒有將這件事告訴真帆小姐的母親。若是她問起，我會說，但她從來沒問。

三年後，杉井芳子女士聯絡我，說夏目海步子小姐帶著佑樹小弟回到富山，正準備開設髮廊，我便動身前往滑川，以便遞交剩下的一千萬圓支票。

夏目海步子小姐將佑樹小弟託給入善町的姊姊，先從選店的地點開始，但她說她實在不喜歡富山市中心，我便搭上她所駕駛的小型車，一起看了三個她考慮設店的地點。

別的地方城市，大多數的店鋪都朝郊外發展。到了女性日常生活習慣開車的時代，沒有免費停車場就做不了生意。

若客群只針對住在附近的女性，只要有停腳踏車的地方即可，但夏目海步子小姐的目標更高。

政府推廣的新商業區有充分的空間可作為免費停車場。

我考慮了其他種種條件，從三個候選地點中推薦了其中一個。我之所以插手管這些閒事，是因為無論如何都得讓夏目海步子小姐的事業成功。

若他們母子無法靠髮廊建立起生活的基礎，誰也不知道何時可能違背切結書的約定。

這不是信不信任夏目海步子小姐的問題。只是，人心易變。所謂衣食足而知禮節，生活窮困了，不要說禮節，連堅定的誓言也會輕易背棄，這是人性。

而更重要的是，我希望夏目海步子小姐和佑樹小弟能擁有幸福的人生。我覺得這彷彿是我的責任。

我想，我大概是為了選髮廊的地點，坐著車跑遍富山市內，在種種交談之中喜歡上夏目海步子小姐這個人吧。

剛開業的前三、四年據說也有經營得很辛苦的階段，但夏目海步子小姐每次都挺過去，現在二號店也賺錢了。作為理髮師的專業技術固然很好，但我想應該是夏目海步子小姐的努力與人品吸引了客人，進而讓顧客們都成為常客。

昨天，我請夏目海步子小姐帶我看了富山市內的一號店與二號店，之後在富山城附近的壽司店用餐。

我告訴她，賀川直樹先生的女兒帶著五歲的夏目佑樹的信，來到我熱海的住處。

北田茂生先生應該萬萬沒想到事情會演變至此，對「小松」現任老闆娘甲本雪子小姐說，直樹先生的二女兒便是名為「かがわまほ」的繪本作家。甲本雪子小姐與她先生去滑川旅行時，看到佑樹小弟自己存零用錢買的賀川單車出廠的小徑車，不經意說出直樹先生的女兒就是繪本作家「かがわまほ」。

甲本雪子小姐根本不知道佑樹小弟才五歲時便寄了信給「かがわまほ老師」，還收到附了親筆插畫、誠心誠意的回信。

——我好喜歡佑樹小弟。——

得知「かがわまほ老師」回信中寫了這句話，甲本雪子小姐也哭了。

夏目海步子小姐尚未對佑樹透露父親的事。但是，她認為等孩子到了高二或高三，就必須告訴他事實。也考慮著是不是等到他上大學再說比較好。

離開壽司店，我才要邁步走向飯店時，夏目海步子小姐問我明天早上願不願意見佑樹。明天要上學，但她會找個藉口，要佑樹到JR的滑川站接我。

我雖認為不要見比較好，但想起真帆小姐給我看的信，便想見見他。賀川直樹先生全然不知自己有這個已經十五歲的兒子。他長成什麼樣的少年呢？很像直樹先生嗎？

我對夏目海步子小姐說，我會搭早上八點左右抵達滑川的電車，到站後再打電話給她。

今天早上，我從富山站上了往黑部的各站皆停的電車。到了滑川站，走在月台上，正想著「哦，就是那個收票口」的瞬間，站在一旁的少年的臉便映入眼簾。少年也看著我。雖有四個人下了車，但只有我是男性。

不過，我沒有打電話給夏目海步子小姐說我到滑川站。我認為那位少年不可能在等別人。他一定就是夏目佑樹沒錯。

我並不想這麼說，但我必須老實講。十五歲的夏目佑樹小弟，與賀川真帆小姐實在太像了。

我全身起雞皮疙瘩，有那麼一瞬間僵住了，但又想著不能讓佑樹小弟起疑，便勉强露出笑容走出收票口，問少年是不是夏目佑樹。他個子比我略高一些。

少年也問，請問是平岩先生嗎？推著本來停在站前的賀川單車製小徑車，與我並肩走在筆直通往海邊的路。

「對不起，害你上學遲到。」

「沒關係。今天第一節是體育課。」

「那是賀川單車的小徑車吧。」

「是的，只有我有這個。我也有朋友騎小徑車，不過都是其他廠牌。」

「你為什麼選了賀川單車？」

「因為變速器單純又堅固。我覺得多了不用的齒輪就不美了。」

「我以前在賀川單車工作。」

「咦咦！真的嗎？您做腳踏車？」

「不是我做。我是社長。」

「社長？您是社長？」

「是啊，不過幾年前就退休了。」

「退休，所以您不當社長了？」

「是的。老兵不死，只是凋零。必須把棒子交給年輕人。年輕人的力量是很驚人的。」

我從對談中確定佑樹小弟並沒有青春期少年才有的一種邪氣，越來越驚歎他與真帆小姐竟如此相似。明明五官並不相像，但某些時刻閃現的神情卻有著共通之處。

我們在港口附近左轉，在民宅比鄰的路上走了五、六分鐘後，站在夏目海步子小姐的家門前。

佑樹小弟將小徑車推到玄關的水泥地，拿起書包對我說「再見」。我對臨走的佑樹小弟說，等他進了高中，我會送他公路車作為賀禮。要他選賀川單車在日本有經銷權的品牌，否則就無法享受特別優惠的折扣。

佑樹小弟跑回來，說他預定要上京都的高中，請我把車送到京都。然後，舉出賀川單車經銷的德國與義大利公路車的車名，選了義大利的。

能夠立刻說出車種，說明了他對公路車有濃厚的興趣。

我答應一定會送他，進了夏目海步子小姐在海邊的家，喝咖啡，看了真帆小姐十年前寄給佑樹小弟的信。

我在舊北陸街道邊那個木造屋裡，只待了短短四十分鐘左右。佑樹小弟剛走，夏目海步子小姐住在入善町的外甥女就來了。她不知道阿姨家有客人。

那位外甥女來送她母親做的豆皮壽司，接著就要直接開小型車去富山市內的一家美容專門學校上課。是位二十歲左右的純樸女孩。

外甥女留下裝有豆皮壽司的套盒走了之後，夏目海步子小姐說，佑樹等於是由她帶大的。

從佑樹小弟三歲起的那七年，都寄放在入善町的阿姨家。不過，她每天晚上下班後會開車帶他回滑川的家。

身邊人人都疼愛他，也不會讓她頭痛，所以夏目海步子小姐曾擔心孩子會不會是待在親戚家期間學會了處世之道。

她很煩惱，認為這絕非好事，但後來明白人人疼愛佑樹，是因為佑樹與生俱來的天性，她非常感謝剛剛那位外甥女，那些日子，以她同樣也是與生俱來的溫柔穩重與耐心包容著佑樹。夏目海步子小姐含著淚這麼說。

我希望能有一些時間自己沉澱思考，便辭別夏目家，走到滑川站。走了直樹先生那天騎腳踏車經過的路。

話說完，平岩壯吉大大呼了一口氣，笑稱自己好像把一輩子的話都說完了，露出一絲笑意，舔舔嘴唇，拿手帕擦擦嘴。

真帆心想，我怎麼都沒注意到呢，便打電話請女侍送冰水來。女侍送來之前，真帆和平岩都沉默不語。

待平岩喝完水，真帆低頭深深行禮：

「謝謝您。」

感謝的不止是他跑了一趟富山。更感謝平岩壯吉為賀川家所做的一切。

然後，真帆對只會致謝的自己感到萬分慚愧，卻也擠不出其他的話。

「佑樹小弟很有教養。年紀輕輕，人品根骨就很好，很討人喜歡。他很會念書，所以甲本雪子小姐的先生對他期許很深，說要讓他進入全國知名的升學學校。她先生就在那所京都的高中擔任數學老師，還寫了送夏目佑樹到哈佛大學或史丹佛大學念碩士的企畫案，佑樹小弟已經依照進度開始用功。夏目海步子小姐還說，他小學的時候連女生都吵不過，常哭著回家，但最近都不會輸給女生了。」

聽了平岩這些話，真帆才頭一次笑了。

平岩問她吃不吃雞肉，解釋道：

「這裡是高級日式料理店，但有私房菜單是從茨城縣訂購的土雞鍋。我昨晚吃壽司，今天中午是生魚片定食，再好吃的魚肉連吃三餐，我也想吃點別的。」

真帆沒有食欲，但總不能借用餐廳的地方卻什麼都不吃，便說她很期待吃美味的土雞鍋。

平岩壯吉離開包廂下樓去了。

文彌小姐是父親同父異母的妹妹，佑樹是我同父異母的弟弟，那麼文彌小姐與佑樹是什麼親戚關係呢？——真帆思索著。

我和文彌小姐是年紀相近的姑姑和姪女。這樣的話，文彌小姐和佑樹就是……。

「爸爸，你真是把關係弄得好複雜呀。」

真帆內心喃喃說道。

平岩回來了，真帆便問：

「文彌小姐知道佑樹的事嗎？」

「這個我就不清楚了。那個世界口風是很緊的。但是，夏目海步子小姐在京都生下佑樹小弟後，又在京都住了三年。切結書裡規定絕不能洩密，但就算她遵守約定，須藤女士和文彌小姐應該也都知道佑樹的父親是誰吧。」

說完，略加思索，平岩接著說：

「杉井芳子女士和『芽以』的老闆娘都去世了。文彌小姐也是。『長谷川』的須藤敬子女士去年夏天生了一場不太樂觀的病，動了手術，聽說最近又住院了。須藤女士絕不會向任何人說起賀川直樹先生和文彌小姐是兄妹，即使是再親密、再契合的朋友。她們的世界就是那樣。」

「文彌小姐和佑樹算是什麼親戚關係呢?」

「對佑樹小弟來說,文彌小姐是父親的妹妹,所以是有血緣關係的姑姑。真帆小姐和文彌小姐也是姪女和姑姑。」

真帆決定不再多談,好好享用雞肉鍋。因為她覺得再讓平岩壯吉說下去會太累。維持一臉嚴肅的神態,平岩的心情也會很沉重吧。

兩名女侍端來桌上型瓦斯爐和大大小小的盤子,開始準備火鍋。大盤子裡是已經煮過的帶骨雞肉,生的雞肉丸和不同部位的雞肉薄片則另外裝盤。

平岩壯吉喝了女侍幫忙倒的啤酒,吃著裝在小碗裡的薑煨雞肝,說:

「嘴巴累了,咬合的力氣也會減半呢。」

因為平岩說要自己煮,女侍們便介紹說「這是雞脖子肉、這是雞胸肉」等不同的部位後退出包廂。

「我真是百感交集,從夏目海步子小姐家離開到滑川站的路上,還在候車室坐了四十分鐘。然後上了月台,在長椅上坐下後都還難以平復。我坐在那裡,跳過了兩班往富山的電車沒上車。《清秀佳人》第六集裡吉姆船長的話,從來沒有那麼刻骨銘心過。兒子兩歲死去的那一天,恍如昨日般重上心頭。」

真帆不知道平岩壯吉曾經歷幼子夭折，默默為他斟啤酒。

——「我不需要火光就能看到你們每個人的未來。我能看到你們每個人都很幸福，每一個人——蕾絲莉和福特先生，在這裡的醫生和夫人，傑姆小弟弟，還有未來將出生的孩子——我能看到你們每個人的幸福。但是，知道嗎，麻煩、擔憂和悲傷還是會來找你們。一定會來的。無論是皇宮還是夢幻小屋，什麼樣的房子都阻擋不了。但是，只要你們準備好愛與信任來對抗，就不會被擊倒。只要有愛與信任作爲羅盤和導航燈，無論什麼樣的風暴都能平安度過。」——

看著平岩流暢無誤地背誦，真不知他讀過多少回，而看著他的眼神，真帆心中浮現平岩與夏目佑樹並肩走向海邊的情景。

「我們夫婦本想著『將來會再有的孩子』，終究沒有來到我們膝下，但麻煩、擔憂和悲傷倒是來了不少。不過那些今早在滑川全都一筆勾消了。我很幸福。覺得就像跟滿十五歲的兒子走在一起。為什麼會有這種感覺，我也不明白。但是，我現在還是覺得置身夢中。兩歲的兒子並沒有死，一直活在我心中。別人可能會笑我，但我被巨大的幸福包圍著，與佑樹小弟並肩從滑川站走向海邊的家。」

平岩這麼說，久久望著真帆。接著伸筷夾起土雞鍋中煮熟的帶骨雞肉，放進真帆的小碗裡。

連最後的鹹粥都吃光後，真帆在夜晚喧囂的神樂坂與平岩壯吉告別。實在不想立刻回自己的公寓，好想在人不多的咖啡店裡喝杯咖啡。

真帆選了一條行人稀少的路，在小巷左彎右拐中，忽然無限同情起夏目佑樹這名少年。

與此同時，對父親的厭惡與憎恨，在真帆心中膨脹得瀕臨破裂。她越想越覺得過去父親的長處優點，在在都顯得只是流於表面的偽善。

1——專門在漆器上以金、銀、色粉等材料繪製紋樣裝飾的工匠。

2——日本歌舞伎演出者背後的輔助人員。

3——又稱薯蕷饅頭，外皮是將薯蕷磨成泥之後所製成。

4——江戶時代的地圖測繪家（1745～1818年），製作出日本第一份精準的全國地圖。

5——《清秀佳人》系列在台譯本眾多，且分集不同導致書名不一。此處譯名主要採用世茂出版社。

第七章

私立升學學校的經營越來越困難，如何確保優秀的學生進入自己的學校，是生存戰術中的第一要事——甲本雪子想起丈夫昨晚說的話，一邊走下樓梯前往京都車站的月台，等待從富山方向駛來的特急雷鳥號抵達。

佑樹預定於明年入學的高中，將在明天舉辦說明會兼校園參觀。校方希望家長同行，但佑樹堅持要自己一個人去參加，他母親海步子今早來電告知雪子這件事。

雪子便說，既然如此，那我到京都車站接他，但三十分鐘後，海步子又打電話來。

海步子先說佑樹剛剛出門走路去滑川車站，然後提起前天平岩壯吉來訪，以及他此行的目的。

聽她說完，雪子也說了四月下旬茂茂偕同兩名女子來到「小松」的事。其中一位，是以前邊當俱樂部公關小姐邊上大學的女孩，另一位是她朋友。才看了一眼，我心中便一陣不安。茂茂去年來「小松」時，曾說那位公關小姐現在是克拉拉社的編輯。

這個我在滑川跟海步子說過，但我覺得那名打扮相貌清新的鮑伯頭女子就是「かがわまほ」。

我心中的不安，並不是因為她和克拉拉社的編輯一起來。而是因為她臉上一瞬間閃過的神情和佑樹一模一樣。

茂茂沒有提及她們的姓名和職業。這不稀奇，沒必要什麼都告訴茶屋風格酒吧的老闆娘。

但，我覺得茂茂是刻意隱瞞。因為我記得白天上大學、晚上在祇園俱樂部當公關小姐那位的長相，所以我馬上就聯想起她是克拉拉社的編輯。

他們在「小松」待了三、四十分鐘。茂茂問有沒有文彌的照片，我便讓那兩位小姐看了以前京舞的照片。

我送他們三人到宮川筋的大路上。那位小姐回頭看我。那表情，和佑樹有時會出現的神色實在很相似。

我怎麼也沒想到茂茂竟然會帶賀川直樹先生的女兒來「小松」，所以心裡很不安，但回到店裡和客人聊著聊著就忘了。茂茂他們離開之後又一連來了好幾組客人，當晚特別地忙。

雪子和海步子通電話時，丈夫正晃從身後默默拍了她的肩。指著五天前家

裡才終於買來的筆記型電腦的畫面。那是克拉拉社的官方網站，公開刊登繪本作家「かがわまほ」在某家書店辦簽名會的照片。面帶笑容與買了繪本的女孩說話的「かがわまほ」，無疑便是那一晚與茂茂一同來「小松」的兩名女子之一。

但是，雪子沒有向海步子提起這件事，掛了電話。

「跟佑樹很像嗎？」

丈夫看著照片說。

「這樣看是不像，可是有什麼反應時，會露出一模一樣的表情。」

「你確定是這個人沒錯？」

「嗯，沒錯，就是她。」

「好漂亮啊。原來這個人就是佑樹的姊姊啊。真想認識認識。」

正晃在電腦用的小茶几上托著腮，微笑著說。

雪子將海步子轉述平岩壯吉親自跑到富山的事，一五一十告訴丈夫。他從自己書桌抽屜裡拿出一個信封，將裡面一張照片遞給雪子。照片翻拍了十年前，五歲的佑樹所收到的信。

「當佑樹寫信給かがわまほ老師時，有什麼巨大的東西緩緩啓動了。」

穿著睡衣的正晃這麼說，去了洗手台，雪子沖咖啡、烤了吐司。正晃必須去學校開會，準備明天的說明會。

「巨大的什麼，你是指？」

雪子問正晃。

刷完牙的正晃往人中和下巴抹刮鬍泡泡，一邊說：

「不知道。不過，我覺得不是什麼微小的力量。」

正晃沒關電腦就出門了，於是雪子洗完衣服又一次看著「かがわまほ」那張照片。

雪子對操作電腦一竅不通。心想要是隨便動滑鼠還是亂碰弄壞了可不妙，便直接擺著，將簡易床鋪搬到佑樹今晚要睡的三坪大的寢室。等佑樹明年上高中，那裡就是他的房間。

回到電腦前，畫面上有幾何圖形不斷重複進行複雜的旋轉。

雪子聽海步子說，要是有空位，佑樹會搭特急雷鳥號的最後一個車廂，便站在那裡的月台看錶。然後又想，平岩壯吉多半已經把直樹和夏目海步子的事，以及佑樹這位相差二十歲以上的弟弟的存在，都告訴賀川真帆。

列車抵達月台，從最後一個車廂下車的佑樹邊走邊提著一個看起來很沉重的大背包。

白底藍格子的扣領襯衫上套著藍色背心，穿著深藍色長褲和同色的球鞋。看到這身打扮的佑樹已比自己高得多，雪子心想，這孩子為什麼一笑眼尾就這麼垂呢。在「小松」見到的賀川真帆笑起來眼尾也沒有下垂，他們的表情到底是從哪裡用什麼遺傳魔法串起來？

「你長高了呢。」

「還遠遠比不上大個子姨丈。」

「千萬別長到那麼高，不合日本建築的尺寸，走到哪撞到哪。你還沒吃中飯吧？我買了星鰻棒壽司。」

走到計程車招呼站途中，佑樹提及雪子兩個兒子的名字，問：

「今天見得到嗎？」

「晃良今天起要出差一週。見不到佑樹很遺憾呢。晃良要給你的零用錢，我都幫你先保管起來了。」

「晃光哥哥呢？」

佑樹大聲問起雪子的小兒子。

「要是提早下班，他今晚會在宮川町的公寓過夜，可是他說可能要熬整夜工作。」

「咦！整夜？熬一整夜做絲？」

「他們社長去世之後，他變得好忙。」

「就是芳子奶奶的牌搭子？」

佑樹邊上計程車邊問。

「對，就是他。生病之後就沒辦法打麻將了。他臥病在床很久，芳子奶奶去世隔兩個月他也走了。據說是一種不治之症叫肌無力症。查出病灶後，有十三、四年都在輪椅上度過。」

雪子回想著加納哲則晚年的苦鬥——他是傳承四百多年、位於西陣的絲線行的社長——一面向佑樹描述他堅强的意志、天真爛漫的人格特質。

當「加納絲線行」因廉價的化學合成纖維與化學染料而陷入經營困境時，加納哲則抵押了自己的房子向銀行融資貸款，買下長野和岐阜縣交界的桑田，開始養蠶。養蠶，抽繭紡絲，以植物和礦物染色，努力守護自古以來的傳統造絲法。

他這番異想天開的作為，曾讓同行紛紛議論，說他病得失去了正常的判斷力。但現在，從事絲織品的人們都來買加納絲線行的線，是他們不可或缺的貴重材料。

什麼東西都只求便宜的想法可能會成為世界風潮，但正因如此，應該也會有越來越多人明白真正好東西的價值，並願意購買。

賣掉位於左京區下鴨那座擁有精緻庭園的茶室雅緻風格豪邸之際，當時還勉強能夠說話的加納哲則曾這麼表示。

小兒子晃光說他想到加納絲線行學做絲的時候，加納哲則已經無法說話，所以嘴巴銜著細長的棒子，把平假名一個個指出來。

晃光花了一點時間才明白他說的是「披荊斬棘，走向勝利」。

佑樹聽著雪子的話，在計程車停在東本願寺前的紅綠燈時，說：

「現在晃光哥哥真的是披荊斬棘呢。」

孵出幼蠶後，便要摘採柔嫩的桑葉送到養蠶場的蠶架上，然後切細餵食。

從桑田到養蠶場那兩公里的山路上，沿途密集生長了有刺的樹。雖然有別的路可走，卻得繞很遠。為了讓蠶寶寶趕快吃到新鮮的桑葉，便一路揮斧而行，但手、肩、腹、臉都被刮傷，一條條傷痕又紅又腫。

佑樹說，晃光哥哥今年過年在電話裡告訴我這些。

「哦，那孩子倒是一個字都沒跟我提過。」

雪子笑著說。

計程車在五條通右轉過了鴨川，左轉進宮川町南側一條窄窄的單行道。

佑樹問，現在應該是養蠶場最忙的時期，晃光哥哥為了見我特地回京都嗎？視線邊在京町家和商店林立的小路左右來回。

「想見佑樹是原因之一。另一個原因是要運送銀鼠色的絲線給紡織鋪。那是特別訂製的線，量又多，所以人正在西陣的工坊裡拆開絲線來驗貨，看看顏色均不均勻，但沒想到會那麼花時間。」

「銀鼠是什麼顏色？」

「就是老鼠色裡混了銀色。」

「阿姨，你的說明沒什麼誠意呢……」

佑樹這句話，讓雪子放聲大笑。他們在寺門前下了計程車。

「老鼠色是用什麼植物染的？銀色也是植物染的嗎？還是什麼礦物？」

好啦，佑樹的問題攻勢來了。這攻勢一開始我就要頭痛——雪子心想，打開距離寺門十五、六步的五層樓公寓的大門。雪子夫婦住在三樓。

「這些，你問晃光比較清楚。」

雪子說，與佑樹一起爬上樓梯。

雪子想著佑樹上一次來是多少年前，走到放了簡易床鋪的房間，見佑樹在洗手台洗手，便試著拎起他的背包。

背包重得令人懷疑才計畫待一夜到底裝了什麼東西。

佑樹洗好手，打開背包。裡面有圓形容器裝的鱒魚壽司五個。鰈魚、竹筴魚、黑喉魚各三尾的一夜干真空包五包。墨漬中卷五盒。是海步子送的伴手禮。

「現在家裡就我和大個子姨丈兩個人。這麼多吃不完。」

雪子正這麼說時，佑樹發現了筆電，開心叫道：

「終於買了呀！」

往筆電前一坐。望著畫面上動個不停的幾何圖案，說這個螢幕保護程式不是電腦本來就設定的，要付費下載，然後動了滑鼠。

螢幕保護程式消失了，畫面上出現「かがわまほ」的照片。

雪子發現電腦仍停留在克拉拉社的官方網站，不禁慌了。身體僵硬不自然，一時也不知該説什麼。

看了照片底下寫的文字，佑樹驚訝地説：

「這個人就是かがわまほ老師耶。」

雪子這才想起來，佑樹的手機無法上網。只有借用朋友的電腦才能玩遊戲，所以不會特地去找かがわまほ的資訊。這正是佑樹第一次看到「かがわまほ老師」的照片。

雪子邊想邊氣丈夫為什麼留下這個畫面就出門。

「怎麼會連到克拉拉社的網站去看かがわまほ老師啊？」

佑樹問。

「是啊，怎麼會呢？早上是你大個子姨丈在看的……。我對電腦一竅不通，根本不敢亂碰……」

雪子實在敷衍不過去，只好推給丈夫，然後進了廚房，將昨晚買的鯖魚和星鰻棒壽司盛在中型盤子裡，又泡了熱茶。

「我還以為かがわまほ老師年紀更大呢。沒想到這麼年輕。」

「哦，你不知道かがわまほ老師幾歲呀？莫非《温柔的家》書上面沒有簡歷嗎？」

「嗯。只寫了畢業於什麼大學、什麼時候成為繪本作家。說不寫女人的出生年月日。」

「哦，不過，她很漂亮呢。看照片，大概三十五、六歲吧。」

「更年輕啦！我想大概三十歲左右吧。」

雪子請佑樹關掉電腦的電源，自己在餐桌的椅子上坐下來。

佑樹說想再看一下かがわまほ老師的照片，沒關電腦就跑到餐桌這邊吃起棒壽司。

從今早海步子的電話聽起來，雖然不知道前因後果，但賀川直樹的女兒對十年前夏目佑樹這位五歲少年的來信肯定起了些疑心。

平岩壯吉去富山，看似是為了確認那封信的來意，是否明知《温柔的家》的作者是賀川直樹的女兒仍故意寄出。但海步子在掛電話前說她覺得其實這並非主要目的，他此行或許是想暗示時機已經成熟。

當時雪子為了送丈夫出門而有些急躁，海步子也要準備上班，心情上並不從容。所以，雪子沒有心思深入推敲平岩的來訪意味著什麼，但即使是海步子簡略的說明，她也明白茂茂介入這整件事情的開端。

雖不知如何介入的，但雪子想不通，這實在不像茂茂的作風。

海步子提到京都的三宅皮包店，說那裡的顧客清單上有夏目海步子的名字，茂茂和「かがわまほ」碰巧同時看到了。茂茂知道賀川直樹與夏目海步子之間的關係，於是不得不說出這件事，在「かがわまほ」的強力要求之下，只好帶她前往宮川町的「小松」。

雪子與佑樹面對面吃著星鰻棒壽司，腦海中將海步子今早的說明加以整理重組。

「かがわまほ老師的本名叫什麼？」

雪子開口問道，滿嘴鯖魚棒壽司的佑樹便走到電腦前，把名字寫在附近的夾報廣告紙上，放在雪子面前。

「哦，是直接把漢字寫成平假名來當筆名呀。」

「嗯，好像是。」

雪子將剛才整理好的原委於腦海中再次重組，仍無法理解事情為何會牽扯到十年前佑樹的那封信。她覺得海步子對這件事也沒有多做解釋。

從三宅皮包店的顧客清單開始，到平岩壯吉因佑樹的信一事造訪富山，還特地繞到滑川去，這當中少了重大的什麼。然而，唯一可以肯定的是，賀川真帆已經知道有夏目佑樹這個同父異母的弟弟。

是嗎，原來かがわまほ老師竟然記得十年前有一名五歲男孩的來信。她一定收到很多孩童粉絲的信，卻沒有忘了夏目佑樹這封。

有什麼巨大的東西啓動了。丈夫這麼說，但若真有什麼看不見的東西在看不見的地方動了起來，無論那是什麼，請千萬不要傷害佑樹。

雪子在心中這樣祈求，然後對佑樹說：

「接下來要做什麼？什麼都不做，待在這房間裡也很無聊吧？」

佑樹托著腮，唔了一聲想想，說：

「最近睡眠不足，我要來睡個午覺。」

「睡午覺？十五歲的男生要睡午覺？特地來到京都睡午覺？從這裡到清水

寺最適合散步了，往南走也有三十三間堂，去南禪寺吃個湯豆腐也好呀。」

「都是廟呀。廟我就不去了。」

「嗯，好吧，我懂你的心情。」

雪子與佑樹相視而笑時，手機的來電鈴聲響起。因為鈴聲是〈猴子抬轎子〉，雪子知道是打來找自己的，連忙找起手機。手機一直放在手提包裡。

「改一下來電鈴聲吧？」

佑樹說，走到電腦前。

來電者是「長谷川」的老闆娘須藤敬子的丈夫。

一聽出是須藤秀信的聲音，雪子的笑容消失，做好心理準備。

「我是須藤。內人剛才回家了。」

「咦！出院了嗎？」

雖然從須藤秀信的說法聽起來，雪子認為是將遺體送回來，她卻硬是用了出院這兩個字。

「嗯，是出院沒錯，因為希望最後能在家裡走，所以和醫院的主治醫師還有高島醫師商量以後，決定就照她本人的意思。從今天起，高島醫師會幫忙照看。主治醫師和高島醫師都認為，最多就兩週了。」

是嗎，所以醫學給出這樣的診斷啊。雪子邊想邊等須藤秀信說下去。

佑樹關掉電腦的電源，進了雪子為他準備的房間。

「然後，內人說有些話無論如何都想在今天告訴雪子小姐，問你能不能馬上過來。」

「好的，我這就去。」

雪子掛了電話，在餐桌上留下一張五千圓鈔票。

我臨時有事要出去一下，大概一個小時會回來。要是想去哪裡玩記得帶備用鑰匙出門。零用錢我留在桌上，拿去用別客氣。

雪子隔著門對佑樹這麼說，離開了公寓。

幸好高島醫生就住在附近。從高島診所到須藤夫婦住的公寓走路三分鐘。離高島醫生家大約十分鐘。而且，須藤敬子和高島醫生是高中同學。

高島醫生四十多歲時，不僅在宮川町，連在祇園和先斗町也是花名在外，要是被夫人知道了絕對會鬧得天翻地覆的程度，每次都是「長谷川」老闆娘出手相助。高島醫生當時開玩笑說，我會替你送終，以報答你的大恩大德，沒想到玩笑成真。

雪子心裡這麼想，邊趕往五條通。

須藤秀信和藝伎喜美彌在公寓的大門等她。喜美彌應該是來幫忙敬子出院，一身運動服加上牛仔褲的家常打扮，也沒有化妝。

「長谷川」的第六代老闆娘敬子恐怕後繼無人。雖有兩個兒子，但都不願接手，老大進了資訊業，老二在消防局上班。敬子本來打算由媳婦繼任第七代老闆娘，想安排兒子與她看中的藝伎結婚，但這年頭由父母刻意安排的婚事畢竟有難處，只好死心。

雪子倒是認為，對象若是文彌，敬子家的老二應該早就答應了。就算他們倆沒結婚，只要文彌還活著，一定也會步上「長谷川」第七代老闆娘之路。

是嗎，所以第七代已決定由喜美彌來接手了嗎——雖認為她能力不夠，雪子仍以毫不知情的表情向兩人寒喧慰問。

敬子的丈夫交代三點左右高島醫生會帶點滴等用具過來，等她們談完之後，請雪子打電話到「長谷川」，便與喜美彌一起朝大馬路走。

雪子拿著交給她的鑰匙來到三樓，打開須藤敬子家的門。夫婦寢室旁的四坪和室，不久前應該都還是作為秀信的書房，臨時收拾整頓後，在地毯上放置了上半部能電動搖控起降的床。

敬子躺在那張床上，看著她太過憔悴的面容，瘦得幾乎縮小了一半的身體，雪子默默在床邊的小椅子坐下。輕撫敬子的手。她的雙手手背處處布滿青色的腫脹。

「對不起，把你找來。」

敬子以沙啞的聲音說。

「走路不用五分鐘的。」

旁邊放著供應氧氣的瓶子，雪子便問需不需要用，敬子微微搖頭，指著房間入口附近一個矮矮的西式衣櫥。她說，倒數第二層的抽屜裡有個信封，幫我拿過來。

那個信封上以毛筆寫著「夏目佑樹收」。

等著時機要交付，等著等著日子就過了。這是文彌過世之後，她的表弟整理遺物時所發現，拿來找我商量問這是誰。信封裡有三百萬圓的新鈔。

我不能把夏目佑樹的事告訴文彌疼愛的表弟，便說我心裡有數，暫時由我保管。

光是說這些話，須藤敬子中途便要休息兩次，大口喘氣。

雪子心想，「長谷川」的老闆娘果然知道賀川直樹和夏目海步子之間生了一個男孩，但並不怎麼吃驚。可是，文彌為什麼要留三百萬給夏目佑樹，她就想不通了。

「要不是跑出這種東西來，我應該把事情帶到墳墓去的，但我不能不顧文彌的心意。」

說完，敬子又一陣喘息，才說起直樹的父親瀧山藤一郎的事。

敬子說完後，累壞了般閉上眼睛，雪子看了看錶。再十分鐘就三點。高島醫生就要來了。

「文彌小姐竟是與佑樹血脈相連的姑姑，我真是做夢都想不到。」

雪子抓緊信封說。

「你母親可能隱約感覺到了，但沒跟你、也沒跟海步子說啊，因為她連我也沒說。你母親是個了不起的人。她一定是認為該知道的終究會知道。這筆錢，什麼時候、怎麼交給佑樹，就由雪子你來決定。千萬拜託了。」

須藤敬子以無法分辨是露出笑容還是痛苦得歪了臉的表情看著雪子，接著又說了什麼。雪子聽不清，便將耳朵湊到敬子的嘴邊。

「不可以把店收掉。宮川町不能沒有『小松』這家店。這是由你母親開設，由你這個女兒撐起來的店。」

須藤敬子說。

高島醫生帶著一個大紙箱來，準備好點滴，然後開始量血壓，對著腹部進行觸診。

「有我在，你放心吧。」

高島醫生帶著笑容說。

雪子覺得敬子在朦朧與清醒狀態之間來來回回。

「聽說千利休曾對某個人說，『若你能隨時隨地行理所當然之事，我便拜你為師』，我現在終於明白他的意思了。有生必有死，再也沒有比這更理所當然的事了。」

敬子以她健康時清晰的口吻說著。高島醫生與雪子默默對望。因為他們不知道這些話究竟是對誰而發。

金屬托盤上擺著好幾種針劑，為了在敬子手腕上打靜脈點滴，高島醫生摸了摸，又輕輕拍了拍。靜脈一直浮不上來。

「在送我走之前，你可不能去找先斗町的惡女。」

「別提那些陳年舊事了啦。都二十年前的事。現在我也沒那個精力了。早知道就該選敬子。」

「你這句話要是在高中的時候說，我們倆的命運就大不同。」

「我就知道你暗戀我。」

雪子進了廚房，打電話給敬子的丈夫，告訴他：剛才高島醫生來了，也和我說完話，然後悄悄離開公寓。千利休那番話，卻老是縈繞心頭。

可不能帶著以細細的毛筆寫上大字「夏目佑樹收」的厚信封回去，以免被佑樹看到，雪子很後悔自己因為趕時間而空手出門。

雪子在宮川町一帶的路口停下腳步，望著兩層樓的民家與古老土藏之間露出來的新綠的東山連峰。雪子心想，這筆錢不能用銀行匯款，要將這個文彌親筆寫的信封直接親手交給海步子。

賀川直樹一定對海步子隱瞞了自己與文彌是同父異母兄妹的事。否則，海步子應該會告訴我。那等於是他原生家庭瀧山家的祕密，所以他才沒告訴海步子吧。

那次，文彌出席茶道老師的葬禮後，在南禪寺附近與海步子不期而遇，分手之際脫口把還坐在嬰兒車裡的佑樹叫成「直樹小弟」，或許是在暗示她知道自己與這孩子之間的關連。不，不是或許，她就是為此才故意叫錯的。文彌那時候已經練就這種本事。文彌天天跟著「長谷川」老闆娘，自然而然便學會了這樣的大膽纖細。

文彌才三十九歲便英年早逝，「長谷川」老闆娘想必大感失落。

——有生必有死，再也沒有比這更理所當然的事了。——

此刻的「長谷川」老闆娘並沒有將千利休所說的「理所當然」視為茶道的實踐。而是以「死亡」來解釋。

——若你能隨時隨地行理所當然之事，我便拜你為師。——

雪子就站在柏油路上，視線轉向宮川町的大路上，在心中幾度複誦千利休這句話。

將信封藏在羊毛衫底下回到自己的住處，便看到為佑樹準備的房間門開著，餐桌上留了字條。

——我去幫忙晃光哥哥送貨，然後玩一個小時再回來。——

看到佑樹潦草寫的字，雪子心想，明天早上必須送貨的就是位於清水寺北側的紡織鋪了。

晃光說因為客人趕時間，做好的絲線就算少量、分批也必須先交貨，所以晃光大概暫時中斷在西陣的驗貨工作去送貨，然後途中繞回家來。

雪子這樣猜想，將裝了三百萬的厚實信封收進寢室那個老和式衣櫥有鎖的抽屜裡。

賀川直樹和文彌居然是同父異母的兄妹……。海步子要是知道一定會大吃一驚吧。

這件事，母親連一個字也沒跟我提過。母親和「長谷川」的老闆娘是無話不說的好友，照理說應該不可能不知道，但這就是京都宮川町這個花街和一般世間不同之處，無論再怎麼親密的人，都不能透露這裡的祕密。

「長谷川」的老闆娘一定早就知道夏目海步子生下賀川直樹的孩子，但絕口不提。對待母親時，一定連暗示都沒有，不曾顯露過她知道。

儘管這是京都花街的規矩，但多麼守口如瓶呀。正因如此，擁有經濟能力的男人才能安心遊逛京都花街。

雪子想著這些的同時，認為「長谷川」的老闆娘剛才將文彌留給佑樹的三百萬圓交給自己保管的事，一定要在今天之內告訴海步子。

自己的工作要晚上十二點以後才能結束。待會兒就得到「小松」準備開店了。這就表示，只有現在才能直接在電話裡談，但海步子可能正在幫客人剪頭髮……。

儘管猶豫，雪子還是拿起自己的手機。

電話一響，海步子就接了，說她也正想要打電話給雪子。她說，早上交代得太匆忙，漏掉很多細節。

「沒有客人嗎？」

雪子問。

「現在正好有個空檔。四點半有兩位預約的客人。」

既然如此，雪子便催她先補充漏掉的地方，一邊坐在客廳的沙發。

海步子將平岩壯吉為何造訪富山的經過又詳細敘述一遍。

「平岩先生啊，對佑樹說他當過賀川單車的社長吔。我嚇了一跳，那晚，佑樹問我怎麼會認識當過賀川單車社長的人，為什麼那樣的人會特地跑來滑川找媽媽呢？」

「那，你怎麼回答？」

「我說我在京都的髮廊工作時，受過他很多照顧，而且回到富山自己開店，也向他請教過很多做生意的法門，那天，他正好有事來富川，不曉得髮廊經營得順不順利，擔心之下就過來看看。」

「那佑樹有接受這個說法？」

「表情有點不完全釋然就是了。我不認為是平岩先生說溜嘴……。因為，平岩先生不是那種人。」

「平岩先生有什麼理由要告訴佑樹，自己當過賀川單車的社長？」

雪子問。

「我就是不明白，所以一直猜想。可是，かがわまほ小姐已經發現佑樹的存在，我想平岩先生也只能對她說實話。沒有任何人有權利繼續隱瞞賀川直樹的女兒呀。かがわまほ小姐有知道的權利。如果她想知道的話。」

「就是因為想知道，かがわまほ小姐才會去找平岩先生的吧？」

「嗯，就是啊。」

雪子此刻覺得她明白平岩的真意了。平岩並不是不小心說溜嘴。他是在告訴海步子，他看到佑樹的成長，覺得是時機可以說出真相，不，是應該要說出真相了。

雪子向海步子表明這個想法，然後又說「長谷川」老闆娘交代她的事，以及文彌那筆三百萬圓。

海步子一直保持沉默。雪子本來想等她開口，但又怕佑樹突然跑回來而坐立難安，便說最近會找時間帶那筆錢去滑川。

「我想把那筆錢連同信封直接交給海步。雖然帶這麼一大筆現金到滑川很可怕。」

「照規矩應該是我去跟你拿……」

總算又聽到海步子的聲音。

「我想自己送過去。這是『長谷川』的老闆娘交付給我的。」

「最近是什麼時候？」

「天氣好的星期日。」

「說得容易呀。富山沿海的天氣，連氣象台都預測不到。」

「若是哪個星期六的晚上，你有預感隔天的天氣八成會很好，那就打電話通知我。既然都要去一趟滑川，我想看看陽光下的海、立山連峰和整片整片的稻穗。」

雪子本想說，也想再一次遠望愛本橋，但改變了主意。

一整片的稻穗？現在才剛插完秧，稻子還沒結穗。不光入善町，富山的田園地區都是等到五月的黃金週連假結束才會插秧。

稻穗成熟、最好吃的米是在盛夏，但這幾年富山的猛暑實在太過强烈，已超過給稻米增添鮮味的程度，甚至曬傷稻子本身，所以整個插秧的時期都往後推遲。

因此，兼業農家多數都在今天星期六或明天星期日插秧。

海步子說明的語氣比平常來得慢，顯得有些心不在焉。

應該等自己到了滑川，再把文彌和佑樹兩人的血緣關係，以及這筆三百萬圓的事告訴海步子——雪子開始感到後悔時，海步子卻說，賀川直樹沒有提起他和文彌的事是理所當然。

「因為那是直樹先生原生家庭的祕密嘛。」

雪子這麼說。

「不光是這樣。因為，直樹根本不知道我懷孕就死了。所以，他沒有任何必要告訴我關於他和文彌兩人是同父異母的兄妹。」

哦，對呀。原來如此，雪子心想這很有道理。

海步子說起距今五年前，文彌帶著表弟來魚津看捕撈螢烏賊的事。

「那天我有推不掉的工作，就請千春到車站去接他們。文彌小姐第二天一早從魚津搭計程車到滑川，躲在舊北陸街道的房子之間，窺看我家門口。從鄰居告訴我的長相和衣服，我知道那一定是文彌小姐沒錯，但我不明白她為什麼要躲起來。她一定是想偷偷看一眼長大的佑樹吧。」

即使是同父同母所生育的兄弟姊妹，別說合不來了，彼此厭惡到連話都不說的大有人在。偶爾見面也一言不合，大吵大罵，互相傷害。

若是有血緣關係的親戚，頂多也只是，哦原來我有個這樣的叔叔、有個那樣的表哥，偶爾在婚禮或葬禮碰面也不會心生什麼感觸。

明明是這種情況居多，文彌卻時時掛念著夏目佑樹這位與她年紀相差很多的外甥。

這是為什麼呢？

若文彌特地到滑川，掩人耳目地偷看佑樹，那麼應該可以將她參觀捕撈螢烏賊視為表面上的名目，其實真正目的是看佑樹一眼。

再加上，文彌心知死期將近，留下三百萬圓這麼一大筆錢給佑樹。是什麼讓文彌如此掛念？

就我和海步子所知，文彌和佑樹近距離見面，就只有在圓山公園附近的甜品鋪那一次而已。佑樹才一歲半左右，坐在嬰兒推車裡，應該連一般對話都沒有過吧。

雖不確定詳情，但文彌並非無親無故。父親瀧山藤一郎死了，母親也早已過世，就算沒有弟弟妹妹，卻是有表親的。

然而，她卻將自己的部分積蓄留給了僅有一面之緣的佑樹。

文彌是因為自己的出身，而對夏目佑樹特別同情嗎？不，如果只是這樣，不足以解釋滑川的事和三百萬圓。

雪子手機仍貼著耳朵，腦筋不斷轉動，同時間，海步子似乎也處於同樣的思緒之中。

「文彌小姐為什麼會這麼關心佑樹呢？」

海步子問。

「也許不單單只因為他是自己的姪兒。佑樹就是有種能牽動人心的力量，從小他就有這特質。かがわまほ老師也是，把十年前一位五歲小男孩寫的信記在心裡。要是她早就忘光了，即使找到一位叫夏目海步子的女人，事情也應該到此結束不是嗎？因為茂茂根本就不知道佑樹的事。是夏目海步子這個名字，和夏目佑樹的信串起來了。富山縣滑川市這個地名啪地一下對起來……」

「嗯，平岩先生也這麼說。可是，我寄出那封信時，萬萬沒想到十年後會變成這樣……」

「可是，又沒有發生什麼不好的事不是嗎？」

「確實沒有，可是我很希望再晚個三、四年。我想等佑樹成為大學生以後再說。因為現在是最容易變壞的年紀。」

「我在這世界也算是看過不少男男女女，かがわまほ老師是個知書達禮的聰明人。」

雪子說完，將注意力朝向門後。因為有輕微的腳步聲，但不是佑樹。

反正，要是隔天星期日，我判斷一定會放晴的話，就在前一天跟你聯絡

——海步子說完掛了電話。

當晚，「小松」的生意很忙碌。罕見地在六點多來了兩組三人的顧客，其中兩人回去之後，緊接著有五名客人幾乎同時上門，坐滿了吧檯。

雪子一邊接應客人的點單，在L字型的吧檯裡忙得不可開交時，手機響了。是丈夫打來的。

本想丟著不接，但丈夫現在應該和佑樹一起在花見小路北邊的一家燒肉店吃飯，怕是有什麼事，雪子便拿著手機上了二樓。

「喂，你一直讓電腦的畫面停留在かがわまほ小姐的照片沒關？」

正晃說。

「啊，我忘了跟你說這個。」

「剛才突然被佑樹問起原因，害我慌了一下。不過我隨便找個理由搪塞過

去了。」

「電腦的事我根本都不會呀。你怎麼解釋的？」

「我說，我想知道給五歲的佑樹寫那麼親切回信的かがわまほ小姐是什麼樣的人，就上克拉拉社的官網查看。」

「厲害。臨時能編出這種謊話，一點也不像只懂數學的男人。」

「其實也不算是謊話啦。」

「我現在很忙。吧檯坐滿了。」

「七點剛過『小松』就客滿？發生什麼事？」

雪子說，打工的女大學生還沒來，要是再跟我說今天想要請假的話，她就不用再來了，說完掛了電話下樓。只見一名男子站在玄關的格子門外，上半身探頭進來。

雪子花了一點時間才認出那是平岩壯吉。畢竟已長達十多年沒見，他又換了髮型。

「客滿呀。生意興隆，可喜可賀。」

「哎呀，平岩先生，歡迎光臨。我這就幫您安排位子。」

「不了不了，大家喝得正開心，還要麻煩騰出位子給我，未免掃興。」

平岩要折回小巷時，雪子卻拉了他的西裝外套袖子，在玄關台階硬是要他脫了鞋，請客人讓出一點空間。因為她覺得若不這麼做，也許就再沒有機會和平岩説話。

平岩客客氣氣地向其他客人道謝，在吧檯的正中央坐下後，拿濕毛巾先擦了手。

「那天之後就沒再見過您了。」

雪子笑著説。因為海步子告訴她的那些事，現在的平岩壯吉與雪子過去印象中的他是截然不同的兩個人。

「是啊，從那天之後就沒見過了。我又老了許多。不過，很高興能這麼長壽。」

「我都聽海步子説了。平岩先生，真的很謝謝您。」

話一出口，雪子的嘴唇便微微顫抖，熱淚盈眶，只好拿夾在腰帶上的手帕蓋住眼睛。這是她頭一次在客人面前如此失態。在場的客人應該都很驚訝，卻面不改色，各別大談自己的話題。

手機簡訊的信號聲響了。是打工的女大學生發來，說實習課延後下課，今天要請假。

哪裡的實習課會到晚上七點半還沒結束的！這已經是第五次了。絕對要辭退她。

雪子這麼想，匆匆上二樓補了妝，隨即回到店裡。自己也不明白，為何看著平岩的臉一道謝便潸然淚下。

平岩壯吉點了啤酒，說自己的三名女朋友當中，已經走了兩人，另一位目前重病纏身。雖然很想到醫院探望，但一個不是近親的男子去見住院的女士不合乎禮儀，只好迴避。

「今天回到家裡了。」

雪子小聲說。

「出院了嗎？」

「是她本人的意思……」

憑雪子的表情和三言兩語，平岩便心領神會。

雪子將啤酒倒進玻璃杯，放在平岩面前，然後轉述了須藤敬子說的關於千利休那席話。

平岩緩緩喝著啤酒，不知為何浮現微笑，說道：

「原來如此，想來確實是那樣。」

然後，望著啤酒的泡泡，在一段漫長的沉默之後改變了話題。

「内人有三個兒時好友住在京都。一個在西京區，一個在中京區，一個在伏見。雖然常常透過電話聯繫，卻二十年沒見，而且她一次都沒來過京都，所以今天我陪著内人首度來京都觀光。」

「是嗎。那麼夫人呢？」

「應該和那三個朋友在嵐山的餐廳聊得樂不思蜀。她說，有你在彷彿刑警坐在旁邊，難得的美食都變難吃了，就把我趕走，我信步而行，就來到了『小松』。」

雪子放聲笑了。有三位客人說要去接待客戶，準備離開。

送三人到宮川町的大路上，正要回店裡時，雪子想到萬一丈夫在回程和佑樹一起跑來就糟了。雖然她認為，丈夫應該不至於帶佑樹到營業中的茶屋風格酒吧，但事情難免有萬一。要是在「小松」和平岩遇個正著，佑樹再沒有疑心只怕也會發現事有蹊蹺。

雪子從小弄匆匆走到「長谷川」，向輔佐老闆娘的前藝伎借用電話，進了櫃檯。

丈夫一接電話，雪子便迅速地說：

「平岩壯吉先生現在正在『小松』。你千萬不能帶佑樹到店裡來。」

「咦！我已經快到了。佑樹說想去『小松』二樓。」

「不行、不行。絕對不能來！」

說完這幾句就掛了電話，站在「長谷川」玄關往大路的北側一看，只見佑樹正在三十公尺外笑著向她揮手。

雪子裝作沒看見，一副忙碌的樣子小跑步奔回通往「小松」的小弄，回到店裡。

真是千鈞一髮！要是在這裡再遇見平岩，該怎麼向佑樹解釋才好？來過滑川家裡的賀川單車前社長，為什麼會在「小松」？佑樹肯定會起疑。

佑樹很聰明，直覺也很強。他一定會認為大人在說謊，而且那個謊鐵定與自己有關。

海步子說的沒錯，還是等佑樹上了大學再讓他知道一切比較好。十五歲少年的心容易走偏。佑樹是由大家一起用心呵護養育的，一定要再給他三、四年的時間。

話說回來，只要事關佑樹，我就會這麼擔心、神經兮兮，覺得必須要好好保護他，甚至有點過度保護的狀況。這是為什麼呢？

雪子不想被平岩發現自己喘著氣回到店裡，便到另一組三位客人面前閒聊，深感自己一直以來對佑樹的感情雖與對兩個兒子不同，但這份心疼，除了深厚的愛以外也無以名之。

七、八年前佑樹還是小學生時，曾與母親一起來京都玩。

海步子是來參加白川通的髮廊所舉辦的研習會，母子倆借住「小松」二樓。那時候，母親芳子還健在。

準備回富山的前一天晚上，店裡打烊之後，我和母親、海步子就在這吧檯座位區拿出日本酒和紅酒，展開女人之間的閒聊。佑樹十點左右就待在二樓睡著了。

研習會請來紐約的知名美髮師，不但內容專業，海步子還一連兩天都被那位美髮師指名擔任助手，順利完成重大任務的海步子心情比平常更加歡快。明明才喝完一杯紅酒就醉了，難得地主動說起她得知懷孕時那幾天的事。

震驚、動搖、不安等情緒交錯雜陳之後，我心中首先堅定這個孩子不能生的決心。這孩子的父親什麼都不知道就死了。況且，他還有妻子和兩名女兒。我討厭外遇這個詞，但我和直樹一直在做的事，正是一般世人所說的外遇。

要是直樹沒有死，一定會求我不要生吧。所以我當下就判斷這孩子不能生，應該趕快進行人工流產。

明天就到醫院去吧。如此下定決心那一晚，我神清氣爽地上了床。我認為這是上天的懲罰。直樹受到懲罰，所以死在滑川站的收票口。我也受到了懲罰，不得不拿掉自己懷上的第一個孩子。是我們不好，我們必須受到懲罰。拿掉肚子裡的孩子之後，我和直樹的事就全部結束了。我要回到原點，正式朝自己的夢想邁進。

對肚子裡胎兒的母愛？那種東西完全不曾湧現。仔細想想，我與直樹之間根本沒有愛。也許連戀愛這種感情都沒有。我們只是從男女持續密會的悸動開始，從那樣的關係一直持續下來而已。

在他死去前一天的半夜，直樹對我說，這一切差不多該結束了。我也回答，嗯，有點累了。我們彼此說的都是真心話。

到最後的最後，卻受到這樣的懲罰？

我在關了燈的房間裡，躺在被窩中，心裡這樣低聲自嘲，突然間，一個想法有如排山倒海的溶岩般爆發——難道肚子裡的孩子也非受罰不可嗎？

這孩子是我與直樹懲罰的結晶嗎？是為了以這樣的身分出生而投胎到我肚子裡的嗎？

懲罰由我們來承擔還不夠嗎？這孩子有什麼罪過？

那個當下，我對肚子裡的胎兒依然沒有母愛，也沒有母性本能。生命的寶貴、尊嚴等詞彙，那時也離我非常遙遠。

我僅僅只是，可憐肚子裡的孩子。

到了半夜兩點我還是輾轉難眠，便換了外出服，開著自己的小型車前往滑川站。

我不知道為什麼要去。我並不是期待直樹的亡靈受到我心呼喚，出現在收票口，告訴我要生或不生。因為我已經決定要拿掉。

我站在燈光微弱、空無一人的車站收票口，望著直樹騎腳踏車走過的站前那條又長又直的路。

那時候，我才終於想起直樹的魅力，覺得他真是個好人。

直樹獨特的溫柔、靦腆、身為技術人員的鬥志、卓越的經營敏銳度，以及對於繪畫、音樂、文學的驚人造詣。

我發現，我深受直樹這些內在所吸引，並且崇拜著他。

夜空中有月亮。非常美麗的上弦月。我想到今晚可以在愛本橋四周看到《星夜》的世界，便驅車前往黑部川。

愛本橋上風很强，不抓住什麼東西可能會被吹走。我朝村落那個方向移動。月亮幾乎被山影擋住，但夜空萬里無雲，橋附近的樹木被風吹得樹頂呈現尖尖的形狀。《星夜》的絲柏就在那裡。

也許，我遇上了愛本橋一生一次的《星夜》。

在天氣轉瞬即變的愛本橋四周看到的夜空裡，那斗大的星星眨著眼，我不相信這是偶然。

我望著《星夜》，陷入得知直樹死訊時同樣的悲傷。心想，他一定是因為跟我在一起的事累壞了。

這到底改變了我心中什麼，至今仍不知道。但是，在風與黑部川的急流震耳欲聾之中，我雙手捂著肚子，決定生下這個孩子好好養大。我一定要拚死賣命工作，當一個溫柔的好母親。

雪子並不理解當時海步子內心發生了什麼轉變。只是對於賀川直樹死後，夏目佑樹這個人才得以在人世間誕生而感慨萬千。

獨自來到「小松」，喝著苦雪莉酒，一直拿撲克牌算命的和服飾品店老闆站起來。

他制止了準備送他的雪子，從鞋櫃拿出自己的鞋。

「無論怎麼算，我的壽命都只剩五年啊。」

這麼說完便離開。

「我來訂外送便當吧？您一定要嚐嚐這便當。分量也恰到好處。」

雪子移到平岩面前說。

「聽說京都有很好吃的外送便當。那麼，在訂便當之前，請給我一瓶清酒，熱的。」

平岩以放鬆的神情說。

雪子正將秋田的地方酒倒進唐津的小日本酒瓶時，格子門開了。茂茂探頭進來，對雪子微笑。

雪子瞬間遲疑了一下，但避免讓這份猶豫出現在臉上，邊說：

「歡迎歡迎。鞋子我來收拾，請進來吧。」

吧檯座位空了不少，但雪子為了熱酒而背對他們時，茂茂在平岩旁邊坐了下來。

今天到底是什麼日子？佑樹到京都，接著「長谷川」的老闆娘告知文彌和賀川直樹是同父異母的兄妹，將文彌留給佑樹的三百萬圓託付給我。

才開店沒多久，平岩壯吉就出現。不是有什麼目的，而是陪夫人到京都旅行，信步走到「小松」。平岩說的是實話。

平岩上次來這家店是十八年前。之後，便一次也沒來過。

可是今晚，為什麼偏偏連茂茂都來了，還坐在平岩旁邊？要不是我先打了電話，連佑樹都會出現。

這樣想著，雪子心中湧現伴隨著解脱感的豁然開朗——會怎樣就怎樣吧！有什麼巨大的東西啓動了，再也無法加以阻止。時機就要成熟了。我不要再為佑樹擔心憂慮。茂茂或許從未想過，他正是點燃導火線的人。不，怪罪茂茂是不對的。點燃導火線的是佑樹，而且是才五歲的佑樹。

用店裡的電話訂了外賣料理的便當後，雪子將茂茂的鞋子放進鞋櫃，再次置身於重重思緒之中，但不久便覺得自己的獨角戲很好笑。

雪子邊回吧檯內邊問茂茂：

「今天也是為了工作到京都？」

「嗯，本來可以搭傍晚的電車回去，結果開會開太久……」

説著，茂茂從外套的內口袋取出一個四方形的信封遞給雪子。是結婚典禮的邀請函。

「今天怎不見你的未婚妻？」

「和新編輯一起去因島出差了。也是為了辭職一事去打聲招呼。」

「因島？」

「瀨戸內海的因島。從尾道走島波海道到四國的今治途中的一座島，有位她當了十多年責任編輯的繪本作家住在那裡。」

因為這句話，雪子知道茂茂已不打算再隱瞞他的未婚妻是克拉拉社編輯。

「婚禮辦在金澤？京都？」

「要邀請的人大多都住關西，所以決定在京都辦。」

雪子看了邀請函，婚禮是七月十九日。

以小酒杯喝了兩杯熱酒後，平岩壯吉以雙手捧住般，欣賞著雪子引以為傲的唐津日本酒瓶。

「平岩先生，這位是茂茂，北田茂生先生。」

雪子口中自然而然說出這句話。

「茂茂，這位是賀川單車的前任社長平岩壯吉先生。」

兩人同時互看。

「總覺得好像在哪裡見過您。」

茂茂說，從名片夾裡取出名片。

「我現在過的是沒有名片的生活了。」

平岩微笑著說。

自己這麼做對不對，雪子已經不在乎了。她認為只是趁這個機會，介紹自己喜歡的人互相認識而已。

才剛進了廁所的客人很快就回來，告訴她天花板漏水了。

「咦！真是對不起。要勞駕您一下，我帶您到二樓的洗手間。不過二樓很亂。」

雪子匆匆上了二樓，關上曾經是母親寢室的拉門。

回一樓的客用廁所查看，檜木刨片編的天花板正在滴水。

雪子在地上疊鋪好幾條毛巾，判斷水滴會滴在使用的人肩上，然後再次上了二樓，拿了塑膠水桶。

這不是修理水管就能解決的。八成會繼續漏下去，那麼不光是洗手間的天花板，不久店裡的天花板也會濕掉。若要換天花板，那可是大工程。本來是打算母親的三週年忌日辦完就要收掉「小松」……。

話雖如此，「因為洗手間的天花板漏水，『小松』就此歇業」她才做不出這種丟臉的事。真是的，今天到底是什麼日子啊……。

雪子心裡這麼想，先打掃客用廁所，用塑膠桶接水，準備回吧檯內。這時，茂茂站起來，去看了廁所的天花板，然後問有沒有工具箱。

「工具箱？」

「鐵鎚、鉗子、扳手之類的。」

「在二樓。」

「二樓的廁所正好就在這正上方？」

「是的。」

「我先緊急處理一下，止住漏水。」

「這你也會呀？」

「要看水管龜裂的程度，不過我覺得應該沒問題。」

說完，茂茂脫掉西裝上衣，也拆掉領帶，捲起襯衫的袖子，上了二樓。

雪子也準備跟著上樓，但外送便當剛好來了，她便先將便當拿到平岩先生面前。

「北田先生應該不知道佑樹的事，是嗎？」

平岩小聲問。

雪子打開漆器的蓋子，看著平岩點點頭，然後上了二樓，將工具箱放在茂茂旁邊。

「差不多是這裡吧。」

茂茂喃喃說著，耳朵貼著廁所的牆和地板聽了聽，用鉗子剝起馬桶四周的油氈地板。

「啊啊，就是這裡。」

茂茂以鉗子輕敲木頭地板，拿工具開始稍微拉出釘帽，邊說他大二那年春假去專營水電設備的工程公司打工。

大學這個地方，新舊年度交界都會從二月中旬放長假放到四月上旬。但是打工的工作機會相較於暑假或寒假卻更少，所以職業種類沒得選。

因此，他毫無經驗就到水電設備公司打工，但那是超乎想像的體力活，工地的師傅從早到晚破口大罵，還要被逼著去清臭水溝……。可是，慢慢學會之後就漸漸受到重用，和工地裡冷漠又脾氣倔的人也合得來，於是後來的寒暑假都在那家公司打工。

沒想到三十年前的打工經驗，今晚會在「小松」派上用場……。

這樣愉快的說明之中，茂茂已經拆下靠牆的三片地板。

「啊，就是這裡了。」

用手電筒照著地板底下，指著水管。雪子也看到約一公分左右的龜裂。

茂茂翻遍工具箱裡，找到工業用的强力膠，用撕成細條的毛巾綑起水管，迅速塗上强力膠。

厚厚塗上好幾層，把繃帶狀的毛巾整個塗滿，確定漏水暫時止住了，又在上面裹上好幾層塑膠膠布。

「這是應急。大概可以撐到明天中午吧。再久就不能保證。總之，得請師傅明天一大早就來維修。」

茂茂這麼説，然後接受雪子的建議在洗手台洗了手。

「那家水電設備公司在京都嗎？現在還做生意嗎？」

雪子問。

茂茂看了錶，説他們的老師傅應該還沒睡，他打電話去問問看。

雪子下樓去拿茂茂的外套，平岩吃著漬烤生鰹魚，問她：

「漏水暫時止住了吧？」

「止住了。您怎麼知道？」

「剛才，北田先生說『那我來看看』站起來脫掉外套、領帶時，他的黑眼珠啊，一瞬閃過青光。」

「哦……」

平岩收起沉穩的笑容，說他品嚐這可口的便當，一直反芻著千利休的話和須藤敬子女士的那些思慮。

「今晚來『小松』真是來對了。我度過一段難能可貴的時光，還交了北田茂生先生這個朋友。」

「兩位已經成為朋友了？」

對於雪子這一問，平岩只是報以微笑。

茂茂沒放下襯衫的袖子便下樓來，從外套的內口袋取出手機，走出「小松」，五分鐘後走回來。

他坐回原來的座位，邊繫好領帶邊說，水電設備公司的人明天早上九點會來一趟。

「謝謝。多虧你的幫忙。」

「師傅說漏水多半從很久以前就開始了，天花板可能已擴及一大片。水漬擴大到天花板也只是時間的問題。要修天花板的話就是一項大工程。」

「我也是擔心會這樣。這建築已經很久了，二樓到處漏風，就是幢破房子，可是店這邊花了很多錢。」

雪子邊為平岩泡焙茶邊說。

她覺得對這兩人有無話不談的好感，便說出自己本打算辦完母親的三週年忌之後，要把這間店收了，但今天「長谷川」的老闆娘叮囑她絕對不可以讓「小松」歇業。

「漏水也許是上天的安排。裝修好天花板，『小松』就要一直開到回本才能收了。」

茂茂笑著說。

「工程會花多少錢呀？」

「這個嘛，若乾脆全店都一次改裝的話就一千萬。只修天花板的話大約五百萬。」

「咦！」

雪子以為茂茂逗她，但似乎不是。

「我本來可是搞建築的，雖然把自己的公司搞垮了。雪子小姐，你知道宮川町的『小松』現在是家什麼樣的店嗎？這裡可是宮川町大名鼎鼎的茶屋可以放心介紹給自己店裡客人來的酒吧。這份『放心』當中有很多的附加價值，不是一朝一夕培養得出來。可是，只要一關店，瞬間就會消失無蹤。」

「只修廁所的天花板漏水就一定要五百萬圓呀？」

雪子窩窩囊囊的說法似乎很好笑，只見平岩放聲笑了。

京都時代的朋友經營一家專門修復、改建古老京町家的公司，不如我來問問吧。請他盡可能把工程費用算便宜一點。

明天水電工程的人就會來查看漏水是否滲到牆上，但無論如何天花板非修不可。

因茂茂這麼說，雪子便說那一切就麻煩了，又去看了店裡廁所的狀況。天花板的滴水已經止住，但天花板的水漬很可能擴及到店面這邊。

雪子又清掃了一次廁所，心想猶豫也不是辦法，既然這樣，乾脆天花板、店的牆面都一起改裝，再繼續讓「小松」撐個四、五年。

不，如果茂茂沒估錯，費用將近一千萬的話，若只有四、五年是無法回本。

那麼我豈不是要和母親一樣，當「小松」的老闆娘當到死嗎。

茂茂剛才問我，知不知道宮川町的「小松」現在成了一家什麼樣的店。成了一家什麼樣的店了呢？身為老闆娘的我一點也不明白。附加價值？這家開在宮川町窄窄小弄深處，就一幢破房子一樓的茶屋風格酒吧，會有什麼附加價值……？

得先跟丈夫商量。之前跟丈夫說過，打算在今年母親的忌日關店。丈夫應該也是這麼認為。

孩子們都大了，不再需要我照顧。兩個都是兒子，各自專注於投入自己的工作。丈夫習慣了現在的生活，毫無怨言。

只是，從結婚時，自己就已經在「小松」幫母親的忙，一直委屈丈夫。除了星期天，從來沒有一起吃晚餐。

雪子打掃完廁所，悄悄上了二樓，撥電話給丈夫。

「咦！二樓的廁所嗎？」

「茂茂說，改裝的話大概要花一千萬圓。」

說完之後，雪子也轉述「長谷川」老闆娘的遺言。

「喂，你本來真的打算關店啊？」

「咦？真的啊……」

「哦，我一直以為你只是一時辛苦，嘴上說說而已。為什麼不做了？」

雪子像洩了氣的皮球，說不出什麼話來。

「你答應過，你要把在『小松』辛苦賺的錢存下來，帶我搭豪華郵輪環遊世界，我活著就是巴望這個啊。」

「我什麼時候答應過？」

「快結婚的時候。你忘了嗎？你答應過的，所以拜託我，讓你以後繼續幫忙媽媽的生意。」

「你活著就是巴望這個？」

「嗯，沒錯。」

「這就是你人生最終極的期待？」

「嗯，沒錯。算不上終極啦，不過是晚年的一大期待。現在把『小松』關了，大概就只能去一趟美國了吧。」

「所以你想要老婆繼續工作？」

「對。」

「好。你就到死都當個吃軟飯的丈夫。我也到死都當『小松』的老闆娘。你自己去搭豪華郵輪吧，看是要環遊世界一周還兩周都隨便你。」

雪子真的發起脾氣，準備掛電話。

「就是要和你一起才好玩啊。」

丈夫說。

無論怎麼在記憶中翻找，雪子都想不起自己答應過這種事。這才發現是丈夫騙她，雪子笑了。問起佑樹正在做什麼。

「用我的電腦玩遊戲，因為在滑川的家沒得玩。我幫他下載了現在最紅的付費遊戲。」

付費遊戲，下載。都是雪子聽不懂的詞彙。

掛了電話回到店裡，兩位熟客帶著一名藝伎上門光顧。

茂茂和平岩壯吉本來先騰出位子，但兩人小聲說了什麼之後站起來。好像是茂茂要帶平岩到他喜歡的一家有美味咖啡的店。

平岩在杯墊背面寫了住址和姓名，要雪子把帳單寄到那裡，雪子將杯墊收進和服領口，但她無意要平岩付錢。

雪子送他們到宮川町的大路上，再次拜託茂茂幫忙介紹專門改建裝修京町家的公司。

「我已經在電話裡拜託過了，對方說會打七折。明天中午前應該會來『小松』。」

茂茂說，然後與平岩壯吉轉進川端通。

醫生原本預估最多剩兩週，但「長谷川」的老闆娘須藤敬子回家後的第四天傍晚便去世。

八點多接到通知，雪子穿著家常便服匆匆前往須藤敬子的公寓。

正式的守靈將於後天在殯儀館舉行。葬禮是大後天上午十一點開始。明天傍晚前，遺體都安置在公寓的房間裡。敬子的丈夫在電話裡這樣告訴雪子，但考慮到花街的人、多年的知交好友多半今晚就會來弔唁，雪子便主動幫忙備茶，沒有換上喪服。

看了仍躺在床上的「長谷川」老闆娘的臉，雪子覺得那模樣好像快哭出來的小女孩。

在廚房用快煮壺燒水，雪子的腦袋轉個不停，想著托盤在哪裡？這些茶杯不夠，還是把家裡的拿來，啊，也需要很多坐墊。這時，一名穿著國中制服的女孩抱了一個紙箱走進來。

敬子的丈夫在客廳與葬儀社的負責人討論。恰巧是宴席工作的時間，「長谷川」的舞伎和藝伎也沒有人能來協助，雪子本以為葬儀社的人回去之後，就只剩敬子的丈夫一個人。這女孩究竟是誰呢？是須藤家的親戚嗎？

不過，多麼可愛的女孩呀！在電視上常看到的偶像團體也沒有五官這麼精緻美麗的女孩。

雪子邊想邊問少女紙箱裡放了什麼。

「兩罐茶和十個茶杯。師丈剛要我馬上去買的。文姊姊等一下就會送坐墊過來。」

說完，少女拿出紙箱裡的所有東西，開始洗茶杯。

葬儀社那三人離開後，雪子向敬子的丈夫表達哀悼之意，然後小聲問那女孩是誰。

敬子的丈夫把老花眼鏡下滑到鼻尖，一臉訝異地說：

「咦？你不知道嗎？今年三月來我們這裡的實習生。住在置屋，白天去上國中。呃，本名叫什麼來著？在店裡叫作『秀美』。」

說完，喊了少女。

「對喔，你們之前沒見過。我來介紹。秀美，這位是……」

敬子的丈夫還沒說完，秀美便笑著說：

「我知道，是『小松』的老闆娘。」

她規規矩矩地行禮，說還請多多指教。

她說的雖然是京都腔，但語調接近標準日語。國二念完就到「長谷川」開始進行實習舞伎的訓練，轉學到東山區的國中。

「她是橫濱一位裱背師的小女兒，無論如何都想成為京都的舞伎，怎麼也勸不聽，透過敬子的老朋友拜託進來。」

敬子的丈夫邊說邊在客廳和廚房間來來去去，一副不知該如何是好、惶惶不安的樣子，雪子對他說什麼都不用做，待在夫人身邊陪著她，然後泡了茶。

「今晚之後的東西都由我來準備，請您招呼前來弔唁的客人。『小松』從前天起休息三週。」

「休這麼久？」

敬子的丈夫在遺體旁的椅子坐下這麼問。秀美不知何時已不見人影。

雪子說明休息的原因，站著喝了茶。

那位名叫秀美的實習生一旦成了舞伎，一定立刻會成為話題。舞伎和藝伎雖然不是以外表論高下，但這孩子的美極為出衆。若文彌是和風之美的極致，她便是洋風。

雪子邊想邊準備，收拾了玄關的鞋子，開始打掃特別凌亂的客廳。

要當舞伎，必須先經歷「實習」的訓練階段。學習禮儀與才藝，以及學習京都花街用語，才能正式以舞伎身分見客。

所以，從前「長谷川」隨時都有兩、三位實習舞伎住在置屋，邊學藝邊上國中。

但是近十年來，希望至少等孩子國中畢業的父母越來越多，這樣一來，便壓縮到實習舞伎的基礎訓練期間。這使得舞伎晉升為藝伎之際，累積的基礎不夠紮實。

雪子記得「長谷川」的老闆娘有一次曾這麼說過。

秀美換掉制服、穿著便服回來。先斗町與上七軒的置屋老闆娘也跟她一起出現。

葬儀社的人臨時在床邊架起來的燒香壇好像輕輕一推就會倒。

十點過後，「長谷川」的藝伎換回便服趕來幫忙雪子。

宮川町的外送料理店送便當來慰問，將近十二點，雪子和敬子的丈夫才在客廳吃便當。

本來在九州出差的敬子的長男和長媳趕來後，雪子便回自己公寓。

丈夫還沒睡，穿著睡衣喝著威士忌兑水，說：

「來了很多人吧？」

「嗯，不是正式的守靈卻來了四十個人左右。看這個樣子，必須重新規畫葬禮場地，教授卻一點忙都幫不上。跟他說一定要換更大的場地，卻只會唔——唔——唔——」

「也難怪。他一直在大學教書，退休之後一直到五年前也都還在女子大學任教啊。不食人間煙火，一心都在研究毒蛇的毒……。不過，他對蛇的事就無所不知了。」

「正因為教授是這樣的人，敬子女士才能放心主持『長谷川』。」

「我也沒資格說什麼。我只是個高中數學老師。」

「你將數不清的學生送進優秀的大學呀，栽培了很多年輕人。」

「敬子女士的丈夫也一樣啊，備受學生景仰。只要一毫克就能毒死一頭大象的蛇毒，和其他領域的研究合作，將來可能研發出殺死癌細胞的藥。這就叫作學問啊。」

雪子正要去浴室洗澡時，玄關的門鈴響了。這時間會是誰呢？是「長谷川」的人來討論葬禮的事嗎？

邊想邊往門上的窺視孔一看，是老二晃光。

晃光說，明天一早必須回岐阜的養蠶場，所以剛才送完最後一批絲，就去敬子阿姨的公寓燒香道別。

晃光是為了沖澡而繞回家，但雪子一直叨念著，要他在家睡三、四個小時再走。

「你早上四點出發就來得及了吧？工作了一整天，直接開上高速公路，很容易疲勞駕駛。」

父親也說了同樣的話，晃光便聽話留下來。

「上次，我讓佑樹認識『長谷川』一個超可愛的實習生。那小子害羞得要命，本來不肯，是我沒事偏把秀美叫到『長谷川』的門口，介紹他們倆認識。」

晃光一副忍俊不住的樣子，邊說邊往沙發坐。

「上次是什麼時候？」

雪子問。

「佑樹來京都的那天傍晚，跟爸去燒肉店之前。然後，我硬要他們站在一起用手機拍了照。那小子還彆扭不肯看鏡頭。」

晃光拿出手機，讓雪子看自己拍的照片。

秀美夾起還留得不夠長的瀏海，穿著實習舞伎的和服，赤腳穿著木屐。要成為舞伎才能穿足袋。

「喂，你一直待在岐阜，怎麼會知道秀美？連我都是到今天才認識。」

看照片裡佑樹故意撇開視線不看鏡頭，一副顯然就是假裝不在乎的樣子實在逗趣，雪子笑著這麼問。

「她本名叫大原珠美，從橫濱來。是位相當有名的裱背師的小女兒。這樣的美人可不是到處都有。最好趁現在趕快建立交情。是『今坂』的小育發簡訊跟我說的。」

晃光提起了小學時代朋友的名字。是為祇園一帶供酒的酒鋪家二兒子。

佑樹對於上京都的高中其實很猶豫。一方面是擔心讓母親孤單一個人，對於就讀集優秀學生於一堂的高中，也越想越害怕。

十六歲就要離開老家上京都的升學學校，內心當然會越想越惶恐。

好，現在就要在佑樹面前放一個讓他心動的誘餌，為他在京都宮川町甲本家的生活，增添一些青春的快樂。

我是這樣想，才決定讓佑樹認識秀美。在離我們公寓這麼近的地方，就有那麼可愛的高嶺之花，而且已經是可以交談的關係，也許就能趕跑思鄉病。這可是我的深謀遠慮。

聽了晃光的話，雪子傻眼，朝丈夫看。丈夫面露微笑看著照片。

「他們兩個說了什麼？」

雪子問。

「佑樹只說了『你好』。秀美只說了『歡迎來到京都』。」

「就這樣？」

「嗯，不過佑樹以為京都腔的『歡迎來到京都』是『請來』之意，事後偷偷問我，她為什麼要對我說『請來京都』。我的作戰計畫成功了。」

「什麼計畫成功。讓佑樹起那種邪念，要是出了什麼差錯怎麼辦？」

聽了雪子的話，丈夫和晃光同時問：

「差錯？出什麼差錯？」

「害他無心讀書，兩人私奔的話，我就沒有臉見海步子和『長谷川』了。」

「別傻了。雪子，你今天累了。趕快洗洗睡吧。」

丈夫笑著說，然後喝完威士忌，去洗手台刷牙。

「佑樹上車回富山時，我把這張照片傳到他的手機，卻被已讀不回。他從來沒這樣過。會不會覺得我在耍他，所以生氣了啊。」

晃光這麼說，進了浴室。

明明想著早上四點要叫醒晃光，煮味噌湯和做飯糰給他吃，雪子醒來時卻已經快六點。晃光好像自己泡咖啡，吃完冰箱裡的甜麵包就離開了。

雪子心想，晃光以前是個讓父母特別操心的孩子。

和老大晃良徹頭徹尾不同。不愛讀書，國三到高二這段期間都和一群學校裡出了名的壞學生混在一起，把眉毛剃得很細，抽菸被抓，被懲戒了兩次無限期停學。

他到處公開宣稱「我將來要當工匠所以不用念書」，但問他具體要當什麼工匠他卻答不上來。

由於丈夫身為高中老師，晃光更是煩惱的根源，但經過一次嚴厲斥責後，丈夫就什麼都不再說。雪子責怪丈夫為人父母怎麼能對孩子死心，就這樣活生生放棄他，夫妻也曾因此而吵架。

他在我們的疼愛之中長大，不用擔心。等時候到了，他就會走回正軌。丈夫每次都這麼說。

他從各方面來說都很晚熟。他會比同齡的孩子繞更多的路，花更多時間，心智才會成熟，但相對的，他在父母不了解的地方學習何謂社會。這些看似多餘的、沒有系統的知識，他將來會派上用場的。

丈夫這麼說。而現在，丈夫說過的話成真了。

當「加納絲線行」生意走下坡、社長因不治之症而全身麻痺只能歇業之際，是晃光直接去找加納家的幾個女兒談判，表示要繼承社長所推行的方針策略，回歸舊時代的做法，自己養蠶、紡生絲，不使用任何化學染料來染色，回到四百年前創業當時。甚至還說在這個做法展露眉目之前不領薪水。

那時，就連在加納待了近三十年的老掌櫃和工匠都走了一半。

為了請廠商寬限償債日期，到處去低頭求人的也是晃光。虧他一個才不到二十五歲的青年竟然能把姿態放得這麼低，但晃光說，和「那時候」在泥濘中下跪求饒相比，根本不算什麼。

「那時候」是什麼時候？求饒？你高中時背著父母做了什麼？這樣追問他也不答。

加納絲線行的規模雖縮小為全盛時期的四分之一，但前年秋天起已經站穩腳步。對那些只想要耗時費力做出真正好東西的人而言，加納絲線行的絲已漸漸成長為值得付出高價擁有的商品。

雪子來到陽台，心想，人也必須以手工的方式養育。

從陽台上，斜前方可以看見部分宮川町的大路，以及建仁寺西側的屋脊。

溜狗的人走在正下方的路上，遠方的朝陽被東山連峰遮擋住，還未將陽光送到四周。

宮川町花街的茶屋、置屋、餐廳的瓦片屋頂發出藍黑色的光。

雪子早上一醒來，除了極冷或下雨的日子，喝下一杯熱茶之後，都會來到小小的陽台上深呼吸和做體操，但看著寂靜的宮川町家家戶戶的瓦片屋頂，便會心生「我為何生而為人」這個實在找不到答案的問題。

直到最近，她才發現這個問題只有在身心狀態良好時才會湧上心頭。很快地，問題便會轉變成「我為何而活」這個以夢為糧的少女詩人會提出的疑問。

大約十年前，雪子與一位在大學教授美國文學的長者有過這樣一段對話。至於為何會在「小松」與客人談到這樣的話題，她早已想不起來。

那位客人過了三、四天又來到「小松」，親手遞給她一首細心抄寫在紙上的詩。是美國女詩人艾蜜莉．狄金生的詩作，還有英日文對照。客人將這個交給雪子後便離開。

如果我能撫平一個人傷痛，
或是減輕一次苦楚，
或是幫助一隻昏迷的知更鳥
返回牠的鳥巢，
這一生便不算徒勞。

這位客人是為了讓我知道這首艾蜜莉・狄金生的詩作才特地來到「小松」——雪子邊想邊將紙收進和服衣襟。

當初以為是一首平凡無奇、連詩名都不知道的詩，隨著歲月流逝，這短短五行觸及真實的詩句，卻漸漸深入雪子的內心。

雪子特別用心背這首沒有刁鑽形容、沒有難字、簡潔的五行字，所以現在已經可以輕鬆背誦，且一字不漏。

那位客人年紀大約八十歲左右，如今還健在的可能性很低。後來，也不曾再造訪「小松」。

一想到此，雪子便被難以喘息的失落包圍。

這寂寥之感前所未有，讓雪子沒來由地害怕起來，決定準備早餐而打算回客廳。

這時，穿著國中制服的秀美帶著一個好大的包袱巾從大路走過來，正轉向須藤敬子的公寓時看到雪子。

「晚上是誰陪著大體呢？」

雪子問眼底下的秀美。

秀美提到三個藝伎和一個在「長谷川」工作很久的年長男性，然後說她正要送早餐給大家。

「你師丈呢？」

「聽說稍微睡了一下，可是剛才已經起來，只喝了咖啡……」

「是嗎。請幫我轉告一聲，十點我會過去。到時候請大家休息一下。」

「好的，我會轉達。」

視線追隨著秀美朝建仁寺走去的背影，只見東山連峰的稜線凹凸之處變得火紅，升起的太陽露出了前端，令宮川町的花街屋頂閃閃發光。

父親死了，母親也死了。賀川直樹死了，文彌也死了，昨日「長谷川」的老闆娘也死了。死亡無所不在。

然而，如果賀川直樹沒有死，夏目佑樹就不會誕生。海步子當時說的一定是真心話。她半夜跑到愛本橋之前，原本打算拿掉肚子裡的胎兒。直樹的死，開啓了佑樹的生……。

雪子手肘靠在欄杆上，心中低吟艾蜜莉．狄金生的詩。

要如何才能撫平一個人的傷痛？要做些什麼，才能減緩一次苦楚？雪子不知道。

半調子的行善，最終很可能變形為自我感覺良好。然而，一個人要如何才能不枉此生，這首詩給了一半的答案。重要的是剩下的另一半。不，比一半還多。剩下的七、八、九成……。

驀地裡，平岩壯吉以一個全身的大輪廓浮現在雪子心頭。

一切都要感謝平岩壯吉。賀川家的人也好，夏目海步子和佑樹也好，都是因為平岩才走向安穩與幸福的道路。平岩壯吉的判斷與行為總是具體而充滿智慧。迅速得不給抽象的空談介入空間。

這些都需要洞悉人世的智者才做得到，而平岩之所以能達成，肯定是因為他對人類滿懷慈愛。

這首詩要說卻沒有說出來的那一半，不，那七、八、九成，就直接向平岩請教吧。

一這麼想，雪子便懷著與剛才完全成對比、覺得活著其樂無比的心，從陽台回到屋內開始準備早餐。自己的心竟然在轉瞬之間發生如此戲劇性的變化，雪子也很傻眼，但又想其他人一定也和她一樣。

比平常更貪睡晚起的丈夫匆匆吃過早餐出門後，雪子打掃了客廳和寢室，然後開啓洗衣機，去「小松」看裝修工程的進度。

現在還不到九點，應該還沒開始施工。「小松」位於花街正中央，小弄的深處稍有震動，南北兩側緊鄰的茶屋都感覺得到。

不能造成左鄰右舍的困擾，所以說好施工從早上十點開始，傍晚四點半一定要收工。水管則是頭兩天就修好。不僅檢查了所有舊水管，應該替換的也全都換新。

雪子不光是檢查工程進度，還想把二樓母親房間裡擺放的衣物和小東西搬到公寓。

走在花街上，雪子漸漸明白「長谷川」老闆娘的存在，對宮川町而言多麼令人心安，也明白了自己深深的失落來自須藤敬子之死。

早晨的宮川町外表看來分明沒變，但的確因失去了支持整個花街的棟樑而飄盪著空虛。

並不是因為心存這個想法，才覺得街景與平日有所不同。雪子認為空氣、建築、氛圍，這些顯然都與昨天不同。

「小松」一樓的榻榻米全都搬到小弄上，靠牆而立。中午前，榻榻米的店鋪會派人來收走。

水管龜裂的漏水不僅滲透天花板，「小松」北邊的牆幾乎整面都濕了，地板也有一半開始腐爛，榻榻米底部也吸了水。

雪子看格子門開著沒關，以為是由茂茂介紹、專門整修京町家的公司員工忘了關。

「二樓有好多媽媽的和服……」

雪子喃喃地說，準備進屋卻尖叫一聲。因為她和一名正看著相機小小觀景窗倒退的女子撞個正著。

女子也因為叫聲而一臉驚訝地回頭，失手滑落了相機。

雪子一下沒認出她就是茂茂的未婚妻。

「多美小姐？」

雪子雙手按著胸口問。

「是的，我是克拉拉社的寺尾多美子。對不起，擅自跑進店裡。」

多美紅著臉道歉。

昨天晚上，茂茂打電話來說，業者聯絡我，整修費比預估的要來得高，我不太清楚到底要進行什麼樣的整修工程。明天早上你去克拉拉社上班之前繞到「小松」，拍一下店裡的照片，用電腦傳給我。

多美解釋了茂茂委託她做的事。

「啊啊，嚇了我一跳。現在心臟還跳得很厲害呢。」

說完，雪子撿起多美的相機。

「沒壞吧？」

「沒事的。」

多美邊讓雪子看她剛拍的照片邊說。

雪子穿著鞋便走進幾乎沒落腳處的店内，為茂茂前幾天特地送喜帖來道了謝，並再次向她祝賀。

「您還記得我嗎？」

多美問道。

雪子猜想她指的是十六、七年前的事，便笑著回答：

「您努力讀完大學後，到克拉拉社擔任編輯的工作。說起來簡單，做起來可不簡單。」

邊說邊提醒自己，今天一早就滿懷傷春悲秋之感，很可能不小心說出不該說的話。

心想要泡個茶，但吧檯的檯面已經拆掉，也沒有地方可坐，雪子便請多美到川端通北邊的一家咖啡店。若有什麼以佑樹為中心啓動了，那麼入口不僅有茂茂，也有人稱多美的寺尾多美子——這個想法讓雪子降低了戒心。

「格子門沒上鎖嗎？」

「沒有。我試著打開，門沒鎖。」

來到川端通，兩人並肩從鴨川旁一路走到咖啡店前只說了這兩句話。

茂茂不知道賀川直樹與文彌是同父異母的兄妹。也不知道直樹與夏目海步子生下佑樹。

賀川真帆會把平岩壯吉告訴她的事，轉達給茂茂和多美嗎？

重點不是賀川家的祕密。假如她把夏目佑樹這個人視為獨一無二的尊貴存在，那麼賀川真帆或許會將一切全都放在自己心裡。

看看かがわまほ老師畫的童畫。看看她不知道是自己的弟弟而寫給一名五歲男孩的信。顯而易見地，她是個心胸寬大柔軟的人。

不，把海步子在電話裡告訴我的事拼湊起來，也許賀川真帆會認為不能對帶自己去滑川旅行的多美隱瞞弟弟的事……。

「這家咖啡店，我小學的時候就有了。高中時，還瞞著爸媽，跟朋友來吃鬆餅。」

「您小學就住在宮川町嗎？」

「我出生就住在這裡。」

雪子這樣回答，點了兩杯咖啡，簡要地說明父親在宮川町經營名為「杉井」的烏龍麵店到「小松」開張的經過。

「當時很照顧我們的『長谷川』老闆娘昨天過世了。」

雪子接著對多美說：

「『長谷川』的置屋老闆娘不僅僅在宮川町，在京都的花街也很有名。她先生須藤秀信教授，在藥學方面是蛇毒的權威。」

「您知道好多喔。」

「因為工作的關係，必須接觸各種不同的領域。」

說到這裡又沒了話題，雪子與多美默默喝著咖啡。

過了一會兒，多美說：

「前陣子，茂茂說託『小松』老闆娘的福，認識了一個很棒的朋友，他很開心。」

「平岩壯吉先生……。那位先生乍看之下難以親近，但在戰場上也難得有那麼值得信賴的人。茂茂吃過苦，一定很快就發現平岩先生的度量之深非常人可比。」

「戰場……」

多美喃喃說了之後，望著雪子，彷彿在等她繼續說下去。

戰場兩個字不加思索便脫口而出，雪子自己也嚇到，但又覺得要描述平岩壯吉沒有別的說法。

「是人生這個戰場。」

「我也想見見能夠以非常人可比的度量面對這個戰場的人。」

雪子明知多美已經知道，還是說了平岩壯吉曾任賀川單車社長一事。她覺得自己正主動靠近想避開的話題。

然而，多美卻只轉述了茂茂恨不能早點認識平岩先生的感慨，對賀川單車不置一詞。

「那天發生了好多事。我有一個國中生的親戚，為了準備明年升高中的事從富山來……，『長谷川』的老闆娘為了臨終時能待在老家而出院……，那位老闆娘交給我一樣意想不到的東西……。平岩先生相隔十多年後光臨『小松』……，來京都出差的茂茂也來了，碰巧坐在平岩先生旁邊……，二樓的廁所漏水……，茂茂幫我應急處理……。我先生在我背後推了一把，要我繼續經營『小松』……。僅僅一天之內就發生這麼多事。有時候就是什麼事都挑在同一天發生啊。」

雪子努力在內心責怪自己越來越沒戒心，但她說的「一個國中生的親戚從富山來」，也等於是對多美撒餌。但是，多美對此並沒有反應。

「茂茂笑著說『小松是京都窄巷深處的魔窟』，原來不是開玩笑。我相信這是個神聖的地方。」

多美收起好勝之心以燦爛的笑容說，然後看了錶。

「現在幾點？」

「九點四十分。」

「我差不多該回『小松』了。」

雪子走出咖啡店，在鴨川旁與多美告別後回到「小松」，上了二樓。幾個穿著工作服的人正開始準備工作。

將和服從母親的日式衣櫥裡拿出來擺在榻榻米上，心想這些等自己年紀再長幾歲都能穿，又將腰帶和腰帶扣都擺出來。

她已經半年沒在二樓這裡過夜。半夜的腳步聲聽來像人類的低語，是狹窄巷弄的屋頂和兩側木造建築之間微妙的回音所造成，等店改裝完成後會不會改變呢？

希望那有如人類低語的聲音不會消失。

——表，裡。——

——去，回。——

——分手，不分手。——

——生產，不生產。——

雪子從衣櫥裡找出一條大包袱巾，包起母親的和服和腰帶，口中喃喃念著腳步聲變成人聲時幾個堪稱幽妙的詞語。

這當中好像還有另一個，但雪子想不起來。

那是個什麼樣的詞呢？雪子停下手邊的動作，專注想挖出記憶，卻被樓下工程的噪音吵得無法專心。

表，裡。去，回。分手，不分手。生產，不生產。雪子在心中不斷重複著，帶著包袱巾下樓，向工作人員慰問了幾句，來到大路上。

得盡快回自己公寓，換了衣服就立刻去須藤敬子那裡。

腳步匆促地走著，多美的話忽然重回心頭。

——「小松是京都窄巷深處的魔窟」，原來不是開玩笑。我相信這是個神聖的地方。——

雪子停下腳步，瞇起眼眺望東山連峰。

多美。寺尾多美子。真是個聰明的女子，她會是茂茂得體的妻子。她對我撒的餌不但沒有反應，甚至還不著痕跡地把話濃縮了再回答我。

雪子微微一笑，邁開腳步。想起了之前那句夜半人聲。

——躲在哪裡？——

而這句話很快就變成：佑樹，你躲在哪裡？

第八章

五月中旬起，千春回到家頭一件事，就是打開電腦查詢富山縣的詳細氣象預報。

十七日星期天下雨，但接下來一連三天都放晴，尤其是二十日，氣温高達三十二度。千春傳簡訊向小野建設機械租賃的川邊康平業務本部次長報告這件事，得到的回覆是，要一起走從岩瀨起那段舊北陸街道的朋友身體狀況不佳，若是沒下雨，他們想在六月第一個週末出發。

今天是六月一日星期一。今天天氣也很好。氣象預報說明天也是晴天。這種事在富山實屬難得。好天氣不可能一直持續下去。五天後的星期六會不會下雨？而且是大雨……。

千春這麼想，不免擔心起來，看了富山地方氣象台的氣象解說，上面寫著南海上的梅雨鋒面停滯，動向與往年截然不同，全本州的梅雨來得較遲，進入梅雨季後雨量也較少。

「明天也是晴天嗎。連續好幾日的晴天以後就會下雨？」

千春看著牆上的月曆說。然後，發簡訊給川邊業務本部次長，「六月六日、七日氣象預報是晴天。我會做好晴天娃娃」。

十分鐘後收到回訊。

——好，就這麼決定。我們會搭星期六早上的飛機。平松也會去。他說他要幫忙提行李，拜託我帶他去。他實在吵得我沒辦法只好答應他。詳細行程再跟你說。——

千春看了簡訊，喊道：

「哇嗚，平松先生也要來呀。」

她進小野建設機械租賃時，平松純市是位看來神經質又陰險的「不起眼的人」，唯一的特徵是明明才三十四歲卻長得一副難以置信的老態，但半年過後，千春才明白，他花了很多心思看顧一名從富山入善町來東京的笨拙新職員。送雙人協力車給她的也是平松，千春沒忘記他在新宿的長途客運轉運站送她搭車的事。

不知為何，他身上少了西裝外套，臉色也很蒼白，千春覺得他們在連鎖居酒屋散會之後一定發生了什麼事。她問正在幫忙提一件最重行李的平松，是不是把西裝外套忘在居酒屋？因為她記得平松把外套放在自己的座位後面。

「我剛差點沒命。真的，我沒騙你。要不是川邊部長救了我，我已經死在一個素不相識的人手中了。」

平松一本正經地說。

千春只是看著平松的臉，說不出話來。差點死在素不相識的人手中？川邊部長救了他？怎麼回事？

然而，千春覺得最好不要再追問下去，便急忙趕往轉運站。出發的時間就快到了。

多虧平松幫忙拿行李，抵達開往富山的長途客運站時，距離發車還有十分鐘左右。

千春道了謝，與平松告別之後上客運，但他卻要等到客運開車才肯走。那一晚非常悶熱，千春又趕緊下車，說到這裡她就不會迷路了。

「沒關係，一定要送你到最後。千春進公司分配到業務一部時，川邊部長就交代我要照顧你。說你沒住過東京，又一個人從鄉下來。可是，我連自己的工作都做不好，沒有餘力好好幫你……」

這樣說完，平松拿襯衫袖子擦了額頭。

司機喊著要乘客趕緊上車，千春準備走回車上。

「有一個你最愛的美麗故鄉，真好。」

平松說，笑著揮手。

客運啓動，在大十字路口轉彎時，千春轉身朝轉運站看，平松還站在那裡目送她。

當時的平松置身於人車雜沓之中的模樣，一直留在千春心中。

千春遲疑著要不要發簡訊給平松純市，但想到廚房的餐桌上還特地留著飯菜，沒吃晚飯、肚子又好餓，便走出房間下了陡急的樓梯。

念富山市內的美容專門學校已經一個半月了。入學第十天起，千春就去海步子阿姨的「Cut Salon Bob」工作。現在負責的項目只有打掃店內和消毒剪刀、刀片、髮卷、梳子等用具。四點進店裡，要等到最後一位客人離去才真正開始忙碌。因為消毒用具一定要在當天內完成。

千春的一天，從早上開自己的小型車到入善站附近的和田家開始。和田先生是「田山土石」社長的朋友，住家旁有一塊沒有使用的空地。千春將汽車停在那裡，走到入善站，搭電車到富山站，再走路到車站北側、靠近富岩運河的美容專門學校。

雖然每天不太一樣，但課程約在下午兩點或三點結束。接著，千春會直接搭公車到「Cut Salon Bob」一號店。

下班後，海步子阿姨會開車送她到滑川站。她從那裡搭電車回入善站，自己再開車回家。

這是最節省交通費的方法。如果千春開自己的小型車上學、上班，每個月的高速公路過路費就是一筆驚人的開銷。

「Cut Salon Bob」每月支付千春五萬圓的薪水。海步子阿姨不但幫她付了美容專門學校的入學金和學費，還在店裡教她工作，所以千春根本沒打算要領一毛錢。

可是，海步子阿姨不認同這種做法，說：

「我討厭讓別人做白工。」

今晚，千春以現金領到第一份薪水。下個月起就直接由銀行匯款。

弟弟妹妹在看電視，千春在旁邊吃著遲來的晚餐，想著入春以來發生兩件好事。

一件，就是自己踏上美髮師之路，另一件，則是母親開始受雇於「田山土石」。

千春辭職之後，田山土石就沒有女性職員。然而，即便是間十人小公司，當所有人都在外工作時，還是需要一位同仁接電話，整理單據，打掃辦公室、會客室、休息室。像是工作拖得比較長的日子，傍晚，員工就必須吃個點心。之前都是千春在設於休息室的廚房裡煮飯，替大家準備飯糰，但千春離職之後他們都是吃泡麵。

於是田山土石的社長便建議千春的母親來公司工作。

這對脇田家而言，是求之不得的提議。

雖然有父親過世的保險理賠和年金等，但因為哥哥搬出去，家裡每個月的生計變得很辛苦。

千春微薄的收入勉強可以彌補脇田家不夠的部分，但她成為美容專門學校的學生後，家計便捉襟見肘。

這一點，海步子阿姨比誰都清楚。

要不是有入善町脇田家一家人，我很難帶著三歲的佑樹一起回滑川生活，也不可能計畫在富山市內開一間髮廊。

最重要的是，脇田家的爺爺奶奶、爸爸媽媽和四個兄弟姊妹都無比疼愛佑樹。人人都將他視為心肝寶貝呵護。

對此，我永遠感激在心。我由衷想對脇田家一家人深深行禮膜拜，不能僅止於心意，還必須採取具體的行動。

這是我對自己發下的誓。我之所以拚命工作，為的也是實踐這個誓言。所以，姊姊一點都不需要為生活擔心。

母親說，失去丈夫那時，海步子阿姨這樣對她說過。

千春吃著晚飯，一直想著這件事，吃完洗了碗盤。

洗好澡的母親對千春說：

「工藤先生今天在休息室暈倒了。」

「田山土石」的工藤先生五十二歲，千春和他大女兒是高中同學。

「怎麼了？」

「他整個人軟綿綿地倒下，之後便無法起身。他自己也想要站起來，也還有意識，也沒有哪裡痛，所以我扶著他想幫他站起來，可是他單靠自己做不到。後來被救護車送到醫院。」

「原因是什麼？」

「現在還不能很確定，不過醫生說多半是結核性的髖關節炎。說髖關節會碎掉。好像是很麻煩的病。」

工藤先生酒品不好，工作時又很會偷懶，要是能開除的話，社長早就開除他了——千春本想這麼說，但沒作聲。

「結核菌會傷害的不止是肺而已呢。」

母親說。

妹妹為了洗澡來到走廊，告訴千春她手機在響，千春連忙奔上樓。千春在專門學校交了很多朋友，會打電話給她的人變多了。大多是微不足道的小事，沒有非打電話不可，但這對千春而言也是新的「好事」之一。

日本的國高中把學生管得死死的。裙子長度要到這裡。髮型有一大堆「不可以」的規定。穿耳洞更是想都別想。

離開事事都要遵守規定的學校生活緊接著上班，卻又被扔進公司這個充滿束縛的地方。從學校生活到出社會無縫接軌，就會變成一個沒有空間的人。

這個「空間」為何？家裡在射水市開髮廊的美和是以「彈性」來解釋。大學這個地方，一定也是給學生時間培養自己的彈性吧。

專門學校是以兩年的時間來學習職業技能的地方，但個人要做什麼都很自由。雖然有校規，但都在一般社會常識的範圍內。只要不犯罪，沒有什麼特別的規定。

無論化什麼妝、弄什麼髮型、穿什麼衣服，學校都不會干涉。

換句話說，我託海步子阿姨的福，可以一邊學習當美髮師的知識和技術，一邊培養這份「彈性」。年輕人的確需要時間在出社會前，讓自己自然而然學會空間與彈性這些無形的東西。我高中畢業後曾經一度出社會體驗過上班族的生活，所以很能理解。

美和告訴她彈性這個詞時，千春這麼想。

一定是美和打來的——接起手機時鈴聲已經停了。液晶畫面上顯示「海步子阿姨」。

一回撥，就聽到海步子阿姨的聲音。

「這個星期六，雪子姊會來。千春，你學校不用上課吧。她中午過後就會到滑川，千春能不能陪陪她呢？那天就不用來上班了。」

海步子阿姨說。

「星期六？六號星期六嗎？」

千春這樣問，心想川邊業務本部次長他們也是預定那天過午會經過滑川，便看了放在書桌上的時間表。

大約十天前，她把川邊業務本部次長傳到手機的行程抄在筆記上。

——十點左右搭計程車前往岩瀨。中年健行隊踏上舊北陸街道，朝魚津出發。十二點過後抵達滑川市內。在滑川用午餐&休息。之後，前往滑川市立圖書館。兩點左右，回舊北陸街道，前往魚津。抵達時間未定。從魚津站搭電車到入善站。夜宿入善。已預約站前飯店。

翌晨，離開飯店。中年健行隊沿黑部川至愛本橋。從愛本站搭富山地方鐵道至宇奈月溫泉。之後視中年健行隊的腳力而定。（我星期一已請了假，但也許星期天就會回東京。因為同伴星期一無法請假）——

千春將臉湊近筆記重讀行程，告訴海步子阿姨，當天小野建設機械租賃的上司要來訪的事。

「從岩瀨走到魚津？為什麼？」

「我也不知道，沒有問為什麼。我本來想做好便當，在海步子阿姨家那邊等。他們說那天要住入善站前的飯店。第二天，要沿黑部川走到愛本橋，再從愛本站搭電車到宇奈月。」

「那太難了。我是說體力，不是時間。」

「我也是這麼想……」

海步子阿姨想了一會兒，說：

「請你那幾位上司也在我家休息吧？雖然不知道屆時雪子姊抵達了沒。大家一起應該沒關係吧？」

「嗯，對啊。我本來想請他們在堤防上一邊看海一邊吃便當。」

「從滑川到魚津這段路走起來已經很遠了。在我家好好休息之後再出發比較好。」

「雪子阿姨呢？怎麼辦？」

「我叫佑樹到滑川站去接她。千春就泡泡咖啡，準備茶水。前一天晚上，我會先買好給雪子姊的鱒魚壽司。」

海步子阿姨一副事情談定準備掛電話的樣子，千春趕緊用很快的速度告訴她川邊康平業務本部次長和平松純市主任之前在公司如何照顧她。

「哦，千春在東京的生活也不全都是灰色的嘛。你身邊還有這些守護神護體呢。」

海步子阿姨含著笑意說。

「可是東京的生活對我來說還是很痛苦。我覺得好像虧欠川邊業務本部次長和平松主任很多，一直堆在心裡，所以六月六日和七日想要盡我最大的能力招待他們，卻不知道該做些什麼才好。」

「照平常千春的樣子就好啦。不刻意，不做作，就照你原本的樣子，該怎樣就怎樣。既然這樣，我也調整一下，看能不能找人顧店休息一下。」

這樣回應後，海步子阿姨說佑樹在旁邊催著要跟千春通電話。很快就傳來佑樹的聲音。

「等等喔，我先上二樓。」

佑樹小聲說，聲音暫時中斷。

「要跟千春說悄悄話？不能讓媽媽聽嗎？」

電話裡傳來海步子阿姨故意調侃佑樹的聲音。

佑樹劈頭先說要商量的事有兩件，然後問她傳到手機裡的照片能不能列印出來。

「可以呀。拿去有那種機器的沖印店，馬上就能印出來。」千春回答。

「我家附近的沖印店不知道有沒有。」

「我想應該有……。賣相機的量販店一定會有。印象中家電類的量販店應該也有。」

於是，佑樹說滑川那家沖印店是朋友的父親開的，所以不行。

「為什麼不行？」

「因為，我不想讓他看到那張照片啊。」

「哦，不想讓人家看的照片？是什麼樣的照片？」

「是什麼照片又有什麼關係。」

「哎喲，生氣了。傳到我手機吧。我明天就幫你拿到沖印店印出來。要是佑樹只為了印照片還搭電車到富山市，也太浪費時間了。」

佑樹沉默了一會兒，似乎是在考慮，最後問：

「你絕對不會告訴任何人？」

「我有把佑樹的祕密告訴過別人嗎？佑樹很清楚我的嘴比鑽石還硬吧？」

「那，我等一下傳給你。明天幫我印喔。」

談完，佑樹說起另一件要商量的事。

昨天星期日，我為了修理小徑車車架上附的小型打氣筒，騎著車去富山市。去之前已經打電話跟買這輛車的車行說好了。

天氣很好，所以我騎到岩瀨，沿著富岩運河騎向富山站，看到範夫哥哥他們租在公園附近的公寓就繞過去。因為我很渴，很想去喝個水。

從過完年我就沒見過範夫哥哥、日登美嫂嫂和孝介他們。

那時正好是中午，日登美嫂嫂說佑樹來了，做了特製的炒米粉給我吃。然後還告訴我，她肚子裡懷有第二個寶寶。

又說，因為婆婆愛操心，打算再過一個月等進入安定期再告訴她。

我說，既然會多一個孩子，不如搬回入善町的脇田家。入善房子的一樓，除了廚房兼餐廳以及阿姨的房間，其他都沒有人用，二樓也有三間空房。大家一起住，既不需要房租，也可以節省水電費。明明有那麼寬敞的房子，卻要分開住，我覺得很浪費。我這麼對她說。

結果，日登美嫂嫂苦笑著回：

「婆婆討厭我呀。」

一旁的範夫哥哥生氣了，說，我媽也以為媳婦討厭她。

我很尷尬，就說這樣的話，老實說不討厭就好了呀。千春一定會幫你們兩邊居中協調。

我認為，脇田阿姨和日登美嫂嫂兩人關係會鬧僵，是從那座很陡的樓梯開始，只要解決樓梯的問題就沒有吵架的理由。

範夫哥哥送我到公園。公園裡，有很多老人家在玩法式滾球。三支隊伍混在一起比賽，又有小孩子在公園外面玩耍。

範夫哥哥很不高興地說，富岩運河沿岸的柏油路又長又直，半夜會有很多飆車的轟隆聲呼嘯而過，他們每次都被嚇醒。

還說，我明明是脇田家的長男，卻拋下照顧母親的責任，另外浪費錢租房子，選擇這種侷促的生活，日登美她自己也很後悔。

「富山的長子很不自由。都說要繼承家業，也就代表要一併接收所有的麻煩。我媽和日登美明明都是溫柔善良的好人。所謂的婆媳，在我看來根本是人格分裂的惡魔。要是能把入善的房子分成兩半的話，弄成像二代宅那種格局就太好了。」

範夫哥哥說的，我倒覺得是個好主意……。

佑樹講到這裡先停下來，又說：

「我要找你商量的，就是這件事。」

「佑樹實在不像國三生。好像單口相聲裡會出現的大雜院房東喔。」

「可是，入善的房子明明那麼大，一樓卻幾乎沒在用啊。我跟我媽說了，她唔一聲，想了很久。」

千春說，她會想想看，掛上電話，心想最近是不是得找時間到範夫哥哥在富岩運河旁的公寓，跟日登美嫂嫂聊聊。可是，在那之前得先跟母親談。最好的辦法，就是由母親開口叫他們夫婦搬回來一起住。

「這就是所謂的預先疏通啊。」

千春心中暗自嘀咕，望著放在桌上的手機。等了好久也不見照片傳來。

「換姊洗了。」

弟弟邊說邊進他自己的房間。

洗好澡，千春吹頭髮之前先進二樓房間，看到手機閃爍的小光點。然後細看佑樹傳來的照片。佑樹和一名陌生少女並肩站在白木格子門前。少女穿著和服，夾起瀏海。身上的和服很像浴衣又不是浴衣。是腰帶打結的方式讓俏麗的和服看起來很像浴衣。

「好可愛……。誰呀？不是普通的可愛呢。」

佑樹站得直挺挺，眼神看著別的地方。那張像在生氣的臉好逗趣，千春放聲笑了。

青蛙的叫聲與日俱增，千春一邊覺得這樣的蛙鳴實在很值得珍惜感恩，一邊想著那張多半是在京都拍的照片，凝視了好久。

佑樹與少女之間有一個好大的白燈籠。燈籠上畫著三個交疊的朱紅色的環。少女光著腳，穿著塗漆的木屐。

年齡約十四、五歲，和佑樹差不多吧。是舞伎嗎？不，不像。不過這年頭不可能有沒事會穿著和服、把腰帶繫得那麼高又穿著塗漆木屐的國中生。這是舞伎的日常造型嗎？

讓人聯想到某種花，有香味的花。不是玫瑰，不是櫻花，也不是鬱金香。對了，是蘭花。很像種類繁多的蘭花其中一種。

佑樹要我印出這張用手機拍的小小照片之前，一定天人交戰了很久吧。即便如此，還是希望能擁有一張真正的照片。

雖然有些地方很像熟諳人情世故的大雜院房東，但佑樹的確是一名十五歲的少年。

千春這麼想，對照片裡故意看旁邊的佑樹悄聲說：

「你會有很多情敵喔。」

去年底接到園田清一郎的電話之後，就再也沒有任何音訊。只說一聲是不是真的要來富山也好啊——她邊想邊聽著蛙鳴，千春這時察覺，若要為哥哥他們回家一事預先疏通的話，越早越好。

千春很清楚範夫哥哥想跟佑樹說什麼。富岩運河旁那間公寓的房租，對哥哥嫂嫂來說是沉重的負擔。等第二個孩子出生，生活會更加捉襟見肘。

範夫哥哥因為婆媳之間起了衝突才自己決定搬走，現在他拉不下這個臉說要搬回去。

範夫哥哥算準了只要裝作不經意地跟佑樹說幾句，就一定會傳進我耳裡。他本來就很清楚我和佑樹無話不談。換句話說，他是透過佑樹向我這個妹妹發出求救訊號。

千春小聲說，好，我就為哥哥盡一份心力，然後下樓去，在差兩階就是地板的地方故意踩空跌倒。然後就這樣倒在地上哇哇大叫。

母親的寢室就是樓梯與一樓大廳之間的三坪房間。

「跌下來了？沒事吧？」

聽她一邊喊著，拉開拉門跑過來。

「都是這樓梯啦，又暗又陡。」

千春揉著根本不痛的腳踝說。自己竟然能演這麼有心機的戲，果真要感謝「彈性」。

「家裡的樓梯你都爬了二十年了還會跌倒。站得起來嗎？傷到腳了？」

「好像還好。」

千春讓母親拉著站起來，有點誇張地拖著腳走到廚房。母親從急救箱裡取出痠痛貼布。

「也難怪日登美嫂嫂會抱怨。媽那陣子又開始身心失調，才會火氣整個上來。不過，我們家的樓梯對小朋友真的很危險。」

「不然能怎樣呢？重蓋樓梯嗎？入善的老農家每一戶都是這樣蓋的。」

「可是，媽媽和日登美嫂嫂之間的疙瘩，就是從我們家的樓梯開始。為了這個，好不容易嫁進我們家卻又搬出去住，不是很傻嗎？」

「全都是我們家的樓梯和我的錯嗎？日登美也不應該那樣說話吧。千春你知道她話說得有多難聽嗎？」

「範夫哥哥就是要那麼凶的老婆才制得住。」

千春隨便貼了貼布，去洗手台拿吹風機吹起頭髮，決定今晚先到此為止。然後對著鏡子裡的自己，說了一句美容專門學校的學長哲平告訴她的話：

「毒蛇不心急。」

上午的實習課結束便是午休，千春去找哲平。哲平家住富山市的白銀町，他是公務員家的三男，棒球帽總是反戴著，在薄長袖上衣外面套著T恤，牛仔褲褲管塞在結實的短靴裡。美國流行樂有什麼最新消息他都知道，耳朵裡總是塞著耳機聽音樂，隨著節奏扭動身體。
千春一入學就和哲平熟了起來，加入以他為中心的八人小團體。
千春大聲對在餐廳附近的哲平說：
「腳踏車借我！我下一堂課上課之前就回來。」
哲平點點頭，把腳踏車的鑰匙扔過來。
哲平為了買一台千春沒聽過的法國品牌公路車，晚上在櫻木町的居酒屋打工，據說再努力三個月就能存夠錢。在那之前，他是騎母親和姊姊都不騎的舊淑女車上學。
走出校舍，在學生停放腳踏車和機車那一區，千春騎上哲平的淑女車，朝富岩運河的方向前進。
運河東側有很多田地，其中散布幾家零星的工廠和倉庫。往北有社區，再過去才是範夫哥哥的公寓，蓋在民宅中間。
早上，她已經打過電話給日登美嫂嫂，請嫂嫂煮中餐給她吃。她說，我也想嚐嚐佑樹吃過的特製炒米粉，可以去你們家嗎？
千春想以節省中餐費為藉口，去探探日登美嫂嫂是不是也想搬回入善的脇田家。

騎在社區前方到富岩運河邊的平整馬路上，千春越想越擔心，一度關係弄僵的婆媳兩人，只怕無法那麼簡單就盡釋前嫌，昨晚佑樹說起海步子阿姨的反應，感覺就是在暗示她。

「有時候以得失來衡量事物，也是一種很重要的智慧。」

踩著淑女車沉重的踏板，千春在內心說了同班同學瑞希的口頭禪。瑞希是學校個子最高的女生，有一百七十六公分。她姊姊在巴黎的髮廊工作，她打算從專門學校畢業後就去巴黎，現在正在學法文。

入善的脇田家現在有四個人。範夫哥哥家年底或明年初也會變成四個人。有句話說，「單身吃不飽，成家養得活」，同樣的情況不也可以套用在脇田家身上嗎。一家四口，假如一個月需要十五萬圓的開銷，再加上四個人來分攤伙食和水電費，算一算八個人二十萬圓應該就過得去吧。

千春再次列出昨晚上床之後在腦海裡計算的大略數字，重新整理一遍自己的想法。

若能圓滿解決，讓婆媳再次自然而然生活在一個屋簷下固然很好，但她總覺得事情不會這麼順利。

穿過社區，往哥哥嫂嫂家的路上遇到下水道工程，於是千春再次繞到富岩運河，在公園前方的路轉彎。

一幢寬度很窄的公寓混在先建後售的獨棟住宅裡，旁邊也不乏瓦片屋頂的老民宅，日登美買的二手小型車就停在公寓的停車場。

停車場也很小，範夫哥哥必須另外向附近的付費停車場租車位，停他平常上班要開的車。每個月的停車費對夫婦倆應該也是一筆沉重的負擔。

日登美嫂嫂將水泡開的米粉放在篩子，來到門口，千春上次見到她是過年時，或許是心理作用，覺得她看起來似乎為生活操勞而憔悴。

「孝介呢？」

日登美嫂嫂說，做好炒米粉就要去幼稚園接他，用平底鍋炒起先處理好的豬肉。

炒好後先把豬肉盛到盤子上，再將大量切塊的白菜放進平底鍋裡，和半小匙的味噌炒過之後，再將米粉和豬肉下鍋。

「上次佑樹說他是騎著那台小徑車從滑川來，所以我做了這道炒米粉給他吃。跟他說要是太多就剩下來沒關係，結果他吃得乾乾淨淨。」

日登美嫂嫂雙手邊忙邊說著。然後，在炒好的米粉上淋麻油後盛盤。

日登美嫂嫂在廚房的餐桌和千春面對面坐下，看著千春吃炒米粉，說那是她第一次和佑樹好好說話，覺得他是個很有意思的孩子。

「這個好好吃喔。等一下要教我怎麼做喔。」

千春說。

千春得趕回去上實習課，日登美嫂嫂也要去幼稚園接孝介。時間不夠了。好啦，要怎麼開頭呢。對了，我來提案一種生活方式，讓五歲的孝介盡可能不用爬脇田家的樓梯，慫恿哥哥嫂嫂回來住就行了。

千春這麼想，正要開口時，日登美嫂嫂說：

「佑樹是個很神祕的孩子對不對。」

「神祕？」

「佑樹就是外遇生的孩子嘛？」

千春瞟了日登美一眼，視線回到炒米粉上。然後意氣用事起來，她的視線一直迴避日登美。

畢竟是夫妻，範夫哥哥大概把佑樹的事告訴過日登美嫂嫂。長輩們只跟我說佑樹的父親是在與海步子阿姨結婚前突然過世，但範夫哥哥是長男，也許從爸媽那裡聽到更多詳細的內幕。

日登美嫂嫂會說出外遇的孩子這種話，意味著海步子阿姨懷了有家室的男人的胎兒。那麼佑樹的父親已死可能是謊言，其實那個人還活著也說不定。

所以，那又怎樣？

日登美嫂嫂不是因為瞧不起佑樹才說他是外遇的孩子。她沒有什麼惡意。但是，我不相信日登美嫂嫂這個人。她做人的心思一點也不細膩。

佑樹這孩子很神祕？只要是人，大家都神祕。明明有這麼多生物卻生而為人，這件事本身不就很神祕嗎。

千春不肯抬頭，一個勁兒吃著炒米粉，但發現日登美嫂嫂在等她回應，便故意唱反調般說：

「我啊，最喜歡佑樹了。他不僅超級溫柔善良，頭腦更是超級加三倍的聰明喔。」

說的時候，千春的視線還是不瞧日登美嫂嫂一眼。

「那，我要去接孝介了。盤子放著就好，不用洗。門關了就會自動鎖上。」

說完，日登美嫂嫂就拿著小型車的鑰匙出門。

千春洗了盤子，喝了日登美嫂嫂泡給她的茶後關上門，確定自動鎖確實上了鎖，她才騎腳踏車回美容專門學校。昨晚起一直苦思該如何預先疏通的步驟，已經從千春心中消失。

下午的課才開始，學校職員便跑進教室，在講師耳邊說了什麼。講師向學生們道歉，說很抱歉突然有急事，今天的課老師要請假，便離開教室。

千春收拾好東西下樓來到專門學校的大門時，美和追上來告訴她，聽說講師的母親過世了。

「天氣真是好極了。我卻要去金澤幫家裡辦事。」

說著，美和和千春一起走到富山站，買了到金澤的車票。

千春在站前上了公車，去相機量販店請店家列印佑樹傳給她的照片。

請店家印出兩張名片大小，一張放大到畫質不至於變差的最大尺寸，放進側背包裡來到大馬路時，收到海步子阿姨傳來的簡訊。

——緊急狀況。今天不可以到店裡來。等等回我電話。——

海步子發簡訊時一定以為我還在上課。到底是什麼事呢？店裡發生了什麼不得了的事嗎？

千春很擔心，便停在人行道上打電話給海步子阿姨。

「長沼太太坐在美容椅上突然就吐了，像噴泉一樣。然後，從廁所回來又吐。店裡整個被吐好吐滿。她說念高中的女兒到昨天都因為諾羅病毒病得下不了床，很嚴重。她被傳染了。所以現在『Cut Salon Bob』一號店到處都是諾羅病毒。我們聯絡了預約的客人，又去買消毒水和打掃用具，接下來正要大掃除。還好店裡的地板鋪了一層特殊油氈。」

「我不用去幫忙嗎？」

「來了會被傳染！我們已經躲不掉了。現在要徹底清洗、徹底消毒，門口和後門全部打開來通風……。也已經買好衛生所的人用的那種口罩。他們說要趁嘔吐物還沒乾掉之前打掃消毒。」

「我也戴那種口罩就可以了吧？」

「不行，絕對不能過來。聽說諾羅病毒的傳染力很强。」

掛了電話，千春看了錶。才一點四十分。為躲避強烈的日照，千春移到麵包店的屋簷下，心想現在氣溫可能超過三十度。

五、六月的富山常有這麼熱的天氣。這是臨海地區獨特的焚風現象，但今天特別熱。陽光本身就很強。

可是，日登美嫂嫂的那句話助長了熱度。

我很少對別人的言行感到憤怒。奶奶說過，沒有像你這麼有耐心的孩子，但我一直認為其實不光是因為耐性，是我天生就很遲鈍。因為感受性不強，頭腦又不靈光，手指被針刺到，一般人千分之一秒就覺得痛，我大概要百分之一秒才有感覺。

可是，今天我真的生氣了。現在也還在氣。都是日登美嫂嫂瞧不起佑樹的關係。我不能原諒侮辱佑樹的人。

千春心浮氣躁地站在日蔭底下，不知該如何處理壅塞心頭、盤踞不去的怒氣，一面不斷這麼想。

她把哲平告訴她的話改成自己的版本：

「毒蛇不原諒。」

在內心試著說了一次，發現這句話變得沒有任何深意，便邁步朝向公車站走去。

佑樹的父親已死是謊言嗎？他是不是還活著，守著自己的家庭，只是沒跟海步子阿姨結婚？

千春心中閃過這樣的想法，但很快便有把握地加以否定。因為千春自認為很了解夏目海步子是一名什麼樣的女性。

有時候說謊是權宜之計，可以被接受，但謊稱佑樹的父親已死並非一時權宜可以解釋的。那是對佑樹的褻瀆。

即使是難以對親生兒子坦白的真相，但人既然活著，應該就會誠實告訴佑樹。海步子阿姨是這樣的人。什麼事可以說謊、什麼事不可以，她分得很清楚。

上了公車，明明有很多空位，千春卻抓著扶手站到富山站，再換乘往糸魚川的三節車廂的電車。

要是哥哥嫂嫂想回入善的脇田家，他們自己就應該直接向母親表明意願。

要佑樹居中傳話、要我預先疏通，問題的本質根本沒有任何改變。我不會再勸母親和哥哥嫂嫂同住了。我自己就不願意和那位日登美嫂嫂一起生活。

這樣決定之後，千春喃喃地說：

「現在變成姑嫂問題了。」

電車抵達滑川站時，還在猶豫要不要下車，車門就關上了，千春思索著要怎麼把印出來的照片交給佑樹，一直望著立山連峰明明亮得刺眼卻又顯得甜美的光芒。太陽還在頭頂上。現在兩點半，等日頭再斜一點，入善町的所有水田就會被染成朱紅色。

插秧後不到一個月的水田裡蓄滿的水會反射陽光。入善町的水田可不是只有一片兩片。千春雖沒有數過，但像幾百張棋盤拼湊在一起般綿綿相連，也許超過一千片。

這每一片水田都化為鏡子，與沉入富山灣的夕陽同色相映。田園變得整片火紅。真想讓川邊先生他們三人組成的「中年健行隊」看看那片光景。所以無論如何，本週星期六都一定要像今天一樣是個大晴天。

如果是晴天，就帶他們到舟見的舊城遺址遊覽吧。從那裡看得到入善町廣大的水田與將之染紅的夕陽，還有零星散布的農家水墨畫般的陰影，我都忘了那景致有多美。因為離家實在太近了。太近，以致於都忘了。

說近，往愛本橋方向也要約十分鐘的車程。一定要爬上緊接在舟見的舊宿場後面的那道陡坡。

那道陡坡被濃密的樹林包圍，大白天也暗得嚇人。然而，穿過那裡便會來到舊城遺址的高台。古城已重建，有一座模擬的天守閣，樣子介於古城和大型舊式倉庫之間。從後側台地與山崖之間圍起的欄杆看出去的景色最美。

千春發現招待川邊他們的絕佳地點，開心了起來，電車一到入善站，便站在月台上發訊給佑樹。

——放學後立刻到入善站來。這是命令。否則我就把照片撕掉。——

其實不必跟佑樹一起，她獨自一人也可以開小型車去看舟見舊城的遺址，但臨時停課和店裡因清掃消毒而意外得到的休假日，加上可遇不可求的好天氣，讓千春很想做自己生活中最快樂的事。所以一定要有佑樹相伴才行。

出了入善站，往站前的路上直走，便是四天後川邊他們要投宿的小型飯店。千春走到那裡過了馬路再轉進小路，坐進自己停在和田家旁邊空地的小型車，開回到入善站前。

佑樹應該還在上課沒看到簡訊，但千春將小型車停在候客的計程車後面好一段距離的地方，坐在駕駛座上打開廣播，朝沒有半個行人的站前風景看。

調頻廣播電台播放的樂曲結束後，便開始三點的整點新聞。那是一段五分鐘的全國新聞，接著是五分鐘的富山新聞。

千春豎起耳朵仔細聽新聞最後的氣象預報。明天與後天都是多雲的天氣，降雨機率不高，週六、週日會是晴天，預測與今天一樣熱——聽播報員這麼說，千春出聲叫道：太好了！

此時，手機收到一封簡訊，她滿心以為是佑樹，往液晶螢幕一看，出現「園田清一郎」幾個字。

心臟突然猛跳，手心冒汗。千春從國中開始，就很討厭只要一緊張就會手心冒汗的自己。

——很抱歉，因為繁忙而完全沒有與你聯絡。其實我六月十五日起奉派至阿拉斯加，一直忙著準備。阿拉斯加分公司位於安哥拉治，水產加工的工廠則在阿拉斯加灣的西北方。一年中有一半的時間要在工廠上班。任期是三年。夏天、秋天、冬天分別是鮭魚、鱈魚、帝王蟹的盛產期，所以我即將展開沒有暑休也沒有春節的阿拉斯加生活。雖然公司早就告訴我們，入職以後一定會有幾個人被外派到阿拉斯加，但我沒想到外派的人事命令來得這麼快。所以我只能放棄富山行了。緬懷真佐子姊姊之旅也不得不往後延期三年。確定外派以來，我就一直接受公司內部的英語訓練，連週末的休假日都沒有。請多保重。——

內容簡單說是這樣。

「阿拉斯加？那不是個到處都會遇到灰熊的地方嗎。」

千春喃喃說著，認為最後那句「請多保重」是非常客套的禮貌性結語。她只覺得，根本還沒展開的戀情被冷冷地推開了。

「反正只是我單方面對他有一點點憧憬而已，也就這樣。反正我就是田裡的土嘛。」

千春越來越氣，卻不知道氣些什麼。覺得自己好沒用。

田山土石的小六對她說過的話猛地響起。

——千春的眼睛好黑啊。又黑又亮。好漂亮的眼睛。——

千春把園田清一郎發來的訊息重讀一次，心想，他大可一聲不響直接外派去阿拉斯加，但他還是跟我聯絡，所以我生氣是不對的。

「可是，他之前稍微讓我懷抱希望，覺得也許會有什麼臉紅心跳的發展，這麼公事化的簡訊算什麼啊……」
這樣嘀咕後，千春打了回覆。
——謝謝你這麼客氣的來信。我一直很期待你來富山，真遺憾。預祝未來三年在阿拉斯加收穫滿滿。一路順風。——
千春按下送出鍵，把手機放在副駕駛座上，看著後視鏡裡自己的眼睛。
「眼睛好像橡實，好怪……。只有眼睛漂亮又能怎樣？不過就是黑眼珠大了點嘛。」
此時，有人敲了車窗，嚇得千春差點尖叫。佑樹好像被她的反應嚇了一跳。
「你從哪裡來的？」
「車站啊。你往我這邊看，我有跟你揮手，你沒注意到？」
「因為我一直在看後照鏡……。來不來，好歹回個簡訊吧？」
「我回到家正在換衣服時收到簡訊，就趕快騎腳踏車到車站搭電車。想說奇怪了，這個時間千春怎麼會在入善車站等呢？正要發簡訊跟你說我上電車了，就接到媽媽打來的電話，跟我說諾羅病毒之亂……」
佑樹邊解釋邊繞到前座那邊，打開門坐進來，卻啊了一聲彈起來。他坐到千春的手機。

「有個怪聲音。可能斷了。」

千春邊說邊撿起已經用了三年的折疊式手機。液晶畫面上閃爍著從沒看過的黑白條紋。

「這像打雷的圖案是怎麼回事？壞了？」

千春說完，關機又重開。手機沒有反應。

佑樹默默看著千春片刻，說：

「沒救了……吧？」

「算了。是我不對，把手機放在這裡。美容學校的朋友也叫我買一台新機種，讓這種上個世紀的產物功成身退吧。」

「對不起。我會賠你的。」

「不用，我本來就打算要換。」

「裡面的聯絡資料有備分嗎？」

「有，在家裡的電腦。」

「不知道能不能從電腦轉進手機。」

「不知道，我明天去問手機行。不過，我朋友很少，直接輸入進新的手機也很快。就五個高中的朋友，小野建設機械租賃的人六個。美容專門學校新交的朋友八個。再來就是我媽、範夫哥哥、海步子阿姨和佑樹。本來還有另一個人，不過他接下來要去歐洲，就算了。」

「歐洲哪裡？」

「阿拉斯加。」

「拜託，阿拉斯加在美國。」

「咦！那不是在北極圈那邊嗎？旁邊是加拿大啊！」

「可是，人家是美利堅合衆國的阿拉斯加州。」

這傢伙什麼都知道！這也是拜準備考試之賜。千春有點被惹火，捏著佑樹的臉頰說：

「又這樣取笑我……。賠我手機！」

然後她啓動車子的引擎，從側背包裡拿出裝了照片的信封。佑樹把信封慎重地放在腿上，說：

「這些照片的錢我會付。」

「那還用說！」

千春開始朝著脇田家開車時，聽到低著頭的佑樹發出忍笑的聲音。千春也笑了。

「要去哪裡？」

佑樹問。

千春提起「中年健行隊」週六要從東京過來的事，又說：

「他們傍晚應該會住在入善，我要帶他們去舟見的舊城遺址。只有那裡才能眺望那麼美的水田風光。今天先去探路。然後，我想騎那台雙人協力車到入善漁港。」

「所以要我在前面騎，千春自己在後面享福？」

「對呀。我們是在佑樹八歲左右，認定從脇田家到入善漁港的那條路是最好的腳踏車路線。那時我十四歲。佑樹差不多要到十歲學會騎腳踏車。你知道在那之前，我載你騎了幾百次？都嘛是我在騎。好不容易等到你會騎腳踏車，你就回滑川去了……」

「因為，在那之前我們倆的體重差太多了啊。那時候，坦白說，千春就是個胖子。」

「嗯，這我無法反駁。」

「我沒去過舟見的舊城遺址。有一次跟幾個朋友想去，可是半路的坡道太暗太可怕就折返了。連天氣好的大白天都黑漆漆，半個人都沒有。」

車一開過北陸高速公路下方，佑樹便從信封裡拿出照片看。

「那女生好漂亮喔。那是在京都吧？宮川町的舞伎？」

千春問。宮川町在京都哪一帶，舞伎又是什麼樣的職業，千春都不知道。

「好像是實習舞伎。住在一家叫『長谷川』的置屋邊受訓邊上學。國三生。是晃光哥哥硬要拍的。還特地把人家從置屋二樓叫下來。」

「晃光哥哥是雪子阿姨的兒子？」

「嗯，從那一帶到祇園，到處都是晃光哥哥的朋友。」

「看到被叫出來的是這麼漂亮的女生，佑樹一定很緊張吧。你全身都看得出來。」

「嗯，我一下子就全身發燙，舌頭都打結了。連『你好』這兩個字都說不好。丟臉死了。我這輩子第一次看到這麼漂亮的女生。」

千春笑得太厲害，輪胎差點掉進遍布農田的水路，便停了車。稻子比插秧時長高了四、五公分。

佑樹很誠實，毫不掩飾自己，但並不是對任何人都如此。只有對我是這樣。千春這麼覺得。

「就是外遇生的孩子嘛？」

日登美嫂嫂這句每次一想到就覺得這女人心眼很壞的話，已遠遠離開千春的心。

那又怎樣？難不成佑樹身為人的價值就降低了嗎？我沒看過哪個少年比佑樹更有魅力。我最喜歡佑樹了。我這輩子都站在佑樹這邊。

千春再次向自己這樣發誓，趕走了對日登美嫂嫂的不快。

從看得到脇田家的農路再往山那邊行駛，過了舟見的舊宿場，左轉進入愛本橋前的坡道，四周頓時暗了下來。通往高台的路上粗壯大樹夾道而立，濃密的樹葉從坡道兩側蓋頂，遮蔽了所有的日光。與此同時，兩人有如置身於樹木散發的精氣之泉中，被清涼的香氣包圍。

千春小心翼翼地操作方向盤，一邊大口大口深呼吸。

「這是樹吐出來給我們的，是樹木生命的精萃。」
千春說。
「有薄荷和松香，好像各式各樣的香草混在一起的味道。」
佑樹也驚訝地說，一再深呼吸。
正覺得這陡峭的坡道好像無窮無盡時，車子來到高台。名為「山本陣」的稻草屋頂古民家風格建築之前有一片草地，從那裡到舊城遺址鋪著碎石。
將小型車停在本陣附近的停車場，千春看了看錶。四點十分。太陽已經朝富山灣的盡頭傾斜。千春心想，再三十分鐘左右，日頭應該就會泛紅，漸漸朝海的另一邊落下。
從舊城遺址旁走到山崖那邊，黑部川沖積扇幾乎盡收眼底。所有的水田化為鏡子，反射著陽光。而那些反射的光線分分秒秒不斷變色。
「千春家！」
佑樹指著廣大沖積扇偏右側的方向說。從那宛如飄浮在平靜無波的巨大湖面上的房子和屋旁的屋敷林的形狀看來，確實是脇田家沒錯。
「前面就是藤田家了。」

千春說著，看著整個入善町從愛本橋那裡朝海傾斜。傾斜的角度比她想像的還要大。千春心想，難怪從海那邊騎腳踏車回家會那麼累。

佑樹指著入善漁港的盡頭，說可以看到一點點能登半島。又說，那裡應該是七尾市。

「星期六大概這個時刻，我想在這裡排椅子。就是爺爺釣魚時坐的那種小小折疊椅。藤田家也有，我去借，還差一個……」

「跟岩田家的小武借吧。小武家……從這裡看不到。在舟見的馬路上嘛。」

舟見那邊被山崖一半突出來的巨木擋住，看不見佑樹的朋友家。

發現群樹散發出的深奧芳香僅滯留於坡道上有限的一小塊地方，千春便很想回去那裡。由於樹木與茂密的樹葉擋住了風，植物散發的精華才沒有擴散開。以後要是累了，就到那裡坐在樹幹底下閉目養神。應該可以讓我重生。

千春把這個想法說出來。

「一個人太危險了。」

佑樹說。

就連天氣這麼好的日子，也只有那裡照不到太陽光，除了假日又幾乎沒有人會來，一個女生太危險了——佑樹一本正經地繼續說。

「晚上一夥人一起來也很恐怖。坡道上又沒有照明。不過，到了晚上，那香氣一定會更濃。」

千春說，朝開始抹上淡淡朱紅色的黑部川沖積扇看。

「你想去吸樹木精華時就打電話給我，我隨時作陪。不過，你要開車到入善站來接我喔。」

「佑樹要念書，我不能打擾你用功。」

「我已經保證考得上了。我做完那所高中去年和前年的入學考題，輕鬆過關。國語錯一題就是了。」

「真的嗎？」

「補習班的老師說，你已經跳級了，要開始讀高中的課程。所以我請大個子姨丈寄給我要讀的那所高中的課本。大個子姨丈和補習班的老師都說我是理科腦。」

「哦，理科啊。佑樹想專攻什麼？你之前說想做機器嘛？」

「嗯，機器。我喜歡機器。」

「機器也很多種啊？什麼樣的機器？」

「腳踏車是機器，耕耘機也是，電腦和人工衛星也是。醫院的電腦斷層和MRI也是。」

「佑樹，你去當醫生啦。醫生是很棒的工作呢。有人說，全世界只有醫生和教育者有資格被稱為『老師』。還說政客憑什麼被叫老師[1]。」

「醫生啊……。若看到渾身是血快死的人被救護車送進來，我覺得我會驚慌失措，不知如何是好。我光看到一滴鼻血就快昏倒。」

「要是佑樹當上醫生，我會很高興，覺得不枉費我從小就當奶媽幫你把屎把尿、穿衣洗澡餵飯。」

佑樹被逗笑了，指指富山灣那邊。太陽正朝海的方向緩緩落下，讓海灣鑲上金邊，在海面上鋪了三種濃淡各異的朱色腰帶。

沖積扇水田所形成的鏡子，每一片綻放的光芒都有微妙不同，拼出了棋盤方格。有紫色的鏡子，也有紅色的鏡子。有黃色，有桃色，還有灰綠色。廣大沖積扇的每一塊水田全都成為光源，閃閃發亮。

隨著太陽逐漸落入海中，入善町每一戶農家的輪廓都變黑了。千春也看得到能登半島。

「得趁天還沒黑去騎腳踏車。」

佑樹說。

千春慢慢開著小型車，往下開到剛才昏暗坡道那個地點，又一次吸飽了樹木精華的芳香才回脇田家，將停在玄關的雙人協力車騎出門。

「出、發——！」

佑樹坐在前面的座墊上大聲說。千春坐在後面座墊，握著把手，但打算一切都讓佑樹來。

就灌溉用的水路而言，水量太大、水流也太急的水路紛紛濺起了暗紅色的水花。

一定要有這麼大的水量，才足以供應巨大的田園地帶，而且流速不夠快也無法供給到每一個角落。

自古飽受水患的黑部川沖積扇因革命性的水利工程脫離危機，卻也因為水壩和農藥失去很多。

愛本橋的下流地區有很多水生動物和昆蟲，如今都已被指定為稀有品種，必須加以保護。

千春想起高中課堂上老師說的話，對佑樹說：

「不曉得昆蟲和河裡的生物有沒有復育回來一點。」

佑樹在田間道路上迴轉，朝山邊騎了五十公尺左右，轉向這一帶生長得最緩慢、正隨風搖曳著稻子的水田。經過藤田家前方、朝黑部川的方向前進，在屋敷林顯得比房子更大的岩崎家旁的十字路口停下腳踏車。從那裡向四方眺望，入善町的田園看起來感覺最大——這是千春和佑樹七年前做出的結論，也是專屬於兩人腳踏車路線真正的起點。

「要等夏天過去、秋天到了才知道。這麼大片的田，不可能不用農藥還能收成稻米。」

佑樹這麼說，朝富山灣後的太陽踩起踏板。

「剛才舟見舊城的樹木味道，不見得一直都在那裡喔。」

速度有點太快了。要是用這個速度在下個十字路口右轉，整台腳踏車都會衝進水田裡。

千春怕了，想拍佑樹的背叫停，但又覺得這樣似乎很好玩，便喊：

「再快一點！」

她相信佑樹自有分寸，不料佑樹卻喊：

「好——！」

他騎得更快，在農路右轉。長褲捲到膝上、在水田正中央拔雜草的人說：

「危險吶！」

他們差點掉進水路，但佑樹巧妙地運用後輪的煞車，切出漂亮的九十度弧線，趁勢繼續踩踏板。前方出現了角度不同於舟見舊城遺址所見的風景，紅綠相間，直通至海。

「那邊那些樹木的精華，不是隨時都會有的。」

佑樹說。

「怎麼說？」

「回程在坡道上聞到的味道就沒有薄荷味。我看，一定要當時的氣溫、濕度和風向什麼的，各種條件都對了才會發生化學反應，才能產生我們最先聞到的那種濃郁精華。」

「樹木起化學反應？佑樹，你知道好多詞喔。」

「嗯，所以我本來也以為我自己是文科腦。」

一隻蟲在田埂上跳起來。

「蝗蟲。好大一隻夕陽色的蝗蟲。」

那是青蛙，佑樹應道，然後左轉筆直朝黑部川的堤防前進。他們兩人最喜歡的路線，是從黑部川的堤防沿田間道路Z字型前進，直到入善漁港，是一條很難記熟的路，但他們從來沒有走錯。

水的味道，土的味道，尚稚嫩的稻秧的味道，風的味道……。千春覺得除了這些，還有之前沒聞過的味道，便朝四周望。只有水田、田間道路和農家。走在返家歸途的農婦全身染成了朱紅色。

千春心想，這會不會是夕陽的味道呢。原來我剛剛認得了夕陽的味道。

看見國道八號以後，佑樹放慢速度，然後靜靜停下腳踏車，面向立山連峰。從這裡看出去的田園一片開闊，讓人聯想到無邊無際的宇宙。千春認為，天開始亮的時候，甚至會覺得銀河出現在眼前。

佑樹騎過這一帶車流量最多的路，一邊問：

「要是我當了醫生，千春真的會很高興？」

「嗯，因為生病很痛苦啊。又有好多病現在的醫學治不好，得了就只能等死。你去當能夠治好其中一種病的醫生啦。佑樹可是我的驕傲呢。」

「有什麼好讓你驕傲的？」

「佑樹是個幽默、奇特、可愛的十五歲少年呀。」

本來要用別的方式誇他，但千春忽然難為情起來。

「不是畫裡走出來的帥哥喔。這個我承認。」

「瑞希說，那種男人呀，過了四十歲，就會變成膚淺廉價的老白臉。佑樹，太好了，你不是帥哥。」

佑樹用搞笑的語氣說「多謝了」，邊笑著邊再次疾駛於廣闊農田的田間道路上。

慢慢地看見農家以外的房子越來越多，遮住了太陽，但天還是藍的。藍空中有個形狀像枇杷籽的月亮。

他們從一條微彎的弧形道路騎出來。菜園變得比水田多，經過群聚的民家來到西入善站前。

兩人的腳踏車路線加上西入善站到入善漁港之間的路，這是佑樹的意思。

因為他喜歡西入善站。

「然後呢？現在的話，還可以從月台上看到沉入富山灣的夕陽。」

千春問。這個無人車站的月台地勢比海高，從月台看過去，沿海那道高高的防波堤後的水平線，正好與視線同高。

「到港口去吧。不然，回去時天就全黑了。」

佑樹這麼說，沿著鐵路朝入善站騎，在第一個平交道過了鐵路到靠海的那邊。又進入水田地帶。深紅色的太陽將剛剛還是藍色的天空一口氣變成深藍色，月光變得更加明亮。

在舊北陸街道左轉，騎向入善漁港的途中，設有一處可以自由飲用湧泉的地方。

佑樹大概是因為口很渴而急著要來這裡，下了腳踏車便用手心接水，咕嘟咕嘟喝了起來。

千春也很渴，正喝著湧泉時，佑樹問：

「千春，你的側背包呢？」

「啊，我放在玄關了。」

「照片在裡面。」

「對喔。你在舟見的舊城遺址那裡又放進我的包包裡。」

「怎麼辦？我得回脇田家嗎？我本來打算從西入善站上電車。」

「咦！你要我一個人騎雙人協力車回家嗎？」

「你就當是為了減肥，嘿喲嘿喲騎回家吧？」

佑樹笑著說，但看他的表情，千春知道佑樹又在逗她。佑樹根本不會獨自在西入善站上車回滑川，放我自己騎腳踏車回家。

「別看我這樣，我這一個月就瘦了四公斤。三公斤的話，稍微努力一點也瘦得下來，但四公斤就很難了。雖然才差一公斤，但就是過不了這一公斤的門檻，等到過了這關，真正的減肥才開始。這是美幸說的。」

「美幸也是美容專門學校的朋友？」

佑樹問，在腳踏車的座墊上坐下來。然後，抬頭看似乎比剛才更靠近海這邊的月亮。

千春也跨坐在後面的座墊上，和佑樹一樣抬起頭來，望著形狀像枇杷籽的月亮。心想，月亮並不是靠自己的力量發光。明明有這樣的天文常識，但千春還是頭一次有這種想法。

「嗯，美幸皮膚很白。以日本人來說有點太白，頭髮也是棕色的，小時候常因為這樣被霸凌。然後，國三時就不去上學了……。花了兩年才又回學校。現在，誰也不會因為美幸的白皮膚和咖啡色頭髮而嘲笑她。大家都很羨慕。美幸也知道很多我不知道的事喔。美幸腦袋裡裝了很多，不是俗語，是很多小說之類的人物所說的箴言。」

聽千春這麼說。

「箴言？是這樣寫嗎？」

佑樹問了之後，手指在半空中寫了大大的「箴言」。

「哦，對，就是那兩個字。國三怎麼會寫這麼難的字？你這怪人。」

佑樹開始在舊北陸街道往入善漁港的方向騎起腳踏車，說：

「所以我才會以為自己是文科腦。無論什麼漢字都一下就記得。歷史的年號啦，數學公式啦，英文單字也是。去年冬天，電視在講亞斯伯格症候群，說那是一種對特定事物的記憶力特別强的障礙，像是可以瞬間把圖形、文字或數字當作影像記起來，我很擔心我會不會也是那樣，就去了醫院。」

「去醫院？那是生病嗎？那是頭腦超好吧？那樣也是病？」

「我在網路上查，上面是這樣寫的：在特定領域有驚人的專注力和知識，在人際關係上，則不擅長觀察狀況回應這類行為。有時會被視為沒有智能障礙的自閉症，但與自閉症的關聯缺乏實證。」

從漁民的住家前通過之後，右側便是入善漁港。除了靠岸修理的小型漁船之外，不見漁船的影子，過高的堤防完全抹消了夕陽的餘輝，月亮映在小漁港的海面上。

「佑樹，你的頭腦果然很奇怪。怎麼能把網路上看過的東西記得這麼精確呀。醫生怎麼說？」

他們從漁港前騎過，還沒到達港口和黑部川之間的碼頭，千春真的擔心起來，這樣問。

「聽完我的擔憂之後，不要說醫生了，連護理師全都一起笑了。」

佑樹說完，下了腳踏車。

「所以，就不是你說的那個什麼症候群？」

「嗯，沒錯。醫生跟我說，好奢侈的煩惱啊，你得好好感謝你的爸爸媽媽。

我進診間不到五分鐘就出來了。」

白天的釣客都回家了，換夜釣的人在碼頭上開始準備釣餌。從那裡看過去，水平線上還疊著一點點夕陽的紅，但很快就消失無蹤，深藍帶黑的海正緩緩浮動。

來自前方的溫熱海風與來自後方帶著寒氣的山風，正好就在我們身邊形成一個柔和的漩渦——千春這麼想，與佑樹並肩而坐，將兩條腿從碼頭朝海面的方向伸出去。

和佑樹兩人從田園騎腳踏車來到港邊，像這樣眺望富山灣，總是會感覺到這陣寒暖交織的風。這種風，有時候很强，有時又像若有似無的微風。但是，從來沒有一天沒感覺到漩渦般的氣流。

我很喜歡待在腳踏車路線的終點入善漁港，全身被這陣風包圍著，呆呆望著海。

以前曾經在書上看過「死亡結束時」的說法。這句話讓我非常驚訝。以前我也把這同時當成「生命開始時」，但現在又覺得這是兩件不相關的事。

我現在覺得，從脇田家出發，到穿過田園抵達港口的這段期間，我就在這兩件不相關的事之間。

在那當中，我和佑樹都是純白無瑕的，一塵不染，沒有擔憂，沒有不安。今天也是這樣。如果把「出、發——」視作死亡的結束，「抵達港口」是生命的開始呢？只要一直這麼認為，也許哪一天心裡就會自然而然打開這個開關。那是非常幸福、快樂又尊貴的一件事。

不，就算不刻意去想，當我和佑樹騎著腳踏車朝港口而來，就會漸漸變成純白無瑕了……。

千春無法將自己內心衍生的思考依序組織串聯，一直默默看著眼底的海面近處，成群游動的小魚兒們因昏暗而不再鮮明的魚身。

「現在幾點？」

佑樹問。

「五點四十分。要是『中年健行隊』在舟見的舊城遺址看完黑部川沖積扇到富山灣的景色以後，還能騎腳踏車到這裡就好了。」

「在他們從岩瀨走到魚津之後？絕對不可能。那他們要怎麼回去？」

「他們三人要在入善站附近的飯店過夜啊。從西入善站搭電車就好了。」

千春說。

「那他們騎來的腳踏車怎麼辦呢？還有更重要的，要怎麼準備三台腳踏車給他們騎？」

「也對，那就沒辦法了。」

黑部川那邊有車子按了三次喇叭。田山土石用來搬運沙石的兩噸卡車停在那裡，小六坐在駕駛座揮手。

「如果要回去，我可以載你們。腳踏車就放車斗。」

聽到小六這麼說，千春和佑樹猛地從碼頭上站起來。

小六從駕駛座下來，幫忙把雙人協力車放上卡車的車斗。

「謝謝你，太好了。」

千春道謝，和佑樹坐上副駕駛座，向小六介紹說這是我表弟。

「你好，我叫夏目佑樹。我正在想等等要騎那台腳踏車回千春家有點累，有大哥幫忙真是太好了。謝謝。」

聽了佑樹這番話，小六有點吃味地對千春說：

「這小子真懂事。爽朗得甚至有點刺眼啊。」

他一邊發動卡車。

佑樹的手機響了。說沒兩句話，便說千春在旁邊。

「我媽媽打來的，要叫千春聽。」

佑樹把電話遞過來。

海步子阿姨問，你好像很有把握這個週末一定會是晴天，可以相信你嗎？千春回答，氣象台是這樣預測的，多年的直覺也讓我有同感，邊答邊從卡車窗戶看月亮。

「多年的直覺？在入善町出生長大二十年，確實是多年啊。」

海步子阿姨這樣笑說，問起怎麼不接電話，她打了快十通電話給千春。

「手機被佑樹一屁股坐壞了。不過我本來就打算換新的。」

千春才正要問她店裡的打掃消毒都處理了嗎。

「那，我打電話給京都的雪子姊，要她星期六中午到滑川站。我就說，千春鐵口直斷說絕對是晴天。」

說完，海步子阿姨便掛上電話。

「週末真的會是晴天嗎？星期日如果不是晴天我就麻煩了。」

小六說。

「為什麼？」

「我要帶朋友走立山的阿爾卑斯山脈路線。人家特地從東京跑到立山來，當然是想在晴朗的藍天下，坐巴士行駛在兩道雪牆之間啊。」

「立山那邊怎麼樣我就不知道了。這裡和立山的阿爾卑斯山脈路線根本就像兩個國家。」

「嗯，也是啦。」

千春請小六讓他們在脇田家附近下車，然後開小型車送佑樹到入善站。拿著裝有照片的信封走向收票口的佑樹停下腳步，問千春這週末安排了什麼樣的行程。

早上，做好「中年健行隊」的午餐就搭電車到佑樹家。本來想讓三人坐在堤防上看海、吃便當，但天氣若跟今天一樣熱，還是在室內吃午餐比較好。

雪子阿姨也差不多會在同一時間來，所以我打過招呼就先回入善，把椅子搬到舟見的舊城遺址。

「中年健行隊」在滑川的夏目家休息完應該會朝魚津出發。他們說到了魚津會搭電車，所以我會待在入善站等他們辦好飯店的住房手續，再開小型車帶他們去舟見的舊城遺址。不過，前提是他們想去，絕不勉强。因為他們抵達入善時應該很累了……。

聽了千春自訂的行程，佑樹便說他也一起去入善。

「得去跟舟見的小武借釣魚用的椅子，而且那裡是最好的地點，必須先佔好位置免得被別人搶走了。」

與佑樹道別，回到家後，把店裡因為諾羅病毒大亂的事告訴正在準備晚飯的母親，卻沒提中午去日登美嫂嫂那裡吃了炒米粉。

「便當你打算做什麼菜？」

母親問。

「用海苔包飯糰，玉子燒，魚板之類的……」

千春邊回答邊想，難道沒有更代表富山沿海的在地料理嗎。

「人家難得來富山一趟，玉子燒跟魚板？又不是幼稚園運動會的便當。」

母親說。

「可是，我會做的也就只有玉子燒啊。」

「你也得開始學做其他菜了。對了，千春，做豆皮壽司怎麼樣？」

「媽媽拿手的豆皮壽司是京都風。是海步子阿姨教你的對吧？海步子阿姨是在京都向雪子阿姨的媽媽學的。來到富山的滑川，在一幢跟防波堤連在一起的老木造屋裡，端出京都風豆皮壽司，不會很怪嗎？」

「哪會，只要好吃就好了。做豆皮壽司，配上高湯蛋捲，雞鬆，剔淨魚刺的鰈魚乾，擺在套盒裡。是不是很讚啦？」

「媽要幫我做？」

「由不得我不插手吧，我都可以想像千春來做會搞成什麼樣子。不過，豆皮壽司要你自己做。我教你，星期五晚上就要開始準備。」

「哇嗚，這下有得忙了。」

千春很開心，抓起包包跑上樓梯，進了自己房間，躺在床上。房間的窗戶全都開著，涼風從紗窗吹進來，遍布整個沖積扇的灌溉用水嘩嘩作響。

明天是六月三日。後天四日。大後天五日。千春扳著手指數，六日是星期六，曾經照顧我的人就要組成「中年健行隊」從東京過來。從岩瀨走舊北陸街道到滑川。然後，在我的故鄉入善町住一晚。

星期六請假，海步子阿姨已經准假了。那天要早起做京都風豆皮壽司。要做出高雅的豆皮壽司，砂糖、醬油、醋、昆布高湯、柴魚高湯，這些調味都要淡，配料就只用炒過的芝麻。

海步子阿姨說要為雪子阿姨買鱒魚壽司，也請「中年健行隊」吃一點。

千春仰躺在床上伸長手腳，看著天花板，心想，我從來沒有這麼期待過什麼人來。

「萬一星期六下雨，我會對富山這個地方很失望喔。」

千春對著天花板發黃的木板說。然後，暫時閉上眼睛，努力在心中喚起前往舟見的舊城遺址那條坡道上所滯留的樹木芬芳。

——我的心隨時都可以變得純白無瑕。因為純白無瑕，心裡沒有污染，沒有擔憂，沒有不安。每當和佑樹在故鄉的田園中央騎著腳踏車，我就會變得純白無瑕。——

同樣的話，千春反覆低吟說了好幾次，再次盡情地伸展手腳，然後下樓到廚房，問母親京都風豆皮壽司的做法，抄在筆記上。

1——此處原文為「先生」，即老師之意。日文一般稱教師、醫師、律師和政治家為「先生」，以示尊敬。

第九章

星期五晚上，從入善站起，在田地裡的路上，千春好幾次停下小型車，注視夜空。

月色與月暈的有無，星星的數量，薄墨般流動的雲，空氣的觸感，風的味道，嫩稻的站姿，青蛙的叫聲……。

她全神貫注於觀察與天氣預報可能有關的自然現象，卻沒發現任何明天、後天都是好天氣的保證。

眼前能看到家裡的燈光時，換成新機型的手機收到佑樹的簡訊。

——我是爽朗得刺眼的佑樹。山岸家的大哥自信滿滿地說明天會是萬里無雲的好天氣。請千春安心地卯足全力製作京都風豆皮壽司。雪子阿姨會搭十一點五十八分抵達富山站的雷鳥號。——

千春將小型車停在院子裡的池塘旁熄了火，心想山岸家的大哥對天氣的預知能力已經變成傳說了，一邊回覆佑樹。

——謝謝。海上男兒的預報一定準。我明天十一點左右過去。——

然後千春匆匆進了廚房。弟弟妹妹分別回二樓自己的房間，母親正在流理台旁擺出好幾種調味料、鍋子和調理盆。

「今晚只先給豆皮調味。飯明天早上煮。你沒忘了買豆皮回來吧？」

說完，母親走到電視前。

「要挑戰豆皮壽司的人怎麼可能忘了買豆皮？我上班前就買好了。」

說完千春上二樓，換上T恤和牛仔褲，回到廚房洗了手。

這款京都風豆皮壽司是海步子向雪子小姐的母親所學，並不是所有京都風豆皮壽司都一樣。聽說也有人會在壽司飯裡加上香菇丁或紅蘿蔔丁。也聽說過只加筍丁的。明年春天，我也想試試不加芝麻，加入切成五公厘的筍丁。

母親以悠哉的語氣說完，打了一個大哈欠。

千春打開筆記。

「呃——，先用柴魚做高湯。要濃一點對吧。」

說著，用量杯量了四五〇毫升的水倒進鍋裡。

「我要去洗澡睡覺了。」

說完，母親就要去浴室。

「咦！才九點半耶！你要我靠這份食譜一個人做喔？」

「我明天還要早起呢。要做高湯蛋捲，雞鬆，還要烤鰈魚乾，完成豆皮壽司之後，再漂漂亮亮地擺進套盒裡。好啦，你加油。」

母親脫下圍裙進了浴室。千春拿著大包裝的柴魚片呆站著。母親面帶笑容折回來說：

「騙你的啦。」

邊將柴魚片放進水已煮開的鍋裡，關掉瓦斯爐的火。

取出柴魚片，加入酒、味醂、濃口醬油和砂糖調味後，母親用熱水燙了二十片豆皮，再放到篩子上。

千春做的，就是把豆皮對半切開，放進鍋中浸泡醬汁，以小火煮二十分鐘，如此而已。

熄了火，在泡著豆皮的醬汁上蓋鋁箔紙。

「就這樣放到明天早上，京都風豆皮壽司的豆皮就完成了。」

母親說，這次真的去洗澡了。千春想著，母親身心都恢復健康，邊打開冰箱。放在中型碗裡的涼拌豆腐上面有薑泥，用保鮮膜包著。裝有海帶芽味噌湯的鍋子則在瓦斯爐上。

海步子阿姨託朋友買了給雪子阿姨明天中午吃的鱒魚壽司，一共買了五個雙層的，量實在太多，等最後一位客人回去之後，大家一起在店裡吃了一些。所以現在一點也不餓，可是明天天一亮就得起床，我今晚必須早點睡——

千春這麼想，便熱了味噌湯，把涼拌豆腐放到飯桌上。

喝著味噌湯時，千春想到，佑樹從京都回來那晚，曾打電話跟我說他看到かがわまほ老師的照片，但我滿腦子一逕想著要怎麼招待「中年健行隊」和天氣的事，聽過就忘。

吃完涼拌豆腐馬上洗了碗，清理瓦斯爐，千春便回到二樓自己的房間打開電腦。

明天百分之九十九會是晴天。不，這裡是富山沿海，所以也許百分之九十比較妥當。不過，傳說中的漁夫山岸家大哥都掛保證了，不可能會下雨。

京都風豆皮壽司也準備完成。雖然全部都是母親幫忙做的……。

我今晚沒有別的事要忙。只要洗澡上床就好。明天要穿的衣服也挑好了。啊啊，好累。明明什麼都沒做，光花這些心思就讓我筋疲力盡。かがわまほ老師是個什麼樣的人，上克拉拉社的官網看看吧。

かがわまほ老師對五歲的佑樹寫了那麼温柔、那麼誠懇的信。而我也在十一歲時，由奶奶幫忙、手做《温柔的家》裡的爸爸龜布娃娃。我也想看看かがわまほ老師長什麼樣子。

千春邊這麼想邊等電腦開機，搜尋了「克拉拉社」的網站點進去。

首頁是「《温柔的家》新世界誕生。精美海報率先曝光。新書預購中。」這一段文字，並刊登了三種海報的樣本。

千春將游標移過去點了其中一張。畫變大了，右側有「樣本」的文字。

「哇嗚，雲上有森林。」

她出聲説道。光是稍微瞄上一眼，也看得出《温柔的家》的居民比以前多了十倍以上。

千春忍不住托著腮看了好一陣子，才去找佑樹説他在京都的甲本家所看到的照片。

點進「かがわまほ老師近照　攝於簽名會」這行字，出現了一張年輕女性的臉孔。

千春回溯記憶，想起佑樹曾在電話裡説，沒想到她那麼年輕，還以為是更年長的阿姨。接著應該還説了什麼，可是千春想不起來。

「真的耶，原來她這麼年輕啊。三十二、三吧。這麼說來，她寫信給佑樹的時候才二十二、三歲左右。」

千春喃喃自語，想著如果送這三張海報給佑樹，雖然他十五歲了，也一定會很高興吧。

昨天下午，在京都的克拉拉社與印刷廠的窗口一同完成海報校色之後，真帆搭傍晚的電車到金澤，與多美在香林坊的壽司店用餐後，幫她搬家直到晚上快十一點。

多美和茂茂的新居是一幢獨棟的兩層樓房，落成還不到半年，屋主便因調派至國外，不得不在新加坡生活五年。

多美接到房仲公司的聯絡，去看這幢位於金澤車站北側新興住宅區的房子，她第一眼就很喜歡，說服了認為兩個人住會太大而猶豫的茂茂，簽下五年的租約，立刻著手準備搬家。當時，她從克拉拉社離職還不到兩天。

把一些小東西先從京都搬過去，一個人慢慢開箱整理，這期間請搬家業者搬大件行李。東西已經細分為衣物類、調理器具、餐具類，所以等家具和電器用品送到，只要指示什麼東西放哪裡，搬家的工程就大功告成。多美是這麼認為的。

「你把事情想得太美了。搬家沒有這麼簡單。」

真帆在電話裡對多美這麼說，而且還真被她料中。

小東西根本還沒整理完，搬家業者就送來大件行李，原本空蕩蕩的兩層樓房變得毫無立足之地，多美發了「救命」的簡訊給真帆。因為六月四日，真帆要去京都，所以便答應她校完色之後會去金澤幫忙。

當晚時間不多，做不了什麼事，不過第二天是六月五日星期五，我們一早就專心整理搬家的行李吧。我在金澤多住一晚，六日的星期六傍晚再回東京。

在電話裡這樣討論後，真帆昨天去了多美和茂茂即將展開新生活的家，看那樣子就知道即便第二天也搞不定。再加上茂茂五日一早就要去東京出差，當晚才會回金澤。

真帆覺得，如果不能整理成兩人勉強可以生活的狀態，這一趟就算白來了，所以從五日早上起就幾乎毫無休息地作業，一邊還要給不擅長整理的多美下種種指令。

收納雖然是真帆的强項，但一看錶知道快十點，便往應該有十坪以上的客廳鋪木地板上一倒，說：

「我動不了了。電池完全沒電。背好像快抽筋了。」

真帆想到，蓋了這麼漂亮的房子卻不到半年就被調派國外，那對夫妻心中一定萬分遺憾。但是，房子的貸款每個月都得還。只能將新家出租，再以房租來付房貸。

「幸好瓦斯水電都還沒停掉。」

多美也倒在地上說。

「那你都不會想泡個茶給我喝嗎？我窩在工作室畫了整整十天，一直畫到去京都校色海報。好不容易告一段落來到金澤，結果房子裡連站的地方都沒有。我說多美你呀，別光是嘴上說這個紙箱裡的東西要放那邊，那個紙箱到這邊，身體也要動啊。我都不知道原來你是個這麼懶得動的人。」

「因為在真帆趕來幫忙之前，我已經累壞了呀。真帆要是渴了，那邊有一大堆寶特瓶裝的礦泉水。」

被這番精疲力盡的藉口給逗笑，真帆拿旁邊的空寶特瓶往多美的腰間扔。

家門前有停車的聲音。在一陣開關門的聲音之後，穿西裝打領帶的茂茂走進客廳。

「辛苦了。好晚喔。」

多美撐起上身說。

「哇嗚，都整理好了呢。」

茂茂環顧客廳和廚房這麼說，向真帆道謝。

「客廳、廚房、廁所、洗手台、浴室都有八成了。二樓還沒碰。床之類的家具要後天星期一才會送來，在那之前我要休息。」

「說得好像是你自己整理的一樣……。茂茂，把這個家的一樓變成一處可用空間的是本姑娘我喔。今天我要當一個施恩圖報的女人。」

真帆說完，起身坐到還套著塑膠袋的沙發。茂茂也脫掉西裝上衣，邊鬆領帶邊坐在真帆旁說：

「我一進玄關，就可以想見真帆小姐如獅子行動迅速的勇猛。而且肯定是孤軍奮戰。」

「獅子總是孤獨的呀。」

聽多美這麼說，真帆秒回：

「看吧？就是這張嘴厲害。身體也要動呀，身體。」

被真帆這麼一說，多美再度往地板上倒。

茂茂問她們晚飯吃了什麼，一面從脱掉的西裝內口袋取出地圖。那張地圖是由新潟、富山、石川、福井四張大地圖以膠帶黏成。

「中午和晚上都是超商的便當。」

多美說。

「香林坊壽司店開到半夜一點，很好吃，要不要現在過去？」

「不了，我吃便當吃得好飽。而且昨晚多美就請我吃過壽司了。」

真帆這麼說，然後又老實說出自己現在好想來杯咖啡。

茂茂看了錶，拿手機和誰通了話，然後說有一家飯店的酒吧也提供咖啡，開到十二點。接著，他指出地圖上一個以紅色馬克筆做了記號的地方。在金澤的西側離海不遠。

一家大型購物公司將在這裡蓋物流中心，作為包括新潟在內的北陸四縣的配送據點。目標是兩年後完成大型倉庫和配送中心。我們公司拿到他們的保全合約了。我透過祕密情報知道他們優先採用當地業者，所以去年起就傾全力和他們交涉。

今天便是在那家公司的東京總公司做最後的簡報。本來說下週二會以電話通知結果，在羽田機場準備搭乘飛往小松的班機時，我接到電話，告訴我拿到內定了。對方又說，雖然是內定，但可以當作最終決定。

我馬上把這件事告訴金澤的員工，幾乎所有的幹部都到小松機場接機。一回到金澤市內，大家就一起到常去的餐廳慶祝，才拖到這麼晚回來。

聽完茂茂這番說明，真帆站起來大聲說：

「真的非常恭喜。」

就連真帆也明白，北田茂生經營的保全公司拿下這個大案子對往後的發展具有重大影響。

競爭對手一定很多。真帆雖然不知道金澤總共多少家保全公司，但其中也不乏知名大企業。茂茂的公司起步較晚，與其他公司相比實績和經驗都很少。但茂茂卻贏得這一役。他必定經歷過一番熾烈的苦戰。

十幾年前，我的父親曾說茂茂一定會東山再起。有父親這句話的支持，茂茂才選擇聲請宣告破產這條苦澀的路。如今，茂茂也一如父親所預言，東山再起了。如果沒有父親那句話，或許茂茂便沒有今天。

真帆這樣一想，便覺得「恭喜」這句祝賀再合適不過。

窗戶飄進涼爽的風。明明是從海那邊吹來的風，卻不含濕氣。

雖是六月初，但星期四京都的氣象預報說是悶熱的天氣，所以真帆前往克拉拉社時，穿著去年九月和多美從富山到宇奈月溫泉旅行時買的T恤和淺橄欖色七分褲，一到他們在金澤的房子，便換上已穿了五年、領口變鬆的工作用廉價T恤和百慕達短褲，整理搬家的行李、打掃浴室和廁所。

真帆覺得自己現在是顆大電燈泡，拿著也是去年為了旅行而買的背包走去洗手台，換好衣服便整理頭髮、補妝。她想讓茂茂和多美擁有屬於兩人的慶祝時刻，想請他們幫忙叫計程車回飯店。

真帆投宿的是金澤車站附近的商務飯店，沒有酒吧，而且大廳內的咖啡店只服務到十點。

比起咖啡，她更想洗澡。淋浴也可以。只想趕快洗掉一身的汗躺在床上。

她這麼想，回到客廳時，茂茂和多美已經把十六個空紙箱折好，搬上停在屋前的廂型車。

茂茂說，看樣子還要四、五天的功夫他們倆才能住進這個家，所以暫時先住他本來獨居的出租公寓。然後又堅持不叫計程車，打算開廂型車送她回去。

「可是，你剛才慶祝時喝過酒吧？」

「我得開車，所以只用烏龍茶乾杯。我們快去喝咖啡吧。」

三人關好所有窗戶，確定門鎖好了，上廂形車時已經快十一點。

「那個大背包，是去年在京都買的那個？」

多美問。

「我想一定需要丟搬家的垃圾什麼的，連那時候買的健走鞋也裝在裡面帶來了。」

「從金澤到滑川開車一個小時就會到。北陸高速公路跑一下就到了。」

真帆看著多美，想知道她的意思。

「明天，我們再去騎腳踏車，從岩瀨到滑川，如何？」

「要是真帆小姐贊成，我也去。開這輛車載三台公路車，開到岩瀨，把車停在停車場，從岩瀨起騎舊北陸街道。也可以一直騎到魚津，不過最後還是得回岩瀨。明天富山的天氣好像也不錯。」

茂茂對著多美說，真帆心想，他們一定趁我換衣服時，討論出這個異想天開的計畫。

他們想帶我去滑川。到底打什麼主意？是要我找出夏目海步子和佑樹住的地方嗎？是要我躲在舊街道的某處，等佑樹從家裡出來嗎？那，要是佑樹出現了，然後呢？我還不打算以姊姊的身分見佑樹。對一名十五歲的少年來說，還需要更多時間。

真帆把內心出現的這些想法誠實地對茂茂和多美訴說。

說完那刻，淚如泉湧。雖不願讓兩人發覺，但實在無法遏抑，真帆雙唇顫抖著說：

「其實，我很想見見佑樹。就算是在路上擦身而過也好。我很想看看他成了一名什麼樣的十五歲少年。」

茂茂和多美都默默無語。經過金澤站的高架橋下，在一家大型度假飯店的地下停車場停好車，茂茂說，他們貿然想到這個計畫，沒有仔細考慮到真帆小姐的心情便說出來。一定是因為拿到重大的工作樂昏了頭，才會如此胡鬧。無論如何還請原諒。

然而，真帆小姐這幾天為了新的工作一直關在公寓的房間裡專心作畫，工作好不容易告一段落，卻又特地到金澤幫忙整理搬家行李這麼累人的事。像這種時候，大量呼吸戶外的新鮮空氣，曬曬太陽，在有山有海的地方愜意騎車，對身心一定很有助益。

於是我與多美商量去哪裡好，多美想了一會兒說「滑川」。

我也想試試騎舊北陸街道到滑川。去年九月我建議你們的單車路線，我自己一直忙得沒有機會去。

我深知這麼說無法為我們的唐突冒犯開脫，但我也很想站在滑川站、賀川直樹先生臨終之地，向直樹先生獻上最深的謝意。

然而，我現在也在反省自己只顧一時興起，便約真帆小姐到滑川騎車。坦白說，我也是以單車之行為名，想看看夏目佑樹那個少年，即使只是一眼也好。

茂茂以平靜的語氣說，下了廂型車。

到了飯店頂樓的酒吧，服務生說已是最後點餐。

真帆點了咖啡，多美點了啤酒。茂茂猶豫著要點什麼，真帆建議他點蘇格蘭威士忌。她記住茂茂在酒吧每次都點的那款酒名了。

「不了，我要開車。」

「搭計程車回去就好了呀？慶祝一下嘛。」

真帆笑著說。

點的飲料送來之後，三人乾杯。

「用冒著熱氣的咖啡乾杯，實在很沒氣氛。要是我也能喝一點酒就好了。」

說完，真帆為自己剛才像個孩子般哭泣的事向兩人道歉。

不，是我們不對。我知道今天茂茂在東京要做一場非常重要的簡報，從早上就緊張得胃痛，因為心情一下子放鬆了才得意忘形。該道歉的是我們。

多美這麼說，打開在酒吧坐定之後，便放在腿上的包含新潟在內的北陸四縣地圖，手指一路滑過在能登半島外海沿岸朝向輪島的路。

真帆也看著地圖，但視線自然而然瞟向富山縣的滑山市那裡。內心忽然好想去那木造鄉土風房舍比鄰、恬淡幽靜的舊北陸街道。

不是去看夏目海步子和佑樹生活的地方，也不是為了遠遠偷看佑樹。只是想騎著公路車，在那小漁港散布的富山灣東部一帶街道，能走多遠就走多遠。

就像茂茂說的，我因為一直畫著新書《溫柔的家》，神經尖銳得像針一樣。像這種時候，活動身體是最好的。

今天整理搬家行李的確活動了不少，但那是在室內封閉空間的勞動。真想在風中、在日光下騎腳踏車。

我的衣服和去年九月一模一樣。京都買的背包、健走鞋、T恤、七分褲……。簡直像為了重現去年的單車之旅而做的準備。

真帆越想越希望能騎上公路車在海邊的舊街道疾馳。

「那我們就去吧。明天天氣絕佳不是嗎？我就是想忘掉工作，所以本來就決定休息個四、五天。」

真帆說。

多美把地圖攤開放桌上，看著整個能登半島問真帆：

「要靠內海？還是外海？」

真帆搖搖頭，手指沿富山縣的岩瀨朝新潟那邊拉過去的紅線滑。

多美與茂茂對望一眼，然後說：

「我明天早點起來，做好吃的便當。」

明知剛才來問餐點時就是最後點餐，茂茂又點了一杯蘇格蘭威士忌。正在擦酒杯的酒保以笑容點頭，打開純麥威士忌的瓶栓。

「如果你其實不想去，卻為了我們……」

真帆打斷茂茂的話，說：

「到了夏目家附近我會閉著眼睛騎過去。聽平岩先生說了之後，我已經大概知道他們家在哪裡了。就在這裡。」

真帆把地圖拉過來，指著從滑川站筆直拉出來的那條路和舊北陸街道交會的地方，再稍微往西的一處。

「這裡我會很快騎過去。佑樹家，看都不看一眼。」

「我覺得那是不可能的。至少會有一隻眼睜開，還是會看到。」

多美一本正經地說。

將續杯的蘇格蘭威士忌在嘴裡滾動、品味之後，茂茂說，九點從真帆住的飯店出發。

這樣十點左右就會抵達岩瀨。先去滑川站，就算不飆車，騎公路車不休息的話用不到一個小時。也可以繼續騎到魚津享受騎車之樂，不過，還是像去年那樣，從滑川站搭富山地方鐵道到宇奈月温泉，好好泡個温泉，傍晚一樣搭電車回富山站如何？

兩位也可以在富山站等。我騎車到岩瀨，開廂型車來接你們，再走北陸高速公路回金澤。

這純粹是一個提案。明天是星期六，後天星期日。週末的緣故，宇奈月温泉可能到處客滿。

但，如果旅館有空房，也可以在宇奈月温泉住一晚。無論如何，等明天到了滑川站再說吧。

茂茂這麼說，又津津有味地喝了純麥威士忌。

「我好想去泡宇奈月那家高級旅館的露天浴池喔。那裡的温泉可以徹底消除疲勞。」

多美說。

「因為他們的岩石浴池分成兩個，一個是偏温熱的水，一個是温度比較高的。所謂的湯療啊，是在比較温熱的水裡泡很久。而且要半身浴。如此泡上兩個小時。我經常會在家裡的浴缸這樣做，可是這個月都沒時間。」

聽了真帆的話，多美驚呼：

「兩個小時！」

「嗯，每週一回的我家湯療。只有在那時候，我才會大手筆加德國的高級入浴劑，把溫度計、文庫本、收音機、CD音響統統帶進去。」

「溫度計？」

「讓溫度計浮在熱水上，好確定水溫一直保持在三十八度或三十九度呀。大賣場兩百三十圓一個，我就買了三個。一個送多美。」

「你這個『我家湯療』真的有效？」

「肩頸僵硬和手腳冰冷都好了，情緒波動也變少。這是一位精神科醫生建議我的，他明明是男性，卻從大學就有嚴重的肩頸僵硬和手腳冰冷的毛病。一定是因為湯療可以調整自律神經的平衡。」

一直面露笑容聽真帆和多美對話的茂茂折起地圖收進公事包，說：

「好，那我也來試試那個『每週一回的我家湯療』。」

說完便去結帳。

真帆撕下一頁記事本，寫下自己喜愛的德國入浴劑品名，交給結完帳回來的茂茂，說：

「據說，飲食方面若盡可能減少生冷也很重要喔。」

然後進了電梯。

搭計程車回投宿的商務飯店後，真帆一回到六樓的房間便立刻沖澡。洗頭、洗身體時，心想大概是我不願一提到明天的事就緊張，才會花時間大聊溫水半身浴的效用吧。

拿吹風機吹乾頭髮，穿上代替睡衣的T恤，躺在床上，真帆想起和平岩壯吉在神樂坂見面的兩天後，她和母親討論這件事。

母親雖不時露出笑容，但一直十分恬淡。

——我和那位今年十五歲名叫佑樹的孩子沒有任何關係。但是，真帆和他是姊弟。往後你要和他建立什麼樣的關係，或者一生都不要建立關係，都是真帆的自由。同樣的，那孩子也有選擇的自由。真帆不能只憑自己的感情就採取行動。——

母親這席話，讓真帆一直到兩點都還清醒著。

通過羽田機場的安全檢查走向登機門時，手機響起通知收到簡訊的聲音，川邊康平笑了。

「又來了。這已經是今天早上的第五封了。第一封是五點十五分傳來的。千春該不會整晚都沒睡吧？」

說著停下腳步。距離登機時間還算充裕。

康平從短袖襯衫的胸前口袋拿出手機，確認發訊人是脇田千春，看了剛傳的簡訊。

——平安抵達羽田了嗎？大家都到齊了嗎？立山連峰的上空也非常晴朗。飛機應該不會晃。——

「天氣很晴朗，不代表氣流一定很平穩啊。」

康平心想這孩子本來就這麼有趣嗎，一面給日吉京介和平松純市看那五封簡訊。

第一封：

——早安。富山天氣非常晴朗。從家裡看過去的立山連峰和北阿爾卑斯山的稜線鑲上了金邊。我要大喊萬歲。——

第二封是五點四十分傳來的：

——現在要開始做大家的便當。掌廚的是家母，我則負責清洗脇田家代代使用的套盒。請大家餓著肚子來。滑川家那邊也準備了鱒魚壽司。——

第三封是六點十分：

——羽田飛富山的飛機據說準點。——

第四封是六點二十三分：

——我現在要去舟見的舊城遺址排三張椅子。我會在椅子上貼好三位的姓名，佔好的地方就不會被別人搶走。——

日吉京介湊過去站著看完五封簡訊，說：

「這下可不得了了。搞得我都緊張起來。」

扛著三個背包的平松純市也苦笑著說：

「千春會不會天還沒亮就像陀螺一樣打轉啊？等我們抵達滑川，搞不好就沒電動不了了。」

川邊回千春訊息說，三人順利在機場會合，現在正在登機門附近，然後關閉手機電源。

平松似乎打算遵守諾言負責扛行李到底，將三個背包放在登機門附近的椅子上，看著這幾天千春發的簡訊，對康平說，他忍不住懷疑千春和在公司上班時的脇田千春不是同一個人。

「嗯，我也這麼想。她就是跟東京這個地方合不來吧。在歡送會上，她向大家告別時，也說她有多愛自己的故鄉、故鄉有多美不是嗎？我每次看她頻繁傳來的簡訊，就會想起她那時候的神情。她從東京回故鄉有九個月了吧。我覺得，這九個月裡，她在自己的土地上活力十足地復活了。」

聽康平這麼說，平松也回應道：

「還在我們公司的時期，她總是有點怕怕的，連一句玩笑話都不會說，好像找不到立身之地似的，可是看她傳給川邊先生的簡訊，卻有種說不上來的輕快逗趣，充滿了天真無邪的氣息。她回富山的入善町才短短九個月，好像發生了很多事喔。去採砂公司上班，離職後進了美容專門學校就讀，放學後還去親戚阿姨開的髮廊工作……」

康平心想，所以千春也和平松保持聯絡啊。

「康平，你不必勉强自己一定要走完全程到魚津喔。」

日吉京介說，一面從自己的背包裡拿出幾塊折得小小的米色帆布。打開來就變成寬緣的牛仔帽。日吉戴上其中一頂，也給了康平和平松。說是運動用品店有賣，就順便買了康平和平松的份。

「謝啦。多少錢？平松的我出。」

「不用了，很便宜。像今天這樣的天氣，一定要戴帽子。」

說完，日吉說明從岩瀨到滑川約十三公里，滑川到魚津約十公里，總共有二十三公里，粗略計算的話，大約是五小時的路程。

十二點半左右抵達千春在滑川的阿姨家，用過中飯後稍事歇息，估計一點半左右再往魚津出發。到達魚津時是三點半。

從那裡搭電車到入善站，在站前的飯店辦好住房手續之後，千春會開小型車帶他們到舟見的舊城遺址那裡，眺望正處於最美麗時期的黑部川沖積扇，然後再搭小型車到千春家。接著，騎她準備好的三輛腳踏車在廣大的田園正中央一路飆到入善漁港……。

日吉看著預定表，問兩人：

「千春在簡訊裡寫，舟見的舊城遺址，還有從田園到漁港的腳踏車行程，想去的話就去、累的話儘管拒絕，可是，大家好意思說累了就不去嗎？」

「我不好意思。我絶對說不出口。」

平松說完看康平。

「這個嘛，這裡有一個人可能會說。康平，就是你。」

說完，日吉指著康平。

「啊，你們可別把我給看扁了。我想眺望被夕陽染紅的整片黑部川沖積扇，也想騎腳踏車從田園飆到港口。那條路幾乎都是下坡，騎起來一定很舒服。我現在就很期待了。」

「所以，康平，你不必一定要走完全程。從中途哪個車站搭電車到入善站就好。」

「日吉，你竟敢把我當老頭子看待啊你。」

廣播宣布開始登機，三人上了飛機。

到了富山機場，康平在計程車招呼站附近打開手機電源，發簡訊給千春。

——順利抵達。從飛機上欣賞了北阿爾卑斯在眼底的白色群峰。真是我見過最美的景色。現在要搭計程車去岩瀨。——

「天氣真好。」

平松對日吉說。

「嗯，據說不會超過三十度。」

明明沒有說好，三個人卻都是五分褲加健走鞋。平松穿著紅色T恤，日吉是白色馬球衫，康平是格子運動衫，但或許是三頂一樣的牛仔帽引人注目，錯身而過的人紛紛往三人的頭上看。

搭計程車到了岩瀨，三人從以前北前船的船運行建築附近的舊北陸街道出發。平松看了錶，說：

「現在是九點十分。希望我們十二點半會到。」

往富山的特急雷鳥號上，要是一副慎重其事的樣子拿著，反而會讓人看出身懷巨款，所以甲本雪子將裝有三百萬圓現金的手提包，塞在靠窗座位的窗戶下方和自己身體之間，挺著身子一直望著琵琶湖的湖面。

每次經過車站都想看站名，卻因為列車速度過快而看不清。

取道琵琶湖西側的JR湖西線在敦賀前與北陸本線會合，經敦賀、福井、金澤前往富山和糸魚川。

從京都車站起，雪子的鄰座便一直是一名穿著涼鞋、眼神不善的中年男子，他在敦賀下車後，雪子全身放鬆下來，喝了車內販售的寶特瓶裝茶。

列車出了京都站，那名中年男子就一直玩手機遊戲直到敦賀。

「又不是小學生、國中生，都那麼大的人了，還不怕丟臉一直玩電動。真是世風日下。還不把聲音關掉，嗶嗶嗶、轟隆隆、啾啾啾的……。有病嗎？頭那麼大裡面是沒裝腦袋嗎？」

雪子在內心破口大罵，搭長途交通工具很無聊，殺時間玩一下電動是沒什麼，但那種人一定連等公車的短短五、六分鐘也玩，吃飯的時候玩、等紅綠燈玩、走在路上玩，進了廁所也玩。

鄰座空了，當列車駛離福井站，心情終於能夠放鬆，雪子將手心放在手提包的提把上，回想昨天中午海步子來電時說的話。

海步子說，兩個助手在二樓吃中飯，千春還在學校，現在店裡只有自己一個人，又先說了幾天前的諾羅病毒之亂，才進入正題。

——那位客人叫長沼太太，是一位五十三歲的主婦。娘家在東京，不過二十六歲就嫁到富山來。她光顧「Cut Salon Bob」已經超過十年了，三位千金也都是我們的客人。

剛才，染髮的客人結束回去，離下一位預約的客人還有三十分鐘的空檔，長沼太太帶著點心來為前幾天的事道歉。說要賠償她弄髒的美容椅，還要付清潔消毒的費用。

我婉拒了，說她完全不必這麼費心，也向她道謝，因為我們店裡很多客人都是長沼太太介紹的，而那些客人又介紹了自己的朋友，才讓「Cut Salon Bob」這家髮廊的營運能夠上軌道。

我說，沒有人希望感染諾羅病毒，突然不舒服嘔吐，誰也控制不了。店裡還因為這樣，變得比年底大掃除完還乾淨。

長沼太太很不好意思，但說完還是先離開了，可是過兩、三分鐘又折回來，問我有沒有一點時間，希望兩人單獨聊聊。

我請長沼太太先坐，自己也跟她坐在一起。於是，長沼太太問我認不認識平岩壯吉先生。

我怎麼也沒想到竟然會從長沼太太口中聽到平岩壯吉的名字，嚇了一跳，但我也老實跟她說，別說認不認識，平岩先生正是為「Cut Salon Bob」開業鼎力相助的恩人。長沼太太接下來告訴我的內容是這樣的。

我本來姓飯田。從東京的高中畢業後到結婚這段期間大約八年，都在改名為賀川單車前的賀川腳踏車工業的總務部服務。

婚後，嫁到富山的長沼家，但仍與賀川腳踏車工業的幾位上司和同事互寄賀年卡和暑期問候的明信片。平岩董事便是其中一人。

話雖如此，與平岩董事實在不熟。不僅不熟，還認為他是公司裡最可怕的人。一位是董事，一位是總務部的職員，八年來僅僅是打招呼程度的交談，次數都數得出來。更遑論什麼親近的談話了。

然而，離職、結婚之後，卻還是從富山寄賀年明信片給平岩董事，因為他是一位令人難忘的人。請不要誤會，我指的是人品。

平岩董事也很快便回覆賀年明信片。在以毛筆親筆寫的「謹賀新年」旁，以鋼筆小小地寫著「到新的地方想必人生地不熟，要努力多交朋友」。

就這樣，我與平岩壯吉先生持續每年互寄賀年明信片。

十二、三年前秋天，平岩董事來到我在富山的家。他說來富山出差，在附近走走，想起長沼太太的家似乎在這附近，稍微一找就找到了。我領了名片一看，平岩先生已就任社長。

我請平岩先生進來坐坐，但他一直在門前不肯進來。

從這裡走路十五分鐘的地方開了一家叫「Cut Salon Bob」的髮廊。老闆是女性，在京都一流的髮廊歷練多年經驗。技術我敢保證。我想請你有機會過去上門看看，滿意的話就多光顧。要是能推薦給你的朋友們更是感謝……。

平岩先生深深低頭，為他突然來訪道歉後便走了。

我雖吃驚，但認為平岩先生之所以特地來訪，一定是因為還記得以前叫作飯田今日子、現在改叫長沼今日子的我，不但將他最初的建議付諸實行，積極與左鄰右舍來往，後來還與主婦朋友成立了料理研究會。關於料理研究會的事，我雖擔心打擾平岩先生，還是年年都在賀年片上向他報告。諸如，今年研究會的成員長成為十二人，或是今年高岡市成立了分會等等。

當初，我也猜測過「Cut Salon Bob」的女老闆與平岩壯吉先生之間會不會是男女關係。那位平岩先生竟然偷偷交往小女友，而且就在富山我家附近。然而，不知不覺間對這個八卦的懷疑也消失了。雖不明白為何，但就是消失了。

平岩先生臨走時交代，別向「Cut Salon Bob」的老闆提起他曾來拜託過這件事，所以一直到今天我都遵守約定。也跟他持續互寄著賀年明信片。

聽完長沼太太的話，我說平岩先生就像我的祖父，但我現在倒認為，應該是佑樹的祖父才對。——

列車不知何時已過了高岡站，即將經過神通川。雪子先拿好手提包，再從架上取下波士頓包。白色的立山連峰好刺眼。

雪子滿腦子想著「我們該如何向平岩壯吉報恩」，在富山站下了車，到另一個月台，走進開往直江津的三節電車的第一節車廂。

千春穿著橘褐色無袖的連身洋裝，將雙層套盒用包袱巾牢牢包好，從大門走向小型車。

「好像要去相親喔。」

母親邊說邊笑著送自己出門，千春莫名開心，將車停在入善站附近的和田家旁，站在空地上從照後鏡看自己全身。

美和、瑞希等專門學校的五個朋友，跑了富山市內的七、八間店，為千春選了這件搭配小顆琥珀耳環的連身洋裝，乍看可能覺得有點老氣或太正式，所以千春猶豫不決，但在瑞希的建議下，她繫上朱紅色裝飾用的腰帶，既不土氣也不奢華，有著二十一歲女孩恰到好處的優雅。

千春在入善站的月台等著電車，心裡想著，母親明知道今天要來的「中年健行隊」三人當中，兩名五十歲、一名自願當挑夫同行的三十六歲，都不會是女兒的對象，還是想取笑她兩句。

然而，這是母親第一次拿異性的事來取笑她。平常只看過她穿T恤、運動衫搭配牛仔褲、七分褲的樣子，穿著這身膝上裙的連身洋裝，母親一定覺得簡直是盛裝打扮了吧。要是我長得漂亮一點，即便會稍微擔心，但身為一名女兒的母親一定會有很多樂趣……。

想著這些，搭上終於前來的電車，千春看了錶，心想抵達滑川的海步子阿姨家時會超過十一點半。本來預定更早出門的，但母親對高湯蛋捲的完成品不太滿意，在千春臨出門時又重做。

從套盒感覺不到應該還沒完全冷卻的高湯蛋捲的熱度，讓千春見識到日本漆器的智慧。

到了滑川站，走出收票口，千春又看了錶，正想著甲本雪子阿姨所搭的電車差不多快到高岡站了，便看到佑樹從海那邊的車站前道路騎著小徑車過來。佑樹直接讓小徑車倒在車站前便跑進大廳，經過千春身邊，站在收票口那裡看著月台。

「你幹嘛？」

千春從後面拍了佑樹的肩。佑樹回過頭來，視線上下打量千春，說：

「你剛才就站在這裡？我沒認出來。好像不是千春。」

「到底好不好看，實在很微妙。我總覺得好像是自己被這套衣服穿，有點不自在。」

「很好看啊。」

「又這麼會說話了。有沒有從田裡的土升級成枯草了？」

「都多久了還在記恨，忘掉啦。」

「女人就是愛記恨呀。」

千春把套盒放到小徑車小小的車斗上，伸手扶著免得掉了，和佑樹一起走。在一條直直大馬路的終點朝滑川漁港看，然後回頭眺望立山連峰。心想，所謂無可挑剔的好天氣，就是像今天這樣的日子。

海步子阿姨也以驚呼聲讚賞千春的衣服。夏目家裡面乾淨得好像連牆都擦過了，連地板和榻榻米也一塵不染。

將客用的和式桌搬到二樓靠舊街道的房間，千春在四周擺了三張和式椅。

「今天的豆皮壽司做得很賣力喔。」

千春對海步子阿姨這句話報以笑容，走出夏目家，沿著舊北陸街道走了一小段。依照預定計畫，「中年健走隊」應該已經來到附近才對。

「我們三人這三頂同樣的牛仔帽啊，有點太搶眼了。剛才一位在二樓窗戶曬坐墊的老婆婆，都停下來一直盯著我們的帽子看。」

川邊康平這麼說，喝了寶特瓶裡的水。

「要是我沒帶這幾頂牛仔帽來，你早就已經躺平了。過了常願寺川，你走路的速度就放慢一半。康平，你太愛繞路了。不過，真的很熱。會不會超過三十度？」

聽了日吉京介的話，走在兩人七、八公尺後方的平松純市看著地圖說：

「我們已經在滑川市了。右邊有運河，從這裡再走五十公尺左右，應該就是夏目家……」

「不過，你們看這舊北陸街道的街景。真有味道。靜得不可思議。對住在這裡的人來說，可能是個又小又無聊的老宿場町，我卻覺得有種蠱惑人心的氣氛。瓦片屋頂的木造老房子，用來當幽會的愛巢最適合不過了。」

日吉對康平這番話笑著說：

「真的要常來旅行。不來都不知道川邊康平會說這種話。」

五年前，在雨、霰、小雪交錯的那一天，日吉不得不面對苦澀的選擇，孤獨步行於此。康平不願勾起他那次的回憶，所以從進入水橋那個地方起就一直說個不停。

舊街道緩緩向右彎，過了那裡便是一條筆直的路。有一戶傳統日式豪邸，不難想像江戶時代可能是滑川這裡屈指可數的大商家。現在似乎被指定為文化遺產而保存著。

「運河在哪裡？運河呢？」

康平這麼問時，從後面跑上來的平松指著站在前方五十公尺左右的女子與

奮地說：

「那是不是千春？啊，是千春！是千春啦，千春！她變漂亮了呢。」

平松背著三個背包，一手揮著牛仔帽，朝一名穿著連身洋裝的年輕女孩跑過去。

千春也朝他們揮手，小跑著過來，一邊不斷行禮。

「歡迎光臨！正在等你們呢。果然依照時間到了。」

她紅通通的臉露出笑容說。掛有「夏目」門牌的房子裡，也走出了一名女子和看似她兒子的少年，以笑容迎接康平他們。

「你變得好漂亮，我都認不出來了吔。」

康平邊說邊看千春的耳環。知道她是配合自己送的耳環選了這身衣服。

「這破房子又老又髒，還請您們不要嫌棄，好好休息。」

千春的阿姨在自我介紹後這麼說。千春的表弟佑樹也向他們有禮地寒喧。

「千春，太好了。」

康平依她們的安排邊上座邊說，但他自己也不太明白指的是什麼。

千春一直擔心不已的富山天氣也好極了。她在東京一副無依無靠的樣子，現在那張非常活潑而純樸的臉上，散發出堅强的意志。

她受到阿姨的影響與援助，進入美容專門學校，走上成為美髮師之路。最重要的是，她能夠回到她最愛的故鄉的廣大田園之中。

短短九個月之內，關於千春的一切都往好的方向轉變。從這幾天與脇田千春的簡訊往來就看得出來。綜合這一切，我才會說出「太好了」這句話。除此之外，什麼都不必多說。

日吉京介的「Lucie」也生意興隆。甚至太過興隆了，我都擔心起日吉的身體。但是，現在的日吉不是我過去認識的那個日吉了。和年輕時相比雖然沉默了點，但一舉一動都透出身為人的堅强。

讓日吉堅强的，想必是帶著殘疾而生的兒子吧。但讓他的堅强萌芽的，是幾年前從岩瀨到魚津，走在雨、霰、小雪紛飛的那二十公里路程。我無法不這麼認為。

平松純市也是，這半年多以來，成了一個工作能力强的人。有了工作能力，身為人的寬度也拓展了。不知道是什麼改變了平松。

有一段時期，我認為這小子不堪用，差點放棄他。然而，我最討厭放棄。

所以，本來只讓他做五件工作的，後來交派給他七件。也許平松當初會以為這是霸凌。而現在，他已能完成七件以上的工作。

麻裕現在也天天早起，每天都為「Lucie」做好凱撒沙拉醬，放進店裡的冰箱，再去上班，晚上則在會計專門學校上課。身為人的麻裕也成長了……。

坐在夏目家二樓房間裡，用千春以托盤端來的冰涼濕毛巾擦著手，康平內心感慨萬千。

濕毛巾涼得好像事先在冰箱裡冷藏過一般，好舒服。千春的阿姨拿著兩層套盒上樓。千春的表弟也為他們送來冰麥茶。

千春打開套盒的蓋子，說這是她母親做的京都風豆皮壽司。另一個套盒裡則是高湯蛋捲、雞鬆、骨頭剔得乾乾淨淨的鰈魚一夜干，擺得很漂亮。

「好美啊。好像古代金幣排在一起。」

平松說。

從山那邊吹來的涼風送進夏目家二樓。

舟見的舊城遺址和之後的騎腳踏車兜風，都是我擅自規畫，要是覺得累了就不用去，請別客氣——千春這麼說。

「我要去。這活動太棒了。」

平松立刻回應道。

「我也一定要去。我從岩瀨一路走來滑川，路上就覺得我今天到富山，就是為了在廣大的田園中騎腳踏車飛馳去看海。不必一定要走到魚津。只不過這位川邊康平大叔，就只剩一張嘴，有沒有力氣自己騎腳踏車，我倒是很擔心。」

因為日吉這幾句話，康平說：

「我也要騎腳踏車去港口。別丟下我啊。」

同時，樓下的手機鈴聲響了。

「你現在在哪裡？水橋？那，等等我叫佑樹到車站接你。」

傳來千春阿姨的聲音。

真帆他們用廂型車載著三輛公路車抵達岩瀨時是十一點。比預定晚了一個鐘頭，因為多美花了很多時間做三明治。

火腿小黃瓜三明治、美奶滋鮪魚三明治、雞蛋三明治、蕃茄莫扎瑞拉起司三明治……。

將三人絕對吃不完的大量三明治用鋁箔紙包起來，和冷凍好的保冷劑一起放進裝在公路車車架上的午餐盒，從金澤西交流道上北陸高速公路朝富山出發時，已經九點半多了。

將廂型車停進岩瀨海邊一座免費的停車場後，真帆、多美和茂茂便緩緩照去年九月的路線前進。

「我穿的跟去年一模一樣。上衣、七分褲和鞋子，還有這個太大的背包都一樣。」

在這之前幾乎沒開口的真帆，對著一身專業自行車者裝扮、戴著太陽眼鏡的茂茂說。

「我也跟去年一樣。腳踏車也是我騎Bianchi，真帆騎BH。」

多美說。

「你們兩個的公路車可是很貴的。加上我的，你以為這三輛價值多少？騎這麼慢，騎淑女車就好了啊。」

茂茂苦笑著說，在過了一條小河時，停了車，看了左側高高的防波堤，然後又看了地圖。

「舊北陸街道這邊的房子、河川和運河，還有大樹啦、寺廟神社啦，我都記得。看到就一個個想起來了。」

不知是否多心，真帆邊說邊覺得心跳急速加快，專注看著立山連峰叫自己冷靜。

「這裡叫領家町。離佑樹小弟家大概十分鐘吧。小心路上的行人，我們加快速度一口氣騎到滑川站吧。」

茂茂這麼說，領先起步。真帆跟在他後面。就看一眼房子。這樣就夠了。真帆一邊騎車一邊在內心這樣告訴自己。

茂茂突然停了車。說他把太陽眼鏡忘在剛才看地圖的地方。你們先騎，在通往滑川站的大路上找個地方等我。茂茂說完又折回去。

真帆覺得依靠的人好像突然不在，洩了氣，但還是朝向懷念的舊宿場町騎過去。

貓躺在日蔭下。旁邊的房子二樓傳出幾個男人的笑聲。就是那裡。就是那幢房子。再靠過去一點仔細看看門牌吧。

真帆將腳踏車減速時，那幢房子的玄關走出一名少年，跨上腳踏車。真帆一眼就認出那是賀川單車的小徑車。真帆心想，那孩子就是佑樹。

視線與少年對上了，真帆便跳下車，將車靠在電線桿上，重繫根本不必重繫的鞋帶。偷偷抬頭，佑樹就跨在小徑車上，回頭看著真帆。

「他還在看真帆。還不要抬頭。再重繫一次鞋帶。」

照多美所說的話做時，戴著太陽眼鏡的茂茂騎回來，在真帆身邊停下車。

三人一時無語，但不久茂茂便小聲說：

「可以抬頭了喔。」

真帆緩緩抬起頭。只見佑樹正奮力騎著小徑車，轉向通往滑川站那條寬敞的道路。

（終）

主要參考資料——
《向生命説Ｙｅｓ！》維克多・弗蘭克／春秋社
《清秀佳人》露西・莫德・蒙哥馬利／新潮文庫
《艾蜜莉・狄金生詩集》艾蜜莉・狄金生／国文社

地圖——林依亭

從田園騎往港邊的自行車．下（田園発 港行き自転車．下）

作者　宮本輝
譯者　劉姿君
特約編輯　黃冠寧
美術設計　POULENC
內頁排版　高嫻霖

發行人　林依俐
出版 / 青空文化有限公司
106424台北市大安區敦化南路二段105號10樓
電話：02-2370-5750
service@sky-highpress.com

總經銷 / 大和圖書有限公司
電話：02-8990-2588
印刷 / 前進彩藝有限公司
2023（民112）年10月初版一刷
定價 600元
ISBN 978-626-97585-1-7

國家圖書館出版品預行編目（CIP）資料

從田園騎往港邊的自行車 / 宮本輝著;
劉姿君譯.-- 初版 -- 臺北市：青空文化,
民112.10　; 13x18.6公分. --（文藝系；17-18）
譯自：田園発 港行き自転車
ISBN 978-626-97585-0-0(上冊：平裝). --
ISBN 978-626-97585-1-7(下冊：平裝). --
ISBN 978-626-97585-2-4(全套：平裝)
861.57　　112011098